品读安徽文化丛书

新闻里的安徽

本书编委会　编

总 主 编　叶文成
本册主编　方黎奇

黄山书社

编者的话

安徽物华天宝，地灵人杰，勤劳、勇敢
在中华民族发展史上创造了物质精神两大文
宝贵贡献。为使更多同志、朋友了解安徽、
大干部群众加快推进五大发展美好安徽建设
品读安徽文化丛书。该丛书包括《邮票里
的安徽》《诗歌里的安徽》《散文里的安徽》
《歌曲里的安徽》《新闻里的安徽》《非遗
八册。丛书选编内容注重各个历史时期的代
艺术性相统一，力求既体现积极健康的精神
的艺术欣赏价值。相信本套丛书的出版、发
众的文化自信、加快建设五大发展美好安徽
和影响。

品读安徽文化丛书的编写、出版，得到了
关单位的指导和大力支持，在此一并表示深

目　录

人民解放军百万大军横渡长江　毛泽东

人民解放军百万大军，从一千余华里的战线上，冲破敌阵，横渡长江。西起九江（不含），东至江阴，均是人民解放军的渡江区域。二十日夜起，长江北岸人民解放军中路军首先突破安庆、芜湖线，渡至繁昌、铜陵、青阳、荻港、鲁港地区。二十四小时内即已渡过三十万人。二十一日下午五时起，我西路军开始渡江，地点在九江、安庆段。至发电时止，该路三十五万人民解放军已渡过三分之二，余部二十三日可渡完。这一路现已占领贵池、殷家汇、东流、至德、彭泽之线的广大南岸阵地，正向南扩展中。和中路军所遇敌情一样，我西路军当前之敌亦纷纷溃退，毫无斗志，我军所遇之抵抗，甚为微弱。此种情况，一方面由于人民解放军英勇善战，锐不可当；另一方面，这和国民党反动派拒绝签订和平协定，有很大关系。国民党的广大官兵一致希望和平，不想再打了，听见南京拒绝和平，都很泄气。战犯汤恩伯二十一日到芜湖督战，不起丝毫作用。汤恩伯认为南京江阴段防线是很巩固的，弱点只存在于南京九江一线，不料正是汤恩伯到芜湖的那一天，东面防线又被我军突破了。我东路三十五万大军与西路同日同时发起渡江作战。所有预定计划，都已实现。至发电时止，我东路各军已大部渡过南岸，余部二十三日可以渡完。此处敌军抵抗较为顽强，然在二十一日下午至二十二日下午的整天激战中，我已歼灭及击溃一切抵抗之敌，占领扬中、镇江、江阴诸县的广大地区，并控制江阴要塞，封锁长江。我军前锋，业已切断镇江无锡段铁路线。

（1949 年 4 月 24 日人民日报）

安徽省人民政府正式成立　新华社记者

安徽省人民政府委员会于八月二十五日召开第一次全体委员会议。到会有安徽省人民政府主席曾希圣，副主席牛树才、黄岩、许杰、沈子修及省人民政府委员会委员共三十七人。列席该会的有省府所属各委、厅、署、院的首长及各民主党派、人民团体、中国人民解放军安徽军区的代表。

会议首由省人民政府主席曾希圣宣布：遵照中央人民政府委员会第十七次会议的决议，于今日正式成立安徽省人民政府；省人民政府主席、副主席及全体委员于今日就职。同时撤销原皖南人民行政公署、皖北人民行政公署。接着副主席、委员相继讲话，一致表示要在中央人民政府和中国共产党的领导下，大家团结一致，紧密地依靠全省人民，克服一切困难，为建设新安徽而努力。安徽省各界代表也相继讲话，一致祝贺省人民政府的成立，并向省人民政府献旗。会议通过了关于召开安徽省第一届各界人民代表会议及关于成立劳动就业委员会等两项决议，并通过了给中央人民政府毛泽东主席的致敬电。

安徽地区，在地理上跨长江南北，解放时间又有先后不同，故当时划成皖南、皖北两个行政区。现在两区人民经过三年来的努力，已经奠定了统一发展的基础。

安徽全省有七个专区，共辖七十个县；另有五个省属市、三个专区属市。全省面积有十四万四千五百五十多平方公里，人口有三千多万。省内物产丰富，除产有稻、麦等主要粮食外，尚有著名中外的“祁门红茶”“屯溪绿茶”。安徽北部的烟、麻及大别山区的木材等也是全国闻名的。

（新华社合肥1952年8月26日电，通稿，有删节）

治淮给正阳关带来了繁荣 宫敬之　李仁

正阳关和一九五〇年以前大大不同了。从北关到南关崭新的码头上，搬运工人从早到晚在劳动歌声中来来去去，河里的船只往来不停，镇内许多商店的门面刷洗一新，门口挤满从四乡赶来买货的农民。过去被洪水冲倒的房屋，现在大部分已经重建起来。两年前曾是一片残垣瓦砾的南关，成了闹市。全镇到处是一片繁荣气象。

正阳关是淮河上游的重镇。这里的人们流传着一句话："七十二道河流归正阳。"淮河上游的淠河、史河、汝河、颍河等许多支流都在这里汇入淮河干流，从正阳关经过各河可以直接和物产丰富的大别山区、淮北千里平原以及河南省取得联系。所以，正阳关实际是淮河上游城乡物资的集散地。但是，治淮以前的正阳关真是满目疮痍。自一九三八年蒋匪帮在花园口掘开黄河大堤，黄河水流入淮河，致使淮河河道淤塞后，十多年来，淮河流域的广大农民几乎年年遭受洪水灾害。每年夏秋之间有三个月的时间，正阳关常是被汪洋大水四面包围，成为一个孤独冷落的荒岛。一九五〇年淮河大水时，正阳关更遭洪水全部冲洗，仅倒塌的房屋将近四千间。到此，这个重镇陷入了极度荒凉的境地。

一九五〇年秋根治淮河工程开始后，淮河流域的水患便逐年减轻。今年秋，淮河流域的广大农村得到大丰收。两年来，人民政府又大力推动了淮河流域城乡物资的交流，水运枢纽的正阳关也因此一天天地繁荣起来。现在的码头分轮船码头、商船码头、治淮码头等，全是新修起来的，每天吞吐着各种物资和治淮器材。河里的帆船、竹筏日夜来往不绝，在旺水季，载运货物的船只一字儿排在河心，一眼望不到底。它们把淮河上游各地的粮、麻、茶、竹、木等土产运到正阳关转运，又从正阳关把油、盐、布匹、百货等运回去。据安徽省内河航运管理局正阳关办事处统计：今年上半年从正阳关码头进出的各种物资在六万吨以上，比去年同期增加了五倍，比一九五〇年的下半年增加十倍。工人张亭强说："我在这码头上干了十多年活，这么多的货物还是第一次。这都是治淮以后的好处啊！"

随着治淮和城乡物资交流的开展，正阳关的工商业迅速得到恢复和发展。就以镇上的升记布店为例，它在治淮以前仅是一个每月卖两三匹布的小布摊。治淮后一年光景，这布摊就发展成为两间门面四个伙计的布店了，每月的营业额提高到三百匹布。店老板指着街上川流不息的人对记者说："过去乡下人到镇上来，不是找寄售店，就是找当铺；现在他们到镇上来卖了粮食，就跑进了布店和百货店。"中国百货公司正阳关办事处今年第二季度的营业额，也比去年同季度增加了五倍。今年淡季的生意也比去年旺季增加近两倍。从镇上十多家小铁铺的营业情况也可以看出淮河农民生产的恢复和发展。这十多家小铁铺从去年到现在虽然已经不断扩大营业，但产品仍供不应求。一天早上，记者在一家叫施德明的铁匠炉旁边坐了不到十分钟，就有六个农民到他炉上来买镰刀和锄头。他因已经接了好几个月的订货，所以都婉言谢绝了。

两年来正阳关人民的生活也有很大改善。以过去生活最苦的码头工人为例，两年前他们吃糠咽菜，现在普遍是"早上稀饭馍、中午大米饭、晚上干饭面条汤，一星期一犒"了。全镇人民由于生活改善，学习文化就成为普遍的要求。特别是劳动人民，他们迫切要求自己的子弟入学。因此治淮以后，学生人数较前大增。该镇原有四个小学，解放前仅四百多个学生，在一九五〇年下半年便增加到九百五十人，去年下半年到现在又增加到一千五百人。很多成年人和老年人也争取进了民校。现在，全镇有工人夜校十个班，常年民校十二个班，共五百五十多人。过去一字不识的人，今天都认上几百个字了。

正阳关的繁荣，使全镇人民深切认识到伟大祖国的可爱。为建设更好的生活，全镇人民热烈响应人民政府的号召，全力支援治淮，并进一步发展城乡经济。现在码头工人决心努力提高工作质量，尤其要保护治淮器材，对各种货物要轻起轻放，力求减少损耗。

（新华社合肥 1952 年 9 月 21 日电）

“佛子岭大学”

——记佛子岭水库干部和工人的学习热潮 冒弗君 李人怡

佛子岭水库是个技术性较高的工程,工地上使用的机器有二十多种。钢筋混凝土连拱坝的建造,在中国还是第一次。参加这个工程的人对连拱坝不仅没有做过,很多人连见也没有见过。但是,佛子岭水库开工以来,所有的干部和工人都积极学习,不断提高业务水平,因而克服了许多困难,保证工程按计划进行。

水库工程一开始,工程指挥部领导人员就认识到认真学习的重要性,带头领导学习。工程指挥部政治委员张云峰过去长期做行政工作,而现在,他正用功读水利建设的书籍。他对记者们说:“毛主席说‘我们熟悉的东西有些快要闲起来了,我们不熟悉的东西正在强迫我们去做。’参加这个工程,我算是真正体会到这句话的意义了。”指挥汪胡桢对学习苏联先进经验非常注意。这位水利专家就是在百忙中,每天也要挤出时间学俄文。他说他的要求不高,只要能看懂苏联的书籍就行。副指挥兼工程处长吴溢是须发斑白的老工程师,他曾对许多干部说:“同志们,参加这个工程,这是我们的幸福。我们要把工地作为‘大学’,在这个‘大学’中加紧学习,提高自己。”从此,“佛子岭大学”的名字就渐渐传开了。

佛子岭水库工程指挥部为了鼓励大家学习和研究，在许多制度上作了明确的规定。例如关于研究试验费，就规定：使用一百万元以上的由指挥部批准开支，五十万到一百万元的由各个处批准，五十万元以下的就可由各个大队处理。领导干部的带头和支持，使工地上开展了广泛的学习热潮。工人、军工和民工的基层组织中，普遍成立了技术研究小组。工人和军工之间开展了“包教包学”运动。很多大队都建立了上技术课的制度。如工程大队每星期一、三、五都请技术干部给行政和政治工作干部、工人们上技术课，讲解基本建设知识。在工地上，我们可以经常看到工人们或干部们集体学习和研究工作，他们因为认真讨论问题，往往争执得面红耳赤。“佛子岭大学”里的工人学员很多，目前已有七千多人。他们对学习的要求非常迫切，因此，这个“大学”的领导方面非常注意发挥工人们在学习中的热情与智慧。从开工到现在，工人们由于不断学习和研究，提出的合理化建议和创造性的发明已有四百多件，这不仅为国家节省七十多亿元的财富（初步统计），更重要的是把许多很难解决的问题都解决了。

佛子岭水库工地上有十六部开山机，每天要用钻头三五百只。这些钻头都是从外国购买的，每只约需十万元。照老规矩，每只钻头只能用三四次就变成废料报废了。工人陈列生、史桂发、钟才德等商量说：“如果我们把废料的钻头再改成有用的钻头，这可给国家节省不少钱呀！”这个意见经过技术研究小组的讨论，认为可以试验一下，他们就动手试验起来。开始，他们把废钻头烧红放到一个整模子里用锤打，打是打好了，可是钻头也涨大了，模子脱不下来。他们只好用铁棒把它顶下来。这样，钻头既容易毁坏，出品也慢，试验的结果并不令人满意。技术研究小组决定重新试验，改用两个半圆形的模子。这样，脱模子的困难果然解决了，可是因为用人力敲打，用力有轻有重，钻头的角度不合标准，试验还是没有成功。但是，他们仍不灰心，继续研究。经过两个多月的试验，最后想出在大模子里放进一副小模子，改用空气压缩机的改钻机敲打，试验终于完全成功了。这样，工地上一万多只废钻头完全变成了有用的东西，解决了工作中很大的困难，为国家节省了九亿多元。

“佛子岭大学”中的技术干部们，特别是年轻的技术干部们，在工作中飞跃地进步着。从交通大学来的朱伯芳说：“我是在这里做设计工作的。过去在学校里学习设计，很多材料都是现成的，不过是计算计算而已。可是在这里，只有一张地形图，一切都要靠我们搞，这样我们就不再是纸上谈兵，而是把理论与实际完全结合起来了。比如连拱坝这样复杂的工程，我们一面学习一面工作，终于设计出来了。”另一个青年技术干部刘原说：“我在混凝土试验室工作。我们先后做过几十次详细的试验，现在采用的水泥、黄沙、石子不同比例的混凝土有几十种。这真是在什么书本上也学习不到的宝贵的知识。很多东西过去只在书本上或讲义上见过，可是怎么做并不懂。如加气混凝土是很少用到的，而现在我们做了试验并使用了，连拱坝的迎水面就要全部用加气混凝土。”和干部一样，工人们的进步也很大。如灌浆工程是个全新的工程，灌浆大队四百多工人没有做过，没有学过，开始谁都不会做灌浆工作。现在，大部分人都能操纵灌浆机，变成熟练的灌浆工人了。水泥队四百多工人开始时十分之八九是生手，真正顶事的老师傅不到十个人，现在四百多人基本上都学会了拌和混凝土的技术。最近评级，很多五等、六等的工人都升到三等、四等，全队有百分之七十的工人都提升了。在“佛子岭大学”，可学到的功课是很多的，有水利课，有土木课，有电机课，有机械课……还有群众教育课。所有课程的学习中都贯彻着一个基本方针，就是学习苏联先进经验。在这里，学习苏联先进经验已经获得很大的成就。如灌浆大队学习苏联“快速钻进法”的先进经验，工作效率提高了一倍到一倍半，可把灌浆工程所需时间缩短一半。现在，工地上正在试用苏联的“真空作业法”。

（新华社蚌埠 1952 年 12 月 25 日电，通稿）

谁给他们铺下了大家富裕之路

——皖南山区访问记　李剑秋　李明回

记者未到皖南山区时，一个访问过这个地区的同志曾经告诉我山区人民生活的变化。他举了祁门县柯潭村采茶农民孟金榜家为例：孟金榜原是由皖北怀宁县逃去的一户灾民。在一九五零年刚开始恢复荒芜的茶园时，全家只收了百来斤茶叶。以后由于互助生产，茶园全部恢复，加上人民政府把茶价提高，今年收入增加了约三十倍。一个茶季，他全家做了三条崭新的被子，一架蚊帐，购置盖五间房子的木料，增加了两头大肥猪。访问的同志还说到休宁县生产互助组织较好的三十七户人家的石屋坑村，今年卖给了国家许多木材，收入了九千多万元（注：当时的一百元相当于现在的一分钱）。秋季里，村里来了三个缝衣匠，带来一架缝纫机，一直忙了两个月，做了二百多件衣服。村里还请了两个铁匠和一个烧砖窑的师傅，一面修配农具，一面准备盖屋用的砖瓦。

这些事，对于没到过山里考察农民生活的人来说，开始很难相信。但当我在山里转了一些日子后，便觉得这些情况并不稀奇。的确，皖南山区人民生活的情况已经有很大的变化了。就以几乎无处不是山的徽州专区来说，全专区一百二十万人口，今年光茶叶和木材两项的收入，就有两千四百多亿元。平均每人能收入二十万元。其他零零星星的小土产还能卖近千亿元。而特产和土产还仅占农民总收入的一半。

是谁给他们这样的生活呢？有个农民回答得很确切，他说："在共产党和人民政府的领导下，土地改革翻了个大身，发展互助合作再翻个大身，越翻越幸福。"

皖南山区是个丰饶而秀丽的地方。沿着缠绕在脚的公路望去，各种颜色的花草树木，把连绵的山峰点缀得十分美丽。山头上几乎没有一处没树木。据一九五一年的调查和估计，仅松杉和杂木的年产量，就在两千多万根。竹子的总蓄积量，在两千五百万担以上，茶田的面积，在七十五万多亩。其他小土产，更不知道有多少。

这个丰饶的地方，在它解放以前，劳动人民是痛苦和穷困的。休宁县著名绿茶产区的茗洲乡中共支部书记陈近贤告诉我："同志，以前连这个立足的地皮都是地鬼（地主）的，生活就不用提了。"新中国成立以后，富饶的山区成为国家和人民的了。劳动人民在共产党的领导下开始组织起来创造新的生活。茗洲的妇女劳动模范洪汝娇说："我们农民只能走互助合作这一条路。"她介绍她的互助组的情形：今年她组的茶叶虽因跑了色（制出的绿茶变了红色），少卖了几个钱，组员们意见很多，但退出互助组的人却是极个别的，因为她的互助组比个体农民增产了。在有名的黄山茶区的山岔乡（歙县），占百分之七十六的农户参加了互助组，今年的茶叶产量比一九四八年增加了两倍。整个茶区的采茶农民的收入，因国家提高了茶价，收入比去年增加了百分之二十到四十。培植林木的农民，今年的收入更是增加了几倍。

山区的土产、特产不仅百分之八十是由国家和合作社收购的，人民用的生产资料和生活资料，大部分也是由国家商业机构和合作社供应的。

以休宁县流口村供销合作社为例，今年在一个茶季里，供应茶农的东西就近八亿元。社员们说："以前买一斤盐，要跑六七十里路，还得躲开国民党匪军的搜查；现在国家用火车、汽车运来，用骡马运进山里，每斤盐还便宜一百元。"皖南徽州专区的粮食历史上都是从外地调进，现在由于共产党和政府领导农民增产粮食，去年该专区已有余粮可以供应国家了。

幸福的生活鼓舞着山区的劳动人民。从深山里拖木头的农民，到沿着公路线在锯铁路枕木的工人，到处可以看到为建设祖国而劳动的热情。一个木材采伐队的农民洪家福说："以前为了一家生活，给人家伐木头，都是离地一两尺高砍，现在采伐队里谁也不肯浪费一寸木头了。"今年三月九日，黟县花坑村附近的山林失火，正在山下耕田的农民汪红荣丢下田里的活，到家里拿了一面铜锣，喊出人来救火，他自己拿出一把砍刀，第一个冲进了炽烈的烟火中，想砍出一条路把火隔离开扑灭，可是烈火竟把他吞没了。他是那么英勇地为了保护祖国的山林和集体财富而献出了自己的生命。

（新华社合肥1953年10月7日电，通稿）

“这是毛主席给我们的幸福” 龚灏 储少彬

一个早晨，我们在走向凤台县白塘庙小学的路上遇到了风雪，好容易赶到了这所学校。校长魏广典对我们说：“现在可以在这里躲躲风雪，要是几个月以前，这里还是一片洪水呢！”

这个学校正式上课已经十多周了。虽然校舍未完全恢复，还实行着“半日制”教学，孩子们半天在家里拾草、放牛，但学习的成绩仍然很好。最近的一次月考，一般都得了七八十分。这些孩子们把国家拨款新建的校舍收拾得很整洁。他们珍贵地保存着人民解放军战士给捎来的慰问信和图书，细心地使用着非灾区涡阳、阜南等地学生给他们寄来的本子、铅笔、黑墨和彩色蜡笔。他们自己还创办了有二百多册书籍的两个小图书馆。孩子们把国家和各方面对他们的关怀看作自己最大的幸福。四年级女生吴方敏在给非灾区学生王素英的信上写道：“我们家乡虽然受了灾，但是我们有国家和你们的援助，都能够照常学习，这是敬爱的领袖毛主席给我们的幸福。”

再看看那一个个可爱的小脸蛋，听听他们那天真的而又现实的愿望吧。六年级的冯金侠，是一个过去随着爹妈逃过荒的孩子。我们问他将来做什么？他立即回答说：“农业生产合作社很需要会计，我就想做个好会计。”和他同年级的陈传礼盼望着将来当个工人，他说：“我最喜欢拖拉机,将来我们庄前庄后的平地如果都用拖拉机耕起来,那该是多么好。”

我们刚和这些国家的小主人们谈完了话,又碰到一位叫吴学儒的学生家长,他感慨地说:“二十多年前我也是这个学校的学生,民国二十年也发了大水,当时学校地面积水还没有脚背高,学校就关门了。今年的洪水虽然比民国二十年的水灾大了好多倍,但受灾后仅仅几个月,学校就恢复了。”魏广典校长满意地说:“现在,全校二百六十九个学生全都到校,比上学期还多了一个新生呢!”

(新华社合肥 1954 年 12 月 14 日电,通稿)

龙冬花　钟云

龙冬花是个年轻的妇女，是个勇敢而坚强的人。从一九五一年到去年，曾六次被评为区、县、省的优抚工作模范和军属模范。今年又被县评为一等工作模范，出席省第二届农业劳动模范代表会议。现在她是贵池县柳村乡的党支部书记。她的模范事迹是很多的，这里我就介绍她带领农民和洪水作斗争的一段吧！

柳村乡是个圩区，年年都有涝灾，一九五一年圩里有四百多亩小麦被水淹了，她带头跳到水里，安置水车，领导群众用三天两夜的工夫把水车干，保住了麦收。去年，四月起就连续下雨，大水淹没了正在灌浆的麦子，龙冬花望着湖一样的水面，她焦急地想：粮食就是命，不能眼看着丢掉。于是她就找乡里团支部书记何小顺商量一下，召开党员、团员大会，组织党员、团员带动大家排水。当天就有二百五十人参加了排水。这时龙冬花又拿出自己储蓄的四万多块钱，搭了一个草棚，给排水农民避雨和休息，自己从这辆水车跑到那辆水车，不是帮助修车子，就是忙着替换身体弱的妇女车水，车了六七天后，圩里的水蚀了二寸多，正在灌浆的麦穗子露了头，大伙排水的信心更高了。不久，她又组织群众到水里抢收，一共收割了一万多斤麦子，这是和严重涝灾斗争取得的胜利果实。

江水还在不停的涨，有一天深夜，龙冬花忽然被紧急的敲门声惊醒了，工作组的同志告诉她：当晚有台风。龙冬花听了就一骨碌爬起来，踏着狭隘而泥泞的道路，挨门挨户召集了二十多个民工，拿着大锹，冒着风雨朝圩堤奔去，赶修了闸门，下了挡浪把子，在堤上坚守了一夜。防汛一天比一天紧张了，挡浪材料越来越缺乏了，龙冬花发动大家到岗区去挑草，当时有的群众嫌天下雨，路又滑，不想去，她一口气跑到几里路以外，首先挑了六十斤草送到堤上，在她的影响下，当时就有十几个人跟着她去，挑回了一千多斤草，扎好了挡浪把子，保护了江堤。八月初的一天晚间，邻乡大龙圩在竭力挽救无效的情况下，被洪水冲溃了，汹涌的江水不停的往天成圩里冲，龙冬花马上领导群众迁移，当天大部分群众都搬到了小山上。夜里江水陡涨了两尺多，漫了大堤埂。天明了，茫茫的江水已经望不到边际，庄上少数舍不得离开自己家园的农民，被大水包围了，龙冬花和工作组同志分别动员民船进行抢救，她主动要求到最远的五选区去，并动员何正祥的船和她一起去。当时风猛浪大，为了避免迎面的狂风巨浪，船得绕圈"打转"，二里路的路程变成了十几里路远。这条小船在汹涌的波涛中随着波浪起伏，簸荡得非常厉害，丈把高的浪头不断打着船身。船划到江心的时候，一个大浪像一座小山头一样压倒在船板上，把船后舱的碗橱也震翻了，何正祥的老婆、孩子吓得又哭又喊。何正祥也吃了一惊，他焦急的对龙冬花说："我们暂时还是回去吧！风浪太大有危险呀！"龙冬花站在船头上，望着五选区屋顶上的灾民正在拼命向他们招手，她很坚决地说："你想法开去吧！救人要紧。"她坚强的意志，使船上的人受到感动。从清早走到中午时分，这条小船才开到了五选区。爬在屋头上不时被风浪吹打的二十多个灾民，被龙冬花一一接上船。一千多斤小麦、大批农具和一些家具也抢搬到船上。灾民们热情的拉住龙冬花的手，感激得流着眼泪。

什么力量使得龙冬花这样勇敢、坚强呢？用她自己的话说："党是这样教导我的，要时刻关心群众生活，帮助群众解决困难，在困难面前不能退缩，要鼓足勇气想尽办法，战胜一切的困难。"龙冬花面对着严重的涝灾时就想到了这些；面对着狂风巨浪和屋顶上受难的灾民时也想到了这些，她是时时刻刻地记着党的教诲，并且把它努力贯彻到工作中去。

（1955年2月25日安徽日报）

一个贫农出身的女社长　林牧

安徽省宿县西北乡“三八”农业生产合作社社长陈淑贞，两年前还是个普通的贫农妇女。她领导的合作社今年增产三成，每户社员都将增加四分之一以上的收入。现在，人人都称赞陈淑贞是个非常能干的合作社的社长。

陈淑贞一九五三年领导八户贫农组织了一个互助组。当年冬天，党在过渡时期总路线的公布和杨士钦农业生产合作社增产的实例，鼓舞着陈淑贞领导办社。互助组的组员和她的邻居们都积极支持她。可是村里许多有保守思想的人却摇头说：“这是黄鼠狼想吃天鹅肉。”更有的说：“她能把社办好，挖我的眼睛！”就连乡干部里也曾有人怀疑像她这样一个普通的农村妇女能不能独当一面地办好一个合作社。然而党的支部书记却对陈淑贞说：“大胆地办吧！谁也不是生下来就会走路的！”以后，陈淑贞就参加了乡里的办社骨干训练班。

陈淑贞开始正式办社以后，在第一次会议上就碰了钉子。当时正进行社员的土地评产折股。陈国雨有二亩六分碱地，合理的产量应该是二百四十斤，可是他非要评二百七十斤不可，争吵了半天，会议不欢而散。陈淑贞没有灰心。她个别向社员调查，原来有三个社务委员有三块地和陈国雨这块碱地毗连，每块产量都多评了五斤，所以陈国雨也想照样多评。在第二次会议上，陈淑贞首先就把自己和他们毗连的一块地降低了五斤产量，当场就感动了三个社务委员也把不合理的五斤产量降低了。于是，陈国雨也就不再争吵了。

由于没有经验，办社后一投入集体生产就发生了混工、窝工现象。陈淑贞虚心地向附近老社学习了"小包工制"的经验，经过推广之后，果然提高了社员的劳动积极性。接着又发现了干活"重量不重质"、单纯争工分的现象。陈淑贞接受了其他社的经验，组织了检查小组，专门检查农活质量。但是有几个人屡犯不改，陈淑贞为这件事苦恼着。有一次下雨，她偶然看到六十三岁的老社员陈志均在田间犁地，当暴雨到来时，这位老汉毫不犹豫地把自己的雨衣脱下来给耕畜遮雨。陈淑贞看了非常感动，回去就在社员大会上表扬了陈志均。不久，又一次下雨时，陈淑贞惊奇地看到从不关心社里利益的妇女秦德秀、黄继兰等在晒场边拾豆子，她们热情地告诉她说："这是学习陈志均的爱社精神！"这时，陈淑贞才恍然大悟。她马上就把这种工作方法运用到田间生产队，表扬了劳动质量最好的陈太启等社员，于是原来"重量不重质"屡犯不改的人也就很快改正过来。

去年七八月间，安徽发生了百年未有的洪水，陈淑贞领导的"三八"农业生产合作社的很多庄稼被淹没了。社员们有的气得整天睡觉，要逃荒，无心生产。陈淑贞在这个巨大灾难面前也有些心慌。她跑去对支部书记说："合作社不能巩固了！"支部书记就问她："当初，社怎样办起来的呢？"她说："那还不是靠的社员们的积极性吗？"于是支部书记笑着说："今天我们要巩固社，不是还要靠社员们的积极性吗？"支部书记又鼓励她，说社员们有丰富经验战胜灾荒。于是陈淑贞当晚就召集了社务委员和老农开座谈会，研究战胜灾荒的办法。老农温廷秀介绍了过去灾后补种丰收的经验，陈家和、杨立英等介绍了往年套种增产的实例。全社一算账，还可以补种、套种近百亩晚秋作物，不但能弥补水灾的损失，还可以增产一成。结果，全社克服了重重困难，补种、套种了九十多亩晚秋作物。全社秋收时，每亩产量平均八十九斤，比互助组高十八斤半，超过单干农民二十五斤。十六户社员中有十一户保持了一般年景的收入，还有三户增加了收入。村里没有人不称赞这是奇迹。分红后，连原来说陈淑贞能把社办好他就“挖眼睛”的人也都自动来要求入社了。三八农业生产合作社从十六户扩大到七十三户。

扩社后如何进一步增加生产是个很大的问题。去年中共安徽省委提出了农业生产三项改革，陈淑贞积极响应了党的这个号召。她耐心地打通了某些社员的保守思想，在社内大力推行了农业生产改革。今年陈淑贞领导全社胜利完成了党交给的任务，扩大了五十亩本季作物的播种面积，改种了二百亩高产作物马铃薯、“胜利百号”甘薯和玉米，还增加了六十亩地的复种面积。全社共增产了四万三千斤粮。现在陈淑贞已经光荣地参加了中国共产党，并且被评为安徽省的一等劳动模范。

（新华社合肥1955年11月20日电，通稿）

访《天仙配》女主角严凤英　李祥仁

舞台艺术片《天仙配》(黄梅戏)最近在全国各地上映以来,演出这部影片的安徽省黄梅戏剧团每天都收到北京、上海、哈尔滨、成都等地许多观众的来信,表示对影片中饰七仙女的女主角的喜爱。成都市的一个女学生的信中说:“电影《天仙配》我看了三遍,我喜爱剧中七仙女这个热情、大胆、智慧、善良的女性。”

记者最近访问了在《天仙配》中饰七仙女的严凤英。严凤英今年才二十六岁,从小就喜爱黄梅戏,十六岁开始在黄梅戏班里当演员。严凤英说:“在旧社会里,我和我的姊妹们在舞台生活中的痛苦是说不尽的。解放后,我才真正开始了新的演员生活。祖国社会主义建设日新月异的变化,激励着我更好地为人民歌唱。”

严凤英在1954年参加华东区戏曲观摩演出大会演出《天仙配》时,就获得了演员一等奖。但是,严凤英去年6月接到拍摄《天仙配》影片的任务后,仍旧日夜琢磨、和别人推敲怎样更好地创造剧中的人物。严凤英说:“在拍摄电影时,七仙女需要表演‘卧鱼’的舞姿,因为这个动作幼年在黄梅戏班里没有练过,使我很为难。但是我不能向困难低头,我从早到晚加快练习,终于把这个舞姿学会了。”

黄梅戏剧团负责人对记者说:“严凤英以自己的艰苦劳动和智慧对丰

富黄梅戏的唱腔,提高黄梅戏的表演艺术作了一定的贡献。”她对人物的刻划非常细腻、真实。黄梅戏演唱方法因为是男女同度,女声受压抑,缺乏奔放、激昂的曲调,她在实践中在黄梅戏音乐的基础上吸收了其他剧种的唱腔,创造了一种新腔调,很受观众欢迎。

严凤英因为热爱人民艺术,刻苦钻研和创造性的劳动,最近当选为安徽省社会主义建设积极分子,并且参加了中国新民主主义青年团。她是安徽省人民代表大会代表和省民主妇女联合会候补委员。现在,她正积极排练新戏目,准备到农村巡回演出。

(新华社合肥1956年3月5日电,通稿)

在新开工的响洪甸水库工地上　李明回

在六安—响洪甸的公路上，我们乘坐的吉普车几乎每隔十多分钟就要响起喇叭来，要求前面速度较慢的大卡车让路。开往响洪甸水库工地的卡车真是太多了。每一部大卡车都载满了物资和器材，这说明，水库工程已经开始紧张起来。

响洪甸水库建造在安徽省金寨县境内、淮河南岸最大的支流——淠河的西源。三个多月以前，这里还是一片荒僻的山村，而今，这个峡谷已成为有七千多工人、民工的施工现场。在淠河两岸的空地上，为施工搭盖的房屋正日益增多，入夜电灯通明，有线广播喇叭传出的歌声，响彻山野。

工地上正在进行输水洞的洞身扩大工程。戴着柳条帽的工人们，正在洞内嘟嘟嘟地开着风钻。这些工人大都是从梅山水库工地转来的，由于他们的努力，输水洞的导坑提前十天打通，凿进效率平均比在梅山时提高了20%以上。为了能尽早开始浇筑坝身混凝土，指挥部目前开始了筑围坝及坝基两端石方的爆破工程。

响洪甸水库工程自从开工以来，工作进展的速度是很快的。指挥部负责同志说，两个月后，工地的工人、民工将增至一万多人。当前，指挥部的艰巨任务之一是：加速进行工作环境和生活环境的安排。指挥部抽出了大批力量去建筑办公和居住的房屋。一个采购草料毛竹的工作组，已从六安、金寨、霍邱等地回到工地，有二百七十万斤稻草和八万根毛竹正向工地运送。房建队工人，想出各种办法在保证质量的前提下，加速房屋的建筑。为了保证工地的电力供应，一部六百瓩的发电机正在安装。在工地上，有的工人在架设电灯和电话线，有的工人在铺路和搭跳。工地上有三座大桥在分别赶筑中，打桩机不时的发出轰鸣。

在骄阳下，指挥部的负责人带着工程图表，爬上高峻的山岭，俯瞰工地全景，他们正在详细的研究制定全面施工计划。差不多所有参加水库建设的人们，都认识到这个水库工程的艰巨性：他们要建造的拦水坝是一座表面像马蹄形的单拱重力坝，这是一种中国从来还没有造过的新颖的坝型。工程这样艰巨，可是参加施工的力量却不大。这个水库和梅山水库浇筑的混凝土差不多，梅山水库有五个工程队参加施工，而这里却只有一个工程队。这就是困难所在。因此，指挥部不能不一再召开会议，来缜密研究明年拦蓄洪水的可能性。在我到达工地的几个夜晚，老年的工程师和年轻的工程队长每天都聚集在灯光下讨论研究工程计划，他们正以蓬勃的热情迎接艰巨的任务。

（新华社 1956 年 5 月 15 日电，通稿）

东方农业社社员满怀信心战胜台风灾害　郝仲余

六安县东方农业社在遭受台风、山洪袭击之后，及时安置了受灾社员，抢救了受害庄稼，并采取多种办法弥补台风、山洪灾害所造成的损失。

8 月 1 日到 8 月 3 日，东方农业社遭受了新中国成立以来未曾有过的强台风和山洪的袭击。当时，狂风夹着暴雨，没头没脸地劈下来，树木折裂，房屋倒塌。8 月 2 日夜晚，山洪突然爆发，不到五个小时，沿淠河一带顿时成了一片汪洋。在两天的暴风雨中，全体社员在党支部和管委会的坚定领导下，同台风灾害作英勇的斗争。社员们用木盆、鱼盆、木船、水缸等工具，把所有稻场上堆存的二万六千斤早稻和玉米全部抢救出来，并把房屋被毁的二十多户社员转移到安全地区，确保了全社人、畜安全。该社受灾最重的沿河生产队，全队三十多个社员，在队长、共产党员楼家仓的带动下，在半天内把全部被淹的一百捆大麻、二千七百斤稻子全部抢出，并用船只转移出被围困在水中的二十一个男女社员和四十多头牲畜、家禽，最后连剩下的一只小花狗也被抢救了出来。

虽经全体社员的奋力抢救，但由于台风非常强大，山洪非常猛烈，仍然给该社带来许多人力不可抗拒的灾害。全社被淹和刮倒的中稻、玉米等作物达二千七百余亩，损坏和倒塌房屋二百余间。但是，东方农业社的社员并没有被突然到来的自然灾害吓倒。8 月 3 日，当台风风力刚刚减弱后，社内随即抽调了部分劳动力和拨出大批木材、稻草，协助社员修补了三十多间损坏的房屋，并动员有多余房屋的社员腾出二十余间住房，妥善安置了十二家房屋倒塌无处安居的社员。社里又提前预支了新稻七十万斤、现款一万五千元，帮助社员安定灾后生活。

台风过后，全体社员分成三套生产班子，采取抢救水淹作物、抢栽晚稻、复种晚秋作物和加强现有作物的田间管理等三种办法，从多方面争取多收粮食弥补台风灾害所造成的损失。8 月 3 日下午，雨住风停，洪水开始减退，全社约有二百多社员在被淹的八百多亩中稻田内，用竹竿推动水面的稻穗，将稻穗上的水沫、淤泥洗净，使稻穗今后能够正常生长。与此同时，全社还组织三百多个劳力，抽调水车三十部，扒沟、排水抢救中稻。已救出的稻棵，社员采用了及时翻稻棵、扎稻把和烤田的办法，促使稻棵继续生长。为了挽救和弥补全社五百三十二亩中玉米遭受台风刮倒、折断的损失，社内已筹备好了两千多斤晚玉米种和绿豆种，准备在水退后及时复种。对受灾尚有收成的中玉米，采用扶棵、包根的办法抢救。

据 8 月 7 日的初步统计，全社四天内排积水八百亩，有四百亩中稻已经扶了棵，复种了晚玉米四百余亩，抢栽了晚稻二千余亩。目前全社每天有三千二百余男女社员在紧张地进行灾后的生产恢复工作。

（1956 年 8 月 9 日安徽日报）

万紫千红的安徽地方戏曲　秦聿震

安徽省的地方戏曲，现在正呈现着“万紫千红”的新面貌。

目前全省十几个地方剧种，已拥有几千个剧目。全省一百二十多个地方戏专业剧团和数以万计的业余剧团，经常向广大人民演出这些剧目。仅仅各个专业剧团每天的观众就有七万多人。本省黄梅戏的优秀神话剧目《天仙配》拍成电影后，在全国各地都得到好评。

最近全省戏曲观摩演出大会，更集中地表现了安徽戏曲事业繁荣的新局面。在会上，不仅流行的黄梅戏、庐剧、泗州戏、皖南花鼓戏等剧种都表现了艺术上新的成就，新发展成为独立剧种的曲艺剧、推剧和原来几乎已经失传的徽剧也都放出了绚丽的光采。在演出的剧目中，不仅有优秀的传统剧，而且有表现现代生活的时装剧，不仅有悲剧和神话剧，而且有讽刺喜剧和生活小戏。在会演中表现了优秀的演技的，不仅有老艺人和著名的演员，而且有为数不少的青年演员。

安徽省的地方戏曲有着深厚的群众基础。它们的共同特点是形式纯朴、乡土味浓，唱腔丰富、优美，流行面广。像流行在长江两岸、淮北平原和皖中地区的黄梅戏、庐剧、泗州戏都是以当地民间山歌小调为基础，吸收其他剧种的唱腔发展而成的，同时每个剧种又都有它自己的独特风格的唱腔和剧目。流行的面都在数百万甚至上千万人口的地区。历史悠久的徽剧,以惊人的武功和优美的唱腔为特色,我国的京剧在发展中就从徽剧吸收了很多营养。

但是,在旧社会,安徽地方戏曲中无数表现劳动人民生活和美好理想的剧目被禁演,许多演员、艺人被污辱、迫害,许多优美唱腔和优秀剧目失传了。更严重的是徽剧,竟有二三十年没有上演。

解放后,安徽省的地方戏曲艺术又重新获得了恢复和发展。几年来,有关部门首先注意了壮大地方戏曲的队伍和培养新生力量,先后新创办和扩大了一百二十多个地方戏剧团,培养青年演员一千多人,同时,还为各剧种、剧团培养和配备了导演、编剧、音乐伴奏、舞台美术等各种人材。

徽剧的整理从一九五〇年就已开始,经初步发掘出的剧目达四百多个,二三十年未演出的徽剧老艺人又重新登台了。现在新的徽剧团即将成立。

原来在皖北平原的农村和小集镇上,流传着一种一个人抱着一支坠琴就可说唱的民间曲艺。解放后,安徽省有关部门就派人协助艺人整理这种曲艺,吸收相近于洋琴、坠子戏的戏曲唱腔,创造成了一种独立的剧种——曲艺剧,并新建了剧团。这个剧团几年来又增加了弦乐伴奏,排演了“双蝴蝶”“琵琶词”等五十六个剧目,受到农民的喜爱。

推剧是最近刚搬上舞台的。它是以流行在淮河两岸农村的四句推子小调为基础,整理发展而成的。它的唱腔平和易懂,有民歌风味。现在安徽省已新成立了一个推剧团,并已吸收兄弟剧种的和民间小调的优点,创造了二十几种唱腔,新排了五十六个剧目。

几年来,安徽省戏曲界挖掘传统剧目的工作,也帮助了地方戏曲的新的发展。如过去被视为“宣传迷信”的庐剧“卖花记”,被视为“违背婚姻法”的黄梅戏“红梅惊疯”和被视为“宣传统治阶级清官”的“双合印”等剧目，现在都重新整理公演了。

安徽省地方戏曲几年来在各方面都进行了大胆的改革。如过去黄梅戏、庐剧、皖南花鼓戏等剧种的音乐都很单调，很难表达剧中人物复杂的感情。几年来各有关剧团经过艰苦的摸索与试验，现在都采用了弦乐伴奏，幕前曲和幕间曲。这些改革一般都保持了各剧种原有独特的风格，而且使演唱更加优美动听，更能够表达人物感情了。另外，安徽省几乎所有的剧种现在都突出了原有的限制，出色地演出了许多受人民喜爱的时装剧。

（新华社合肥 1956 年 9 月 23 日电，通稿）

访大别山区革命老根据地　林牧　李明回　张文礼

我们最近访问了大别山区革命老根据地，看到这片曾经洒过数万革命烈士鲜血的土地上，今天已经结出社会主义幸福生活的果实。

在奔驰着的长途汽车上临窗远眺，可以看到过去被敌人砍光树木的光山秃顶和烧成焦土的山谷，现在已经覆盖着苍翠的松竹、茶林和茂盛的秋禾；在新筑成的公路上，在蜿蜒的河流中，来往穿梭着汽车、板车、轮船、帆船和簰筏。在深山和河谷，在密林和茶园中，人们正在忙碌地砍杉竹、割大麻、采茶叶、淘铁砂。

汽车把我们载过了山区有名的城镇霍山、佛子岭、独山和金寨。在二十多年前曾经是领导大别山革命斗争中心的金寨县城，今天已经变成梅山水库蓄洪区了；新的金寨县城正在梅山水库连拱垛附近优美的风景区建设起来。

大别山区革命老根据地建设委员会的负责人告诉记者说，大别山区今天的建设超过了历史上的任何时期。解放以来，国家先后拨出了一千多万元贷款和五百多万元救济金，帮助这里的人民医治战争创伤和发展生产。几年来单是小型的塘垛埝就修建了三万多处，大大减轻了山区农田的水旱灾害，加上生产改革的实施，使粮食产量比过去提高了八成以上。为了开发山区经济，解放以来修建和新建了五条公路，全长五百多公里，还开辟了近千公里的航道，把山区的土特产品大量转运出来，一九五六年的运出量就比解放初期增加了三倍以上。国家收购这些土特产品的总值每年都在六百万元以上，使山区人民的收入比解放初期增加了一倍左右。今天大别山老根据地人民的购买力，已比解放初期提高了三四倍，棉布的消费量比原来提高了一倍多，食油和盐、糖的消费量提高了五六倍。

我们在过去曾经被敌人烧成一片焦土的梅山周围看到了一幢幢宽敞的新屋和整齐的村庄，山村里每个人都穿上了洋布衣裳，家家都吃上了大米饭。中共金寨县委书记荣成富告诉记者，被敌人摧残最重的吴店、白大等三区的两万多受害人民，现在新建了两万多间房屋，新买了七千多头牛马、一万三千多件农具和七万多件新衣裳。这个县的三十五万多农民在一九四九年每人平均收入只有三十八元，到一九五六年就增加到七十元。响洪甸农业社副主任、老红军战士的儿子吴敏胡告诉记者，新中国成立前，他家无田无地，缺粮少衣，两个妹妹和一个弟弟被活活饿死，而现在他家不仅丰衣足食，而且还买了过去从未见过的胶鞋、热水瓶和蚊帐等物品。

当我们从六安乘汽车驶往佛子岭的时候，一群戴着红领巾的小学生和我们同车到达目的地，他们是皖西革命烈士子女小学放暑假回家的学生。他们说，在解放前连饭都没得吃，哪里还能到一百多里路以外的城市去读书！现在，山区入学的儿童已经有十二万七千多人，超过了解放初期的八倍；中学生也从七百多个增加到四千六百多个。

当我们和山区人民谈起防治地方病的时候，每个人都兴奋地说："这是大别山的又一次革命！"因为过去在大别山区患甲状腺肿大等疾病的人就占总人口的百分之四十五以上，有无数青年被夺去了可贵的生命。去年以来，山区的八十六个卫生医疗单位，已经替四分之一的甲状腺肿大病患者进行了治疗。此外，从一九五二年起，国家就对老根据地人民实行免费医疗。五年来山区免费医疗已达三十八万多人次，有效地保证了山区人民的身体健康。

在大别山区革命老根据地的梅山水库和佛子岭水库以及正在兴建的响洪甸、磨子潭水库，形成了一个巨大的“水库群”，它们不仅可以拦蓄洪水便利航运和自流灌溉，而且还组成了一个强大的水力发电网。现在，佛子岭的高压电线已架到三百里以外的合肥，并开始送电，到将来强大的水力发电网全部建成后，这里就将变成电气化的大别山了。

（新华社合肥1957年7月14日电，通稿）

淮河两岸丰收年景

龚灏　李祥仁　李明回

记者最近在几百里的淮河两岸作了一次访问，看到了今年淮河两岸丰收的年景和农民的欢乐。

淮河两岸目前正是繁忙的秋收季节，成千上万的农业社社员正在田野里收割庄稼。殷红的高粱和金黄色的玉米都已登场，现在正在收割水稻和大豆。在辽阔的平原上，运送庄稼的牛车络绎不绝。打谷场上，一堆一堆的草垛堆得比屋顶还高。在波光粼粼的淮河上，远望风帆片片，这是满载各种物资的船只。

到了阜南县的蒙河洼地。这是淮河中游有名的蓄洪地区。这个过去“蛤蟆撒泡尿都要被淹”的地方，今年获得了少见的大丰收。在十八万多亩的耕地上，全部长着丰硕肥大的庄稼：两尺多高的黄豆结满了豆荚，玉米棒子长得有牛角粗，沉甸甸的稻穗把半人高的稻茎压弯了腰。在蒙河洼地最洼的马家湖，七百多户的淮新农业社已经收好三八四亩水稻，每亩平均产量达到二百五十斤，其中有二十八亩出现了每田产一千斤的新纪录；黄豆每亩产量也达二百斤以上。淮新社社主任盛其兰告诉记者，蒙河洼地今年之所以获得丰收，主要是洼地蓄洪工程拦住了淮河的水。盛其兰说，要是在未兴建蓄洪工程之前，洼地既不能蓄洪，又不能保收，就如今年这么大的水，洼地早就淹得可以行船了。

记者在怀远县的马头城乡，看到这个乡新改种的一万八千亩水稻。当地农民告诉记者说，过去这里是一片旱地，每亩只能收几十斤旱粮。去年政府在这里建立了电力灌溉排水站，使这里的旱地变成了水田。马头城农业社老年社员程守明说："这样好的水稻，一亩至少可收五六百斤。"在凤台县，记者还看到了这个县今年种植的三一〇亩双季稻，早稻已经收了，亩产四五〇斤，最高的达到九五〇斤。现在第二季的晚稻长得穗满杆粗，据当地农民估计，每亩可以收三百斤左右。

据了解，今年象怀远、凤台这样改种水稻的情况，在淮北地区不是个别的。淮北今年共改种水稻一百多万亩，都得到了丰收，单位面积产量一般在三四百斤左右。这是安徽省在淮北地区推行农业生产三项改革中的一个重要成就。淮北地区现在流行着这样一首歌谣："水稻好、水稻好，人吃大米牛有草。这样的高产没见过，明年还要多种稻。"

（新华社合肥 1957 年 10 月 5 日电，通稿）

周总理访问肥光农业社　新华社记者

周恩来总理1月6日上午访问了肥西县肥光农业社，详细了解了这个社的生产情况和社员生活情况。陪同周总理前往肥光社的有中共安徽省委第一书记，安徽省省长、副省长等。

这天上午九点钟，周总理到了肥光社，受到这个社的干部和社员们的热烈欢迎。周总理首先亲切的和社主任、社员们一一握手，接着，就详细询问了这个社的生产情况。社主任侯守伦说，几年来，肥光社是年年增产的，社员的收入几年来也有很大增加，去年农副业平均每人八十一元，最高的一百元以上，最低的也有六十多元。周总理说，这样的收入在安徽来说，是不低的。周总理还问这个社养了多少猪，侯守伦说，全社今年共计饲养和繁殖二千五百三十头猪，平均每户是三点四头。周总理说，你们的猪也养得不少。

周总理和社干部一齐去看这个社正在兴建的一处水利工程。工地上有三百七十多个社员正在紧张地兴修拦冲坝。侯守伦向周总理介绍：今年社员兴修水利的积极性特别高，原定八万公方的任务已经超过了，现在全社已完成土方九万公方，最近又追加了二万四千公方，而去年全社只做二万四千公方。周总理看看坝下面的水泥涵洞，问修这个坝是国家投资还是社里自办。侯守伦说，这个坝全部是合作社自己办的，没有要国家花钱。周总理站在土堤上眺望水库，问这里能蓄多少水，有多大效益。侯守伦说：能蓄一百四十万公方水，这个坝打好以后，自流灌溉可达四千多亩田（全社六千八百多亩田），全社可基本上消灭旱灾。过去这里很多田不能保收，这个坝打好以后就可保收了，所以社员们把这个坝起名叫“幸福坝”。

这时，周总理来工地访问的消息很快在社员中传开了，大家热烈鼓掌表示欢迎。周总理和很多正在挑土的社员谈话，并和他们握手。

接着，周总理访问了这个社的肥光小学。周总理先后在三个教室里看孩子们上课，问他们识多少字，每天上几节课。周总理在二年级教室拿起一本语文课本，亲切地叫女学生杨善芝念给他听。周总理离开学校的时候，正好下课，同学们围着周总理热烈鼓掌欢迎，周总理含笑站在小同学中间，摄影留念。

周总理离开肥光小学以后，访问了一户因劳力缺乏并生慢性病的困难户，了解他家生产和生活情况。随后，周总理又到社员李业英家里去访问。李业英告诉周总理：她家今年共做四百三十个劳动日，养了一口大肥猪，一年共收入四百多元，除家庭副业外，平均每人收入八十多元，生活过得很好，现在家里还腌了一些鸡鸭。

周总理在肥光社还访问了这个社的医疗室和区的农业技术推广站。周总理向技术推广站的女工作人员吴寿茀询问这个站的任务，然后又问她在站里担任什么工作，吴寿茀说她主要是负责畜牧工作。周总理问她全区有多少猪？这个社有多少猪？吴寿茀答不出来。又问她是否参加社里劳动，她说没有参加过。周总理勉励她说：“青年知识分子要好好学习，认真工作，并且要好好参加体力劳动，在劳动中锻炼自己。”

周总理在肥光社的访问，给社干部和社员们极大鼓舞。他们说：周总理这样忙，还抽出时间来了解我们的生产和生活情况，我们一定要下决心改进工作作风，搞好工作，搞好生产，争取丰收。生产队妇女队长李业英说："周总理这样关心我们，亲自到我家里看我家的生活情况，我们一定要好好生产。"社副主任王开华说："周总理到我们社里，这样深入群众关心生产，说明共产党真正是全心全意为人民服务的。我们一定要下决心改进工作作风，搞好生产工作。"军属李大妈激动得流着泪说："当周总理和我握手的时候，真是说不出的高兴，心好象要跳出来了。我过去要了十三年饭，解放后才翻了身，今年全家共做三百多个劳动日，收入三百多元。如果不是共产党，我哪有今天！现在我五十五岁了，我还要努力参加生产。"社主任侯守伦说："周总理问我做了多少劳动日，我回答只做了十八个劳动日，觉得非常惭愧，以后一定要多参加生产，并下决心把社的工作搞好。"最后，这个社的干部们，表示要将"幸福坝"原定二十五天完工的计划，提前十天完工，并将明年的粮食生产计划由每亩产量六百七十斤，提高到七百斤。

（新华社合肥 1958 年 1 月 7 日电）

毛主席来安徽视察　新华社记者

毛泽东主席于9月16日至20日来安徽省安庆、舒城、合肥、芜湖、马鞍山等地进行视察。毛主席每到一处都和工人、农民、学生、干部亲切握手谈话，并就各项工作作了重要指示。陪同毛主席视察工作的有中共安徽省委第一书记、中共安徽省委书记处书记、安徽省省长，以及各地党委的负责人。这次随毛主席来我省视察工作的有国防委员会副主席张治中。在毛主席视察期间，来我省视察工作的还有中共中央政治局委员、中共中央委员、中共中央候补委员等同志。

毛主席于16日到了安庆，在安庆视察了安庆钢铁厂和安庆第一中学，当天随即乘车至合肥，途中又视察了舒城县的舒茶人民公社。17日在合肥参观了安徽省博物馆。18日在合肥视察了省委钢铁试验田——省委钢铁厂，视察了合肥钢厂，参观了安徽省新式农具展览会。19日毛主席在合肥和二十多万群众见面，随即乘车至芜湖，20日在芜湖视察了芜湖造船厂以后，又前往马鞍山，视察了马鞍山钢铁厂。

毛主席对发展钢铁工业极为重视，在安徽省先后视察了四个钢铁厂。在省委钢铁厂，毛主席详细询问了这个厂的情况，并看了这个厂两座十三立方米高炉的出铁情况。省委书记处书记告诉毛主席说，这个厂现在每天出铁二十多吨，是省委的钢铁试验田。毛主席笑着说："对啊！省委应该带头办啊!”毛主席问在这个厂参加劳动的是不是都是工人,省委第一书记说,除少数技术工人以外,绝大多数是机关干部,毛主席笑着连连点头,表示满意。毛主席在马鞍山钢铁厂视察时,冒雨看了这个厂的五号中型高炉,炼钢车间,七号、八号高炉,详细询问了这个厂的各种情况,中共马鞍山市委第一书记一一作了回答。毛主席说,马鞍山条件很好,可以发展成为中型钢铁联合企业,因为发展中型的钢铁联合企业比较快。毛主席视察了安徽省几个钢铁厂以后,着重谈到发展钢铁工业的问题。

毛主席视察舒城县舒茶人民公社时,称赞了这个公社的“除四害”和讲卫生工作,他说:“这个社很干净。”毛主席参观了这个公社的展览室和制茶厂。在展览室里,毛主席看了这个公社远景规划的模型和各种新式农具。毛主席走出制茶厂远望后山苍翠的丛林,乡党委书记杨忠应告诉主席说:“有些茶园就在这山坡上。”毛主席说:“啊!那就是茶树。以后山坡上要多多开辟茶园。”舒茶人民公社今年的农业和茶叶生产都有很大发展,今年的粮食总产量预计可达到七千二百万斤,平均亩产一千六百斤,比去年增加138%,每人平均有粮一千九百斤,比去年增加136%。这个公社办公共食堂以后,已经实行了“吃饭不要钱”。省委第一书记告诉毛主席说,舒茶人民公社八千六百多户现已养猪三万二千头,现在这个公社的食堂每星期每人可以吃到半斤猪肉,将来全社计划养猪六万头,如果吃一半,卖一半,这样每人每天平均可吃到四两猪肉。他还说,这个公社的食堂目前还不供给蔬菜,由社员自带蔬菜吃,将来也是要供给蔬菜的。毛主席听了很高兴,指示说:“人民公社将来要集中种蔬菜,种蔬菜也要专业化。”

毛主席在参观安徽省博物馆农业馆时,看了陈列在馆内的巢县复兴乡的棉花,这株棉花的棉秆有毛主席那样高,主席用手摸摸棉秆和棉桃,笑着说:“这株棉花的桃子不少!”毛主席看看挂在棉秆上的卡片,卡片上说明,这是复兴乡约两亩棉花丰产田的标本,品种是岱字棉十五号,每亩密度是六千二百三十三株,平均每株已有成桃六十五个。毛主席又看了从凤阳县烟草试验站试验田里采集来的两株烟叶,每株足有一丈多高,叶子就象水芭蕉一样。毛主席说:“这两株烟叶很好。”接着毛主席又在馆内看了小麦、水稻等作物的大面积丰产情况。

在水利馆里,毛主席很仔细地看了淮北实行河网化的成就和将来的规划。在濉溪县河网化示意图上,表示河道的各种线条密如蛛网。毛主席问图上的细红线是什么意思,省委基建部部长回答说:“这是表示小河道,有二十公尺宽,淮北河网化,根据新的规划共有五种河道,最宽的有六十公尺。”毛主席问:“这个县的河道已挖得怎样了?”他回答:“全县计划挖三十五万公方,现在已挖了十一万公方。”毛主席又问:“有没有洼地做水库?”他说:“凡是能做水库的我们都已经或者准备做水库;平原地区的水,我们主要是把它蓄在河网里面。”毛主席高兴地说:“这个很有意思。”接着毛主席又看了淮北河网化的总图,问图上的红线和绿线是表示什么,他告诉主席说:“红线是表示没有挖成的河道,绿线是表示已挖成的河道,现在整个淮北挖成的河道已有九千一百多条。”毛主席说:“啊!大工程。”毛主席对省委书记说:“明年开全国党代表大会时,你们应该把这张图挂到北京去。”

在“除四害”陈列馆里,毛主席详细看了几十种“除四害”的工具。毛主席看到一种活板捕鼠夹,只要老鼠一踏上活板,即使不吃食也能立即打住。毛主席笑着说:“老鼠这个东西很狡猾,这样,老鼠就要大遭殃啦!”省“除四害”指挥部副指挥向毛主席介绍了一种用两块土坯吊着做成的“土老猫”,既方便,又经济,而且效果很大,老鼠喜欢沿着墙走,只要一碰上就能打住，界首县有一个庄用这个办法就打死二千多只老鼠。毛主席说：“这个办法好。”

在安徽省博物馆，毛主席还参观了工业、交通、邮电、财贸、文化教育、林业、水产、卫生、历史文物等馆。在财贸馆，毛主席看了自动售粮器的表演，并和自动售粮器的创造者宋克臣握手。毛主席在邮电馆参观了自动售邮机和自动售报机。在卫生陈列馆，毛主席非常关心消灭血吸虫病的情况，对安徽省已有十四个县一百多个乡消灭了血吸虫病表示高兴。

毛主席在新式农具展览会，详细参观了提水、运土、耕作和收割等各种工具。毛主席以很大兴趣参观了绞车深耕犁的操作表演。省委书记告诉主席说：“淮南深耕比较困难，两条牛拉犁还很吃力，一定要发展这种绞车才能解决深耕问题。”毛主席说：“这种绞车深耕犁要普遍推广。”当毛主席知道了创造这些新式农具的大多是普通工人和农民时，对群众的智慧不断赞扬。

毛主席在视察安庆一中时，对这个学校勤工俭学、教育与劳动相结合的成就表示满意。这个学校已建成了八座小高炉，先后投入生产，并且建立一个电机制造厂，一个木工厂，由学生轮流参加劳动。毛主席在视察时和正在炼铁和做工的学生亲切地握手谈话。毛主席看到炼铁炉前穿着工人服满面灰尘的学生，问道：“你们是工人还是学生？”学生们抢着说：“我们都是学生。”毛主席又亲切地问道：“你们都学会炼铁啦？”学生们又齐声回答说：“学会啦！”这时一点零四立方米的小高炉正在出铁，毛主席看到学生们满身干劲，高兴地笑着说：“好！好！”

毛主席在乘车从安庆至合肥的途中，视察了沿途农村情况。毛主席看到公路两侧的晚稻一片碧绿，生长非常旺盛。很多农民正在“烧包子”，到处烟雾弥漫，毛主席问：“这种‘烧包子’是不是很普遍？”省委书记说:“很普遍。”毛主席又问:“有什么作用?”他回答:“主要是积肥、杀虫,还可以改良土壤。”毛主席说:“还有深耕的作用。”毛主席沿途看到标语很多,墙上、树上、屋顶上以至地上、田埂上,到处都有很生动的标语,而且很多地方有跃进门、宣传牌、宣传站,毛主席说:“宣传工作做得很好。”毛主席到合肥以后高兴地说:“沿途一望,生气蓬勃,肯定是有希望的,有大希望的。”

毛主席在合肥期间还和许多妇女干部谈了话,在谈到妇女工作问题时,毛主席说:“如果每年每人没有一千斤、两千斤粮食,没有公共食堂,没有幸福院、托儿所,没有扫除文盲,没有进小学、中学、大学,妇女还不可能彻底解放。”毛主席指出,只有办好人民公社,才是妇女彻底解放的道路。人民公社实行工资制、供给制,工资发给每个人,而不发给家长,妇女、青年一定很高兴,这样就破除了家长制,破除了资产阶级法权思想。

毛主席在安徽各地视察期间和广大群众亲切会见。在安庆、舒城、合肥、芜湖、马鞍山等地和毛主席会见的群众约有四十万人。这些人中有工人、农民、解放军官兵、学校师生、机关干部,有白发苍苍的老人,也有戴着红领巾的少先队员。他们认为能够看到伟大的人民领袖毛主席,是永世难忘的幸福,也是极其巨大的鼓舞。他们都为毛主席的健康而高兴。

毛主席在安徽各地视察,给广大群众和干部带来无穷的力量。毛主席视察马鞍山钢铁厂以后,当天夜里该厂就有许多人写了决心书,有许多人不肯下班,一直干到第二天上午还不肯休息。马鞍山钢铁厂已经决定在最近期间将生铁日产量由现在的一千一百吨提高到二千吨。省委钢铁厂正在加紧三、四号高炉的建筑安装工作,争取国庆节前后投入生产。省委钢铁厂还决定增加七对十三立方米的高炉,争取在 11 月上旬建成投入生产。安徽第一纺织厂一千多女工看到毛主席以后,一致提出要用加紧生产的实际行动回答毛主席的关怀，清纱车间甲班工人原来平均每人看车八台，19 日提高到每人看车十六台。合肥矿山机器厂电焊工、省劳动模范瞿庭蓓和全组工人正在为高炉焊接围管，原来一班一天只能焊两个半，会见了毛主席以后，她们提出一天要焊三个半，结果 19 日这一天她们一班焊了十六个。安庆一中在毛主席视察以后，当天晚上即召开座谈会，大家一致提出要鼓起更大干劲，力争上游，更好地做好勤工俭学工作，座谈会上决定再加速建成一座一点五立方米的小高炉，把生铁产量翻一番，到年底保证生产生铁一百吨，争取一百二十吨。现在，安徽各地群众和干部正以新的跃进高潮回答毛主席的关怀。

（新华社合肥 1958 年 9 月 29 日电，有删节）

少奇同志在安徽　*汤天真　王一夫*

10月16日到22日，刘少奇同志在安徽各地进行了为时七天的视察。少奇同志先后视察了宿县、濉溪、蚌埠、淮南、合肥、芜湖、马鞍山等城市和乡村，参观了许多工厂、人民公社、学校，对各项工作作了许多重要指示，并且和许多工人、农民、学生和基层干部进行了广泛的会见和亲切的交谈。

10月的安徽城乡，到处都充满着紧张的生产建设气氛。人民公社的运动，风起云涌，全省已基本实现了人民公社化。广大群众不分白天和黑夜，积极进行炼钢炼铁和秋收秋种。到处都是劳动的大军，遍地红旗招展，劳动的歌声此伏彼起。在钢铁和农业两条战线上，掀起了热烈的劳动竞赛，把工农业生产从高潮推向新的高潮。

就在这个时候，少奇同志来到了安徽。在视察期间，少奇同志对安徽人民群众建设社会主义的革命干劲和日益增长的共产主义觉悟，一再加以赞扬。少奇同志在蚌埠视察时，对蚌埠地、市委的负责同志说：人民公社是件很大的事情，特别是实行“吃饭不要钱”以来，牵涉到很多问题要解决。生产大跃进，社会关系大变化，我们的思想也要跟着变动。变动到什么地方去呢？就是变动到共产主义。少奇同志说，广大群众在炼钢炼铁运动中，表现了苦干精神，他们不是为了几个钱，而是为了一个理想：将来实现共产主义。

深入公社化的农村

10月16日下午一时半，少奇同志在蚌埠地委第一书记等同志的陪同下，来到濉溪县卧龙人民公社。社员们都到田野里去了，谁也没有料到我们敬爱的少奇同志这一天会到这里来。

卧龙人民公社是一个初步实现河网化的公社。少奇同志首先来到公社的办公室，和中共濉溪县委书记、百善区区委书记、公社党委书记进行了交谈。随后少奇同志就走到村外，看了新疏通的隋堤河，在河边上看了一块改种的新水稻田，少奇同志边走边问，兴致很高。

少奇同志沿着新筑的河堤缓步前行。对岸正在干活的社员，认出了少奇同志，都马上站起来热烈地鼓掌欢迎。少奇同志也停住了脚步，连连地向他们招手。

少奇同志在卧龙人民公社视察了两个多钟头。少奇同志问了这个社是什么时候成立的，又问了今年生产和生活情况，并仔细地看了濉溪县的和卧龙人民公社的河网化示意图，详细地询问了目前河网化的情况和远景规划。卧龙人民公社党委书记告诉少奇同志说，这个社已做到沟塘相连，基本上达到七十天不下雨，不受旱，十天降雨四百公厘，不受涝。今年水稻的产量比去年提高了五点八倍。

少奇同志对河网化非常重视。他说，河网化是大事，特别是易涝地区，它可以从根本上改变生产面貌，改善人民生活。这地方能这样做，别的地方也可以这样做。

一直到三点半钟，少奇同志才向恋恋不舍的告别人群，离开了卧龙人民公社。

这天晚上,少奇同志来到了宿县,和宿县“三八”人民公社的社长等作了长时间的谈话。谈到副业生产时,少奇同志问社长:“你们有些什么副业生产?”她回答说:“我们公社里养了羊、养了猪、养了鸡、养了鱼……还种了些菜园。”

少奇同志点了点头,兴致勃勃地说:“粮食有了,以后可以多养一些猪,多养一些鸡,多养一些鱼,除了过年过节吃,还可以实行定期会餐。”

少奇同志还嘱咐这个社的干部:今后种粮食、种菜、喂猪、喂鸡和手工业生产,都非有计划不可。凡是自己能做的,就尽量自己做,自己不能做的,要及早订货。

副社长向少奇同志汇报了“三八”社生产管理工厂化的情况。这个社已按各种不同的生产技术,组成了十个专业队。少奇同志说:这个办法好,有了分工,而且比较固定,技术容易熟练,生产就能搞得好一些。不过,也不是一辈子固定,只是相对的固定一下,做一个时期也可以换换。

少奇同志在视察期间,对安徽省的农业生产还作了许多重要的指示。中共安徽省委农村工作部部长向少奇同志汇报时说,安徽省在粮食生产“大跃进”的情况下,明年打算减少一些粮食播种面积,提高单位面积产量,多发展经济作物和各种树木。少奇同志说:“我看这个方针对,将来就可实行用三分之一的田地种粮食,三分之一的田地植树,三分之一的田地休闲。”

在谈到提高单位面积产量问题时,少奇同志还算了一亩高产田和十亩一般田产量的对比账。最后得出的结果是:高产田面积小,产量高,种子、人工、肥料、工具、用水、运输力量都可以节省。少奇同志说:将来是否可以把种十亩田的人工、肥料,集中用到种两三亩田上去,人工、肥料花的少，产量又高。少奇同志还提出，今后往下面下达粮食生产指标，不要把面积指标定得太死了，或者不要把面积作为粮食生产的唯一指标，主要应下达产量指标。

少奇同志对植树问题很重视。少奇同志说："树是不容易栽的，要早下手准备。种树是否也可以象种庄稼一样，进行加工、施肥和灌溉，使树长的快。种树，也要解放思想，打破陈规。"

在芜湖视察时，少奇同志还指示皖南山区应大力发展种竹子。少奇同志说："竹子生长快，占地不大，用处又很广，可以大力发展。"

工业建设要注意合理布局

10 月 22 日，少奇同志来到了马鞍山市，视察了马鞍山钢铁公司的生产和建设情况。这天雨后初晴，天高气爽。下午两点二十五分，少奇同志在省委第一书记的陪同下，来到了马鞍山钢铁公司新建的炼铁车间。当少奇同志出现在工地时，顿时整个工地都轰动起来，工人们欢欣若狂，掌声和笑声震荡四方。少奇同志精神饱满，频频地向欢迎的人群招手。

少奇同志在这个新建的炼铁车间停了一会，抬头观看了这批即将形成的高炉群。新投入生产的四、五号高炉高大的烟囱，正冒着滚滚白烟，另外三座高炉还被许多建筑架包围着，建设工程正在加紧进行。新车间的工地上车水马龙，紧张异常。少奇同志看了一会，在中共马鞍山市委书记的陪同下，健步登上四号高炉的炉台，走到了火热的炉旁，拿着探火镜，透过风口看了高炉里燃烧的情况。接着，又参观了炼钢转炉车间和老炼铁车间的一号高炉，并和工人握手交谈。

少奇同志询问了马鞍山钢铁公司目前生产建设的情况，又详细了解了马鞍山的资源情况和远景规划。市委书记向少奇同志汇报了当前的生产建设情况后，又告诉少奇同志说：马鞍山矿石资源很丰富，交通也很方便，厂里的技术条件也比较好，将来准备建成一个钢铁联合企业。少奇同志说，淮南出煤，马鞍山出矿石，你们把矿石运给他们，他们把煤运给你们。

少奇同志对工业建设的合理布局很重视。中共安徽省委工交部部长向少奇同志汇报工作时，说安徽目前正根据就矿、就煤、就电、就交通的原则进行钢铁工业建设，并对原有的钢铁工业作了调整。少奇同志认为这样做是正确的，他说钢铁工业建设要选择适当地点，这不是条件论，这是客观规律，我们的主观能动性要适应客观规律才能发挥作用。少奇同志当了解到淮北煤藏情况时，就建议省委在淮北搞钢铁厂，这样可以运一吨煤出去带回一吨矿石，来回都不空运。在中共芜湖地委和芜湖市委汇报工业建设情况时，少奇同志也对他们说：有些工业可以分散一些，不一定都集中在城市里；有些就要集中，如钢铁生产就要集中在煤炭和矿石产地。少奇同志还询问了皖南山区的煤藏情况，指示芜湖地委要很好开采，他说江南的煤很宝贵。

在淮南视察时，中共淮南市委书记向少奇同志汇报说：煤的外运很紧张，煤堆在矿场里运不出去，不仅外运紧张，矿区内的运输也很紧张。少奇同志说，现在暴露出这个矛盾，也就指出了我们今后应当怎样搞。今后可以在这里建发电厂、炼焦厂、炼铁厂、炼钢厂，把煤尽量就地使用。这些厂的建设也要合理安排一下，使矿井里挖出来的煤，可以直接往洗煤厂一倒，洗选出的煤可以直接往炼焦厂一倒，焦炭再往高炉一倒，这样矿区内就可以减少火车运输。

少奇同志对城市的工业生产也作了许多指示。当市委书记告诉少奇同志,淮南市正在建设钢铁厂和炼焦厂时,少奇同志说:你们这里条件好,煤、焦、电、钢铁都是人民需要的。城市的工业生产要适合人民的需要,不适合人民的需要就干不成,生产出来也卖不掉。少奇同志在宿县询问了宿县城手工业生产情况后指示说,人民公社普遍办起来了,许多东西他们自己逐步可以做了,城市的手工业生产就要很好安排一下,做那些农村人民公社自己不能做的东西。今后城里主要搞大机械修理,小机械的修理也可由农村人民公社自己搞。少奇同志说:"城市手工业,要及时的调整一下,搞早搞迟都不好,现在正是时候。"少奇同志指示把一些手工业和服务性的行业,打铁的,做木器的,做衣服的,理发的等等,适当的分一些给农村人民公社去搞。

畅谈教育和劳动相结合

10 月 19 日,是合肥工业大学师生们难忘的一天。这天下午,少奇同志视察了这所学校。少奇同志在学校西大楼下车后,一眼看到了紧张劳动的炼铁现场,便立即向那里走去。一群工人模样的大学生,正在那里炼铁炼钢,当他们看到少奇同志走来时,立即响起了热烈的掌声。少奇同志在这里询问了炉子的结构、用多少燃料、每炉出多少铁等情况,合肥工业大学党委书记都一一作了回答。

穿过炼钢炼铁现场,少奇同志又看了电机制造厂、机械制造厂、吹氧炼钢、机工厂、"红旗"工厂和教育革命展览室。少奇同志走到哪里,哪里就形成包围的人群,少奇同志毫无倦意地从这个厂走到那个厂,频频向欢迎的人群挥手致意。在"红旗"工厂,少奇同志询问这个厂由学生白手起家办厂的情况,称赞地说:是应该叫"红旗"厂。离开"红旗"工厂时,少奇同志握着“红旗”工厂代理厂长赵士康同学的手说：“你们搞得不错，要努力，还可以发展大的，一年之后办一个大厂。”所有的同学听了少奇同志的话都受到莫大的鼓舞。

少奇同志从教育革命展览室出来，便和学校的负责人走进了招待室，开始了亲切的谈话。

少奇同志对学校大办工厂以后的教学质量问题很关心。少奇同志问：“结合生产劳动进行教学后，教学质量怎么样？”党委书记回答说：“根据我们初步经验，结合生产劳动进行教学，教学质量不但不会降低，反而可以提高。”少奇同志说：“教学质量问题是大家关心的问题，学生关心，教员关心，家长关心，我们也关心。教育与生产劳动相结合是能提高教学质量的，但现在还缺少这方面的经验，搞得不好，质量也可能会暂时降低，应该注意。”

党委书记告诉少奇同志：“宣教系统钢铁厂举办的技工学校有一千多学生，都是高小毕业的程度，他们已实行半工半读，准备十年达到大学毕业。”少奇同志说：“是要使他们大学毕业。现在是学校办工厂，工厂办学校，将来逐渐发展成为一套，工人半工半读，农民也半工半读，大家都半工半读。”

少奇同志还对他说：“你们学校现在还是应以学习为主，一部分时间劳动。现在大学还没有普及，象你们这类大学还不多，应以学习为主；技工学校应以生产劳动为主，如果生产忙时可以少读点书。有两种学校，一种以学习为主，一种以生产劳动为主，将来两种学校就逐渐可以搞成一样。”

谈到教育方针问题，少奇同志说，教育历来是为政治服务的。解放以前旧中国的教育是为反动的政治服务的，我们的教育应该为无产阶级政治服务。教育同生产劳动相结合，这是无产阶级教育方针基本特点之一，我们的教育决不能和劳动相分离。在旧社会里教育同劳动始终是分离的。过去学校学生实习时，有的也有些生产劳动，但不是我们的提法，我们的提法是教育和劳动相结合，而且将来要逐步做到消灭脑力劳动和体力劳动的差别。两句话：工农分子知识化，知识分子工农化。知识分子工农化的口号，已经风行一时了，不仅是一时，而且要一直做下去。这个任务比起工农分子知识化还比较小，知识分子全国只有几百万，大头在工农分子知识化，那是几亿人口的问题，这个任务更为艰巨。

少奇同志说，有人看不起当教员这一行，当教员的也看不起自己这一行，主要是不愿侍候人。托儿所的保育员、烧饭的、洗衣的，他们说这都是侍候人的，就看不起自己这一行。这个观点到底正确不正确？不愿侍候人，那么侍候牲口怎么样？有些人认为侍候牲口倒可以，侍候石头倒可以，侍候钢铁也可以，侍候植物、高粱、小米都可以，独有侍候人不可以，他们就看不起这一行。为什么？是不是侍候牲口、矿物和植物就算是高贵的，侍候人就算是下贱的？这个观点那里来的？这是从剥削阶级那里来的，因为在剥削阶级统治的旧社会里，受侍候的人称作为高贵的，侍候人的人被看作是下贱的。在我们的社会里，大家都是互相侍候的，侍候别人也就是侍候自己，即所谓“人人为我，我为人人”。侍候牲口、植物、矿物，其实也是侍候了人。这个问题不是别的问题，就是观点问题，应该解释清楚，把错误观点转变过来。

少奇同志在视察了马鞍山后，10 月 22 日离开了安徽。

少奇同志来安徽视察工作的消息传到各地以后，城乡广大干部和群众受到莫大的鼓舞，纷纷表示要牢牢记住少奇同志对各项工作的指示，积极地在实际工作中贯彻执行。特别是少奇同志视察过的工厂、矿山、人民公社和学校，大家都决心用实际行动来回答少奇同志的关怀。蚌埠钢铁厂全体职工，在少奇同志视察后的当天晚上就举行了大会，一致决定拿出更大的干劲，生产更多的钢铁。大会一结束，这个钢铁厂的耐火砖加工厂的工人们便立即展开夜战，一夜间磨出了够砌九座高炉炉腰用的耐火砖。同一天夜里，少奇同志视察过的东海烟厂和蚌埠红旗农场、第三中学也都沸腾起来了。东海烟厂的女工们把大红喜字贴遍了少奇同志到过的各个车间。工人们都把看到少奇同志，引为莫大的幸福。

17 日晚间，红旗农场的学生们聚集在一起，谈论着白天少奇同志来到农场的情形，谈论着农场的幸福远景，讨论着他们的生产指标和保证条件。乙班孟宪彭同学，带着又兴奋又惭愧的心情，主动地在会上检讨了自己不安心农业生产的错误。座谈会一散，同学们个个浑身是劲，连夜投入了紧张的劳动。三中的领导人逐字逐句地研究了少奇同志的指示，一直到深夜，根据少奇同志的指示，这个学校将把农业生产扩大到一倍，招收七百名半工半读的学生，提高生产技术，生产高级产品。

（1958 年 11 月 6 日安徽日报，有删改）

丘陵千里　渠水长流

——淠史杭灌区访问记　陈向东　石正章

淠史杭灌溉工程，是我国大型水利工程之一。自兴办以来，紧紧抓住工程配套，并充分利用原有的大量沟塘堰坝，把灌区群众的长远利益和目前利益结合起来，调动了广大群众兴办水利的积极性，加快了工程进度，保证了工程质量，并迅速扩大了灌溉效益。近几年灌溉效益每年以五十万亩的速度递增，做到了渠成水到，渠田贯通，成绩是很大的。

淠史杭灌区的经验说明，在各地兴修水利当中，对各种类型的水利工程，都应当十分重视依靠群众的力量，发扬自力更生的精神，做好工程配套工作，争取提早受益。

(一)

水在屋上流，船从岗上走。

拿锹就放水，干旱永不愁！

这是皖西地区人民对新建的淠史杭灌溉工程的热情颂歌，也是目前淠史杭灌区情景的生动写照。

淠史杭灌区工程，对于多数人来说，还是陌生的。但是，在安徽广大群众心目中，它却被认为是水利建设“大跃进”的产物，是人民公社巨大威力的体现。

淠史杭，是淠河、史河、杭埠河三条河的总称。淠史杭灌区——西界史河，北濒淮河，东跨淮南铁路至池河、滁河流域，南越江淮分水岭接巢湖水系——在一万三千多平方公里的地面上，出现了数十条崭新的河流和数不清的大小渠道，把来自山间的大量雨水注入农田。这就是灌溉安徽中西部、还在继续兴建中的淠史杭灌溉工程。

这个以灌溉为主的规模巨大的水利工程，是一九五八年冬季开始兴建的。兴建这个工程的目的，是利用大别山区梅山、佛子岭、响洪甸等几座大型水库的大量蓄水，灌溉这里九县两市（合肥市和淮南市）的一千多万亩耕地，把这片历来多旱灾的丘陵区逐步改造为粮食高产区；还计划利用渠水的落差建设许多中小型发电站，为发展农业生产，建设社会主义新农村，提供大量电力。最后还要通过新建干渠，把淠、史、杭三条河沟通起来，把原有水系沟通起来，发展航运事业。这是一场改造自然的伟大斗争。

五年来，工程范围内的广大群众，在党的正确领导下，在社会主义建设总路线的指引下，怀着对美好远景的无限信心，以移山倒海的英雄气概，以艰苦奋斗的革命作风，劈山切岭、筑坝填冲，一锹锹的挖，一段段的修，踏实苦干，坚持不懈。目前，规划中的主要渠道多数挖通了；三座大型渠首工程基本建成了；灌区中的总干渠和分干渠，已有二十条通水，通水里程达到七百三十多公里；能灌万亩至五万亩以上的大型支渠已经通水四十多条，它们全长达到五百多公里。至于由公社、生产队自行开挖的斗渠农渠，更是不可胜数。已有六个县的局部，或者大部地区通水灌溉。灌溉面积已由一九五九年的九十六万亩，扩大到去年的二百八十八万亩。凡是通水地区，自流灌溉都在百分之八十以上，效益不断增大，粮食年年丰收。一九六三年灌区粮食产量，又比一九六二年增长二成以上。

（二）

不久前，我们怀着十分兴奋的心情，参观了淠史杭灌溉区，访问了六安、寿县、霍邱、金寨、舒城等县的一些公社和生产队。所到之处，不论干部社员，一提起淠史杭工程，无不赞不绝口。有的说它是“地上天河”，有的称它是“幸福河”，还有的说是由水渠里“共产党放来了长金稻的银水”。我们到达灌区时，早已秋收完毕。但是，看到沿途连绵百里的稻田里那又粗又壮的稻根，许多村庄堆积如山的稻草垛，以及成群的鸡鹅猪羊，可以想见这里发生的巨大变化。

寿县是灌区内受益显著的县份之一。这个县地多人少，历来以种旱粮为主，单产较低。自从一九六一年贯穿全县的两条分干渠道通水以后，粮食产量增加很快。过去水稻保收面积不到一百万亩，一九六三年栽了一百四十五万亩，接近全县耕地面积的一半，收获稻谷却占了全县粮食总产的百分之八十。我们在这个县的众兴公社东岳大队土城生产队访问了半天，这个队去年收获粮食九万一千斤。社员们说通水前那一年收的粮食还不到一九六三年收获的一半。一个原因是他们把水稻种植面积由往年的一百亩左右扩大到二百三十亩；其次是过去种水稻全靠车水，现在自流灌溉，节省了大量人力。过去每车一交水，要动员全队男女劳动力干十三天，现在一个劳动力扛一把锹，逐田放水，三天就把全队的水稻田灌满了。节省下来大批劳动力,加强了田间管理和积肥。

一些通水最早的老灌区,几年来粮食作物都稳定增产,长期存在的旱灾威胁已基本解决。

(三)

这样巨大的灌溉工程,为什么能在这样短的时间内收到这样大的效益呢?我们又对渠道建设和灌区发展情况,作了进一步的了解。

这里主要渠道都是在大别山几座水库之下,顺着丘陵的走向,在岗岭的脊背上通过的。远远望去,许多干渠就同长城一样迤逦在丘陵之上。我们曾在六安迤东的淠河总干渠航行了一段。轮船在八十米宽的水面上,鼓浪前进,两旁村庄土地,尽在眼底。两岸每隔不远,就有一座写着公社或当地地名的输水小闸门,闸门外一条条支渠,通向农田。在其他的干渠和分干渠上,也看到类似的情形。干渠通着支渠,支渠又通着许多岔渠。干渠的水就像"白马分鬃"一样,通过这支渠,送入两旁农田。工程配套工作做得这样完备,给我们很深的印象。

据有关方面告诉我们,灌区各地都普遍抓了工程配套,保证迅速扩大效益。如目前通水里程最长、灌溉面积达到八十多万亩的淠东干渠,一九五九年开始局部通水以来,经几个冬春开挖,现在干渠两侧已有支渠五十一条,通水所必须的涵闸斗门等大小建筑物近百座,大大小小岔渠,更是纵横交错,难以数计。这条干渠南端的六安木厂铺区,最近三年由于开挖了大型支渠两条(共长九十多公里),斗渠农渠三百七十多条,就使全区十一个公社社社通水,二十三万亩土地得到灌溉。

在为数众多的配套工程中,有一个显著的特点,就是原有的大量沟塘堰坝，也被利用起来，同新建渠道结成一体，使一些死水塘变成活水塘。这种情形我们在六安、寿县、霍邱都看到过。仅霍邱县长集一个区，同渠道相连的大小沟塘就有七千多个。人们给它起了个形象化的名字叫做“长藤结瓜”，我们在长集附近的大桥生产队，曾经一口塘一口塘地踏看了二十几口，它们都通过小渠和支渠串连着，真同长藤结瓜一样，分布在渠道附近的农田之间。有些塘还是一汪池水，白鹅绿鸭悠然浮游。这些分散的、小型的沟塘，大都是在过去小农经济时代，农民为了防御旱灾因地就势不断修建起来的。但是，由于水源缺乏，容积又小，蓄水保水作用不大。现在，一经和新建渠道结合成套，源远流长，蓄水量都大大增加；而且长年通水，灌溉能力也随着显著提高了。充分利用这种分散的沟塘，既节省了大量的施工量，缩短了配套时间，又迅速扩大效益，群众是很欢迎的。

灌区范围内，还有两座较大的古代水利工程，一是寿县境内的安丰塘，一是舒城龙河口水库下游的七门堰。淠史杭灌溉工程也和这些水利设施结合起来。如安丰塘，据史书记载是我国春秋时代由楚国兴建的，距今已有两千多年历史。这个著名的古老水利工程，年久失修，到解放时，只能蓄水一千八百万立方米，灌田八万亩。纵贯寿县的淠东分干渠和这个塘衔接起来以后，安丰塘改造成为灌区较大的反调节水库之一。目前这个千年古塘，已恢复年轻面貌，蓄水量提高到六千四百万立方米，灌溉面积去年扩大到五十二万七千亩，塘水浩荡，一眼望不到边，周围二十七个公社受到灌溉之利。

灌区范围内，除了淠史杭三条大河外，还有数十条河流。这个工程在兴修干渠和发展配套过程中，对于这些河流的处理，也很巧妙合理。淠史杭三条大河，是用截流的办法，把上游来水引入新渠的。其他小河，大都流经丘陵洼处，河床较低。凡是和新渠交叉或连接的地方，都利用地下涵或泄水闸，让它们继续通行，保存原来的流通系统。在六安以东的总干渠底，二十公里内就有四条小河通过四条地下涵从南向北横穿而过。我们在百家堰参观的一条地下涵，长一百多米，高宽各十几米。两辆大卡车可以并排开进开出，上面渠水滔滔，下面细流潺潺。这些河流千百年来担负着排泄山区来水和当地径流的作用。所以兴建新工程时，尽量让原有河流畅通无阻。一九六二年八月，山洪暴发，霍邱境内有些渠道就曾向老河放水，由老河道排泄，保证了渠道正常通水，收到了排灌兼顾之效。

这个灌区在通水的同时，很注意水利设施的管理。目前这个灌区内每条通水的主要渠道和大型涵闸，都有管理处、管理所、管理段。除了这些国家机构，灌区还有群众性的管水组织，如渠道委员会、水利代表会、管养小组和管水员；公社和生产队的负责干部还有专人分工管水。他们负责掌握通水蓄水情况，制订用水计划，建立管水制度，了解和处理用水的问题，并负责渠道的维修养护工作。

（四）

淠史杭工程的一些主要骨干工程基本建成以后，由于适时地兴建配套工程，就把群众长远利益和眼前利益结合起来，有效地调动了人民公社兴办水利的积极性。在开办淠史杭工程之初，曾有人对岗上开河、高地通水抱着怀疑态度。渠道一通水，人们都惊喜万分，奔走相告。老年人有的骑着大牯牛去看水，眼睛看不见的就叫人背着去摸水，青年人更是高兴得在堤岸上与水头赛跑。通水了，灌田了，这对当地群众是一个极大的鼓舞，群众兴修配套工程的积极性更加高涨。如延长木北支渠工程，打算组织五千人参加施工。当地群众闻知后,男女社员一齐出动,一上堤就是一万人,只一个多月,这条底宽达十五米的大型支渠,就提前完成了延伸任务。

在兴建配套工程中,灌区各公社动员和组织了大批劳动力,发扬自力更生的精神,而且自己动手解决了许多材料和技术上的困难,把一批批的配套工程,迅速兴建起来。目前整个灌区以内,凡是小型支渠和支渠上的小型建筑物,几乎没有一处不是人民公社自办的。寿丰渠上的九个进水闸,流量都有一两个秒立方米,不要国家的帮助,社员不声不响便兴建起来了。淠河总干渠边上的樊通桥公社马庄大队,已开的六条渠道,都是党支部书记孙模荣亲自带领社员测量选线,领导施工的。在开挖第一条渠道——袁庄支渠时,孙模荣用木棍代替水平尺,一段段地瞄,选好了渠道的线路,就组织各生产队协作开渠。不到一天工夫,干渠的水就源源淌进了支渠。以后又陆续开了五条渠道,有的是绕山岗走的,有的是切开岗向前伸展的,也有的要在洼地填起渠道来。尽管工程比较复杂,他们边学边干,终于克服了困难。灌区人民公社就是依靠许多类似孙模荣这样的土生土长的,从兴修水利的实践中锻炼出来的土专家、土技术员,出色地完成了工程配套的任务。

（1964年1月31日人民日报）

我国第一个火车车轮轮箍厂建成

陈燮梅　储少彬

我国第一个火车车轮轮箍厂今年国庆前夕(在马鞍山市)正式投入生产。第一批出产的轮箍已装上了机车,正在铁路上运转。

车轮轮箍厂的建成,也跟其他许多新工厂建成、新产品出现一样,这是我们党自力更生方针的成功,是调整、巩固、充实、提高方针的胜利。

车轮轮箍厂是我国近年兴建的现代化大型企业之一。它是我国贯彻执行自力更生方针的又一重大成果。它的设计和施工任务全部是依靠国内技术力量完成的,全套设备也是依靠国内原材料自行制造的。厂里安装的轮箍轧机、车轮轧机、巨大的环形加热炉和水压机等二十多种技术复杂的设备,都是我国首次设计制造成功的新产品。

车轮与轮箍是火车行驶部分的主要部件。车轮主要用于客车和火车车厢,轮箍是套在机车车轮外边的"钢套"。火车运行时,车轮与轮箍不仅要承受整个车体载荷重量的重大压力,还要受到钢在运行中与钢轨表面产生的摩擦力、冲击力以及刹车时受热而产生的热应力。因此,车轮与轮箍的质量要求都特别高。它们必须具有足够的强度和韧性,以及良好的耐磨性、可焊性,才能延长使用寿命,并且在高速度运行中确保安全。

在建设这个工厂的过程中,建设者们坚决贯彻了集中优势兵力打歼灭战的思想,从一九六二年五月开始,只用一年半的时间就完成了轮箍轧制系统的施工任务，并且一次就把轮箍轧制成功。经过几个月的试生产，目前轮箍合格率已达到百分之九十以上。今年已开始供应铁道部门六种不同规格的产品。去年年底开始施工的制造车轮系统的工程现在也已经建成投入生产，并轧制出了我国第一批整轧钢轮。

这个工厂是在冶金工业部和第一机械工业部的密切协作下建成的。直接参加这项工程的设计、设备制造和施工的部门共有二十多个，这些部门发扬了共产主义风格，同心协力，使这项大型工程建设得又快又好。

我国铁路事业已有近百年历史，但车轮、轮箍一直依靠国外进口，每年需要量很大。过去我国曾经生产部分冷硬铸铁轮、铸钢轮供货车使用，但质量比轧制钢轮差得多。一般轧钢轮可比铸铁轮、铸钢轮使用寿命长三四倍，运行速度可以提高百分之三十至四十以上。我国第一座车轮轮箍厂的建成，还为我国将来发展高速度的内燃机车与电机车提供了有利条件。

（1964 年 10 月 11 日人民日报）

山城屯溪　李明回

从芜湖搭乘汽车奔驰十个钟头，就到了皖南山区的五万多人口的山城屯溪。它座落在岗岭四合的盆地上，美丽的新安江从它身边滔滔流过。

进入市区，只见公路两旁矗立着许多新建筑，一个工厂接着一个工厂，街道十分整齐，市面欣欣向荣。

屯溪的发展是跟茶叶联系在一起的。两百年前，这里只是一个八十三户人家的山村。随着名茶"屯绿"销路的打开，这个山村逐步变为一个热闹的市镇。一直到解放初期，这里还有五十多家资本家开设的茶号，采用手工业方式加工茶叶，远运到在上海、武汉和济南开设的分号，以攫取大量的利润。而现在，茶号不见了。社会主义的新企业代替了资本家的旧茶号，近代化的新茶厂代替了手工操作的旧作坊。目前，矗立在新安江畔的机械化屯溪茶厂，正日夜为徽州专区的休宁、太平、黟县等地所产的"屯绿"毛茶进行精加工。车间里，工人们穿着干净的工作服，井然有序地操纵着各种机器。这些机器帮助他们大大提高了茶叶的加工速度和品质，扩大了"屯绿"名茶在国内外市场的声誉。这个茶厂是一九五〇年建立起来的。十四年来，这个茶厂仅为国家出口加工的茶叶即达四十四万多担，远销到摩洛哥、阿联酋、北非等二十多个国外市场。

屯溪曾经走过一段畸形发展的道路：抗日战争时期，苏皖沪三地大批国民党的党、政、军、特务等机关涌集在这里，餐馆、妓院、烟馆、赌场相继成立，使屯溪变成了追逐声色饮食的场所。一直到解放之后，它才走上了健康发展的道路。目前，屯溪是徽州地区的政治中心，中共徽州地委和徽州专署就设在这里。由于十多年来有计划的发展了工业，现在这里已经拥有电力、机械、化工、汽车修理、染织、造纸、食品、肥皂和制药等二十多个企业。

这里的工业和手工业大部分是就地取材，利用皖南山区土特产加工逐步建立和发展起来的。屯溪造纸厂充分运用了当地的稻草、麦秸和野生纤维，生产出了质量很好的有光纸。食品厂利用有名的徽州雪梨、三潭枇杷和桃子等鲜果，生产了味美可口的水果罐头，远销省内外各大城市。肥皂厂利用山区原料柏油、青油和松青等油脂所生产的肥皂，也受到消费者的欢迎。在手工业方面，利用竹、木、棕、麻、藤等山区特产为原料加工的产品，不仅数量大，而且品种多，畅销省内外。

屯溪许多具有传统特色的文化工艺品在解放后也新生了。解放前濒于停产边缘的胡开文墨庄如今生意兴隆，它生产的徽墨品种有三十多种，去年全年产量达十四吨，超过了战前产量的最高水平。

历史悠久的徽州竹编和堆漆画等工艺品，是最具有地方特色的。屯溪工艺厂门市部陈列的竹席、屯溪篮、手提篮等产品，精致美观，十分引人注目。在这个厂里，我们看到有四十年工龄的老艺人方生全，正以熟练的技术，用质软如发的篾丝，来编结高级的装饰图案。产品的精细玲珑和色彩绚丽，实在令人爱不释手。厂长告诉我们说：整个工艺厂有职工一百四十多人，其中青年工人和徒工约占百分之八十以上。为了更好的把老工人的技艺继承下来，差不多每一个老工人身旁都配有数名徒工。除了竹编之外，久已停产的“歙砚”也恢复生产了。工人们用道地的龙尾石琢制的砚台，引起了书画家及爱好者的很大兴趣。

我们访问屯溪时，正逢新安江涨起了一年一度的桃花水，一批批的木筏、竹筏正顺流而下，把竹木运出山区去支援国家建设。据专区有关部门说，屯溪港通过新安江外运的竹木茶炭之属，每年约达十六万吨左右，还不包括社队直接放运到收购点的物资在内。自从浙江省境内的新安江水电站修成后，由于新安江上游水位抬高，有一百多华里激流变为平流，大大便利了航运事业，不仅放筏和船只行驶安全了，而且因为可以通行小轮，货运成本每吨也降低百分之四十五。除开航运之外，北通芜湖、贵池，西通江西省景德镇，东南通杭州的几条公路干线，每天都有汽车往返，不断地把煤油、食盐等日用工业品运进山区里来，又把山区土特产源源运出去。

（新华社合肥 1964 年 10 月 19 日电，通稿）

知心店　肖美俊

已经是深夜十二点了。外面正下着大雨，芜湖市新长安旅馆主任刘汉卿两眼还直盯着外面。

“刘主任，你不舒服吗？”服务员王珍喜关心地问他。

刘汉卿忙转过脸说：“不是。我在想十一号住的凤阳供销社三位同志到现在还没有回来，准是没有雨伞和胶鞋，不知被雨阻在哪里啦？”

王珍喜想了想说：“我听说其他旅馆也住了凤阳供销社的同志，不如打电话问一问。”

一句话提醒了刘汉卿。他忙用电话询问了七八家旅馆，才打听到凤阳供销社的同志们是在三春旅馆开会，被雨阻住不能回来。刘汉卿连忙拿上雨伞和胶鞋，冒着狂风急雨，兴冲冲地向三春旅馆奔去。来到三春旅馆，三位旅客忙迎上来，他们见刘汉卿浑身都被雨水打湿了，激动地说：“真太感谢您了！”

新长安旅馆是一家只有十二个房间、四十张床铺的小旅馆。但就是这家小店，在南来北往的旅客中却享有不小的声誉，人们交口称赞旅馆是“知心店”、服务员是“毛主席教导出来的好服务员”。这个旅馆不光是对住在他们店里的旅客这样关怀，就是不住店的过往旅客向他们提出要求，他们也同样热情、认真地负责解决。

今年春节以前，有位名叫沈时鹤的干部，从歙县回合肥过春节。他路过芜湖的时候，听说新长安旅馆能给旅客代买车船票，就想请他们帮助预购一张二月七日芜湖至歙县的汽车票。但是，他又想到：自己不住他们旅馆，而这张票还要等过了春节才能去买，这种额外的麻烦，他们愿意接受吗？沈时鹤带着矛盾的心情，走进了旅馆。服务员马上走过来热情接待他，接过行李，递杯热茶。他觉得不过意，忙说："同志，我不住店，是有件事想麻烦你们。"记账员潘玉华连声说道："我们是社会主义企业，住店和不住店都是一样，有什么需要我们办的事，尽管说吧！"沈时鹤把要求说出来以后，潘玉华立即把它写在二月六日的日历上。

二月六日，沈时鹤从合肥回到芜湖，急忙去新长安旅馆询问车票的事，还没等他开口，小潘就微笑着说："沈同志，您的汽车票买来了。"沈时鹤接过车票连忙道谢，并说："我明早走，今晚就住在你们这里吧。"潘玉华和蔼地说："这点小事算不了什么，为旅客服务是我们应尽的责任。您愿意住在这里，我们当然欢迎，不过为了您乘车方便，最好还是到车站饭店去住。"沈时鹤听了忙问："如果那里没有床铺怎么办？"小潘说："这点，请您放心，今天上午我们就打电话和那里联系好了，您去保证有铺位！"……

新长安旅馆设备条件虽差，但投宿的旅客很多，常常不等天黑客就满了。客满了，按道理说应该挂上"客满"牌，但新长安旅馆仍然天天挂着"日夜接待"的牌子。对于这件事，他们是这么说的："挂'客满'牌子，不是标志服务工作做得好，相反地说明我们不是象毛主席所说的那样：对工作极端的负责任，对同志对人民极端的热忱。许多旅客为党的工作，为社会主义建设事业，在外面辛辛苦苦，到处奔波，结果来到我们芜湖找不到个休息的地方，我们能对得起这些同志吗？我们应该日夜为他们服务，本店客满了，可以帮助他们代找旅馆，他们有的乍到此地，人生地疏，没有我们熟悉。”

两年前，新长安旅馆的服务质量在芜湖市旅馆业中还不是很出色的。是什么力量推动着它在短短的时间内发生了这样飞跃的变化呢？职工们回答说：“毛主席著作给我们指明了方向，开阔了眼界，带来了无穷无尽的智慧和力量。”

这家旅馆的八名职工，在旧社会多半是被人们视为下贱的“茶房”，经受过阶级压迫和剥削的痛苦。解放后，经过党的教育，政治觉悟有了提高，但还没有把服务工作同社会主义革命和社会主义建设联系起来。自从学习雷锋，学习解放军和学习大庆以后，职工们懂得了一条真理：做好任何工作不学习毛主席著作不行。从此，他们便带着“如何做好服务工作，当好旅客知心人”的问题，把《为人民服务》和《纪念白求恩》这两篇文章反复地学习了四十多遍。正是由于坚持学，对照着用，精神变成了物质，职工们明确了在旅馆里当服务员也是革命工作。他们说：“我们把服务工作做细，让旅客休息得好，他们就有充沛的精力为社会主义建设出力，这样，对我们来说，也就是为人民做了一点事，出了一点力量。”

（新华社合肥1965年8月25日电，通稿）

马钢——被人们誉为“江南一枝花” 张振国

马钢，被人们誉为“江南一枝花”。

以花来赞誉被有些人认为是“脏、乱难以避免”的冶金企业，其中必有不少妙处。

为了探索这个奥妙，我们在马钢作了一次访问，到过很多管理井井有条、现场整齐洁净的工厂，看过很多维修保养一新、部件完好无缺的设备，和工厂的很多干部和工人谈过心，请很多参观者谈他们的观感，我们深深地体会到，马钢这枝花，是团结协作之花，是过硬本领之花……

如果把它概括起来，归根结蒂，还是革命精神之花。

花，没有雨露不能生长，没有阳光不能开放。马钢这枝花，是在毛泽东思想光辉照耀下开放，是在千万名高举毛泽东思想红旗、接过大庆人的思想武器的马钢人的辛勤栽培下，越开越红、越开越香。

（一）

学大庆精神，办大庆式企业——这是去年春天，马钢人在学习大庆经验时,从内心深处迸发出来的豪言壮语。

一年多来,马钢人始终以大庆人为榜样,培养和锻炼出一支吃得大苦、耐得大劳、经得锻炼、打得硬仗的产业大军。深深懂得自力更生、艰苦奋斗伟大革命意义的马钢一钢厂炉前瓦工组的二十五名工人,可以说是这支大军中的一群代表性的人物。

去年夏天,投入生产不久的一号平炉炉内南头水套,发生了漏水现象。如不及时处理,不仅严重影响本厂钢的产量和质量计划的完成,更严重的是兄弟轧钢厂用这种钢轧制特种钢材会出废品。

钢在炼着,水在漏着,问题一步步严重起来。厂部在炉前开会"会诊",工人们在炉前商讨对策,寻来找去,堵漏方法只有两种:一是停炉冷修;一是不停炉、只降温,在炉内砌一道隔火墙,进行热补。采取第一种办法,要少炼一千多吨钢,采取第二种办法,如果不是"铁肩膀",也无法担起这个千斤重担。在这紧急关头,瓦工组组长陈家万和他的伙伴挺身而出,斩钉截铁地要求厂党委把砌隔火墙的千斤重担交给他们挑。他们说:"王铁人是毛泽东时代的石油工人,我们马钢人是毛泽东时代的钢铁战士,王铁人能奋不顾身地扑灭井喷事故,难道我们马钢人就不能赴汤蹈火把事故扑灭在炉膛中吗?"

尽管炉温在急剧下降,但炉内仍然六壁通红。陈家万和他的伙伴,再也不能等待了。他们说"我们宁可多流万滴汗,也不能叫平炉少出一吨钢。"因为他们懂得,多等两分钟,就意味着少出千斤钢。

砌隔火墙的艰苦战斗提前开始了。

共产党员陈家万脚穿防护鞋,身穿石棉服,头顶湿淋淋的大草袋,带头钻进了炉膛。"快出来,让我进去!"按规定每人在炉内只准停留四十五秒钟,可四十五秒钟还未到,共产党员汪行述就恨不得把自己的兄弟从炉膛里拖出来，好让自己进去继续战斗。当汪行述在炉膛里刚垒起两块砖，共青团员魏益川又高声大喊：“汪师傅，快出来，让我进去干！”

陈家万和他的伙伴，就这样冒着炉火高温进出炉膛数百次，有的眉毛烧焦了，有的面部烤肿了，有的脚板烫起了泡……但没有任何人说一句苦。他们经过两个小时又四十二分钟的艰苦战斗，终于砌成了一道严密的隔火墙，把熊熊炉火控制在炉北，为机修工人在炉南焊补水套闯开了一条通往胜利的道路。

水不漏了，平炉正常生产了。人们面对着金色的钢花，怎能不想起陈家万、汪行述、魏益川等等英雄好汉身上的汗水啊！像这样的钢铁战士，在马钢岂止十个、二十个！

陈文华，动力厂管道维修小组长。在一个天寒地冻的日子里，他接受了一条横跨雨山湖的管道检修和升高的工程任务。这个活，本来可以请专业管道工程队干，但陈文华和他的小组却抢着上。他们说：“大庆人能在冰天雪地的日子里采油，我们为什么不能在三九寒天修管道？”陈文华带头在齐腰深的水里挖坑、竖桩，建筑支架，升高管道，全组二十三条好汉，在起重工的大力配合下，轮番在水中大战了七天七夜。他们的脚冻裂了，手冻肿了，但水道工程提前竣工了。

杨培义、陈学让也是两个好样的马钢人。杨培义是长龙山铁矿老锻工，学习大庆精神前，他就树立了以矿为家的思想，学习大庆精神后，他更加以矿为家、以国为怀了。他为了采矿工人用钎子方便，宁愿自己长年累月吃在高山、睡在高山、锻打钢钎在高山。陈学让是动力厂一个年轻的司泵工，在去年春天一个严寒的夜晚，他担心白天修理的四号深井泵房的水泵阀门漏水和马达油表漏油，深夜两点，冒着刺骨的寒风，步行三四公里山路，赶到现场，一直干到第二天清晨四点多钟。

陈修谱、李先邦、李年寅，是焦化厂试剂泵房的三个工人。他们立下“愚公”志，冒着可能被硫酸灼伤的危险，将三台酸泵、八十个阀门，一个一个地维修养护得滴酸不漏，点气不入，房里房外，清清爽爽，泵里泵外，干干净净，被人们誉为“三愚公”。

这样的“新愚公”在马钢越来越多。二钢厂有一座十万吨渣山，它挡手绊脚，妨碍生产。在当初学习大庆精神时，人们就想把它搬掉，也许因为那时“愚公”尚不多，一直没有在“太岁”头上动土。今年三月，他们再也不能让渣山张牙舞爪的“活”下去了。八百名职工，面对渣山，学习了“愚公移山”，一鼓作气，大干了四十五天，彻底搬掉了马钢最后一座最难搬的大渣山。

这些马钢人，所做的一切，不正是大庆人自力更生、艰苦奋斗的革命精神，在马钢的发扬光大吗！

（二）

马钢人，不仅怀有“敢教日月换新天”的大志，还把好字、严字、细字牢记在心中。他们处处、事事用大庆这面镜子对照自己的言行。

金善荣、胡风乐、陈先来等十五个人，是第一炼铁厂十三号高炉的称量工。在开始学大庆时，他们还感到自己的工作很平凡，称称焦炭，量量矿石，做不出什么惊天动地的业绩。后来，当他们领会了大庆人一丝不苟的革命精神，一个个都感到称称量量的工作也大有作为。青工陈先来，原来是职工食堂的炊事员，他说：称量工和炊事员的工作很相似，饭菜做得不干净，职工吃了会拉肚子，原料称多量少，高炉“吃”了会憋风挂料。“对！小陈这个联想很科学。”大家一致认为陈先来说得对。

于是大家针对称量工必须一丝不苟、斤两计较的工作特点，制定了一个操作公约，并提纲挈领地把公约的中心内容编写成一副对联：

上联是：称高炉原料　一丝不苟

下联是：量国家财富　斤两计较

横批是：高炉厨房

这副对联是去年五月写的。一年多来，经过他们双手为高炉称量的几十万吨矿石、焦炭、石灰石、白云石，基本上做到斤两不差。有一天，炉长抽查了陈先来称的焦炭，他把头上戴的风帽往焦炭上一放，磅秤的尺杆，立刻就往上一翘。一个以斤为单位的大磅，装了五一五斤焦炭，加上一顶帽子都能知道，这就难怪他们为高炉称量的大宗原料，斤两不多不少了。

十三号高炉的称量工是这样一丝不苟，炉前工、热风工也都是这样严细工作，因而十三号高炉生产越来越好。今年头十个月，就全面超额地完成了国家交给的生产任务，所炼的铁没有一块不好，到十一月三日，这座高炉已有三五〇天没有出一炉废品，合格率一直是百分之百。十三号炉取得的成就，在全国同类型高炉里也是名列前茅的。

老保管员岳荣华说："要常严常好，就要天天用大庆这面镜子来对照！要常严常好，非下苦功，没有别的诀窍！"他是马钢材料总库劳保用品库房的保管员，为了让自己管理的一百九十余种、十四点八万余件劳保用品，不论是白天还是黑夜，不论是有灯还是无灯，不论生产工人什么时候来领，也不论要什么样的物品，都能在几分钟内找到，他吃不下饭、睡不着觉，苦心钻研了十天，终于编成了一个"闭瞎摸料"的口诀，按照这个口诀，他能把眼睛蒙上，在一至几分钟内，在十多万件物料中，拿出防尘口罩，或者是普通口罩；取出蓝色女工帽，或者是白色男工帽；嗅出工农肥皂，或者是鼓楼肥皂……

岳荣华这样过硬，魏东升管的有色金属库房、王成久和冷采娣管的电器库房、贺建文管的化工品库房、张之明管的工具库房，也都是这样过硬。所以在今年八月，这个材料总库，在三个纯工作日里，盘点了九个库房里存放的七千余种、百余万件库存物资，只有一支电笔与账目不符。但是，仅这“一支之差”，他们也没有放过。全库职工展开了“海底捞针”，日夜查找，结果查明：这支电笔在入库时，因缺少一个灯管，被作为待修品收藏在一个橱子里。他们用这样严格的态度，把电笔找到了，按理应该受到表扬，然而经管这个库房的保管员王成久、冷采娣，却一连数次检讨，沉痛地批评自己，说自己没有大庆人对待革命那样严肃认真。

多么虚心的工作态度，多么严肃的工作作风啊！

“好作风必须从细小的地方培养起，不然就会小洞不补，大洞一尺五。”动力厂三十五号变电所组长陈黛碧和她的七个组员，经过一年多的擦洗、保养，使全所台台设备都变成了“五好”设备。房所内外，一尘不染，地净窗明。要问她们八个女工为什么能把厂房设备管理得这样好，“一根鸡毛”的故事，就足以回答这个问题。有一天，陈黛碧接班，发现所前有一根鸡毛，马上就严肃地说道：“这不符合交接班的规定。”当时有人认为这是“吹毛求疵”，陈黛碧说：这不是“吹毛求疵”，这是检验我们有没有一丝不苟的革命精神。你别看一根鸡毛是轻，如果它万一飞落到两相高压母线上，就会造成重大事故，我们要保证安全生产，就得从细小的地方注意才行！从此，八个女将，工作更加细心。

有了严肃的工作态度，还必须有过硬的本领。动力厂“三八”配电所程淑敏、刘翠英、陈丽霞等八个女工，为了防止“万一”，天天拉挺胸拉力器，日日举哑铃。原先她们合闸，一人扳不动，两人还吃力，这不但不符合安全操作规范，万一发生跳闸，不能及时处理，就会造成事故。为了苦练硬功，开始练举哑铃，有的只能举二三下；拉挺胸拉力器，开始没有一人能把上了三根弹簧带的拉力器拉动一次。经过九个月的苦练，他们的臂膀由又酸又痛，到不酸不痛，直至人人能拉十数次、举几十下，使体力最弱的人，也能一个人合闸最重的开关。

“宝剑锋从磨砺出，梅花香自苦寒来。”不下苦功、硬功，如何能干出好活，炼出好铁、好钢！

（三）

脚踏油田，心怀世界——这是大庆人的伟大胸怀。马钢人，在大庆精神的感召下，顾大局、识整体的人越来越多。

这里先说一说“五虎翻新百吨吊车”的故事：一钢厂有三台百吨吊车。南北两头两台都成了“五好”车，唯独中间一台三十年前进口的“洋吊车”又脏、又旧、又不好用。原来三个班共用，谁用谁发愁。后来，机电工段打算定班、定人、专用。可是，谁来承担这个担子呢？有！乙班吊车工步云青、杨立富、车文宝、张牛宝、夏明轩五只“小老虎”在一次分车会上，挺身而出，主动承担：“把一号、三号车让给兄弟班，二号车交给我们班！”

五只“小老虎”挑起这副重担，不仅决心把它修好、用好，还决心把它变成“五好”。

“五虎翻新百吨吊车”的战斗开始了。

步云青身系安全带，在炉火熊熊、钢花飞溅的高空清除“老爷车”身上的污秽，一连二十六天，班中吃饭，都是请伙伴们给他带几个馒头，在天车上吃；步云青、夏明轩为了铲除积聚在主卷扬机下面的油污，这里没有立足点，他俩，一个挖空心思，搞了一个类似“秋千架”的东西；一个搞了一个类似“悬空摇篮”的东西，既解决了空中铲油污无处落脚的困难，又解决了空中涂刷保护油漆无处立足的困难。

车文宝为了抢挑重担，他把医生开的病假条藏了起来，领导下命令要他回去休息，他都不肯走，坚持在空中清洗机件。张牛宝、杨立富为了分担重担臂膀铲酸了，累肿了，仍坚持干。二十六天的空中战斗结束了，他们在丝毫没有影响吊钢水、吊钢锭的情况下，把“老爷车”铲刷、清洗、调正、检修、油刷翻新成“五好”天车，为全公司变孬设备为好设备树立了一块样板。

不！他们树立的不光是一个设备样板，而是“把困难留给自己，把方便送给别人”的一代新风。

现在，这股风，已吹进了很多马钢人的心。当我们拜访他们的时候，问他们为什么这样舍己为公、助人为乐、以国为怀？他们回答得很干脆：这是大庆人教的，我们是大庆人的徒弟嘛！

（四）

马钢人学大庆，只不过一年零九个月。时间虽然短暂，但收获却不平常。他们学了一个革命志，争了一口革命气，扔掉一顶落后帽，为全省工交企业管理革命树立了一块样板。

一年零九个月前，人们对大庆精神，还摸不准、吃不透，那时有人认为：油田的建设和钢铁生产不同，油田能实现井上无油污，井下无落物，钢铁企业就不可能做到厂区无杂物，设备无灰尘……

马钢要不要学大庆？马钢要不要走大庆之路？中共马鞍山市委和中共马钢委员会三番五次开会进行了讨论，结果一致认为：大庆的经验，是用毛泽东思想办企业的宝贵总结，用大庆经验，是把自己的企业办成大庆式企业的必由之路。

于是，中共马鞍山市委立即组成了工作队，上马钢焦化厂蹲点试验去了；马钢党委立即成立了工作队，到一铁厂、南山矿等厂矿蹲点试验去了；动力厂、二钢厂、烧结厂、机修厂、第一轧钢厂等许多厂，也都迅速行动起来，纷纷组成“三结合”工作组，上了现场……

结果，不到两个月，焦化厂就出现了一个整天和硫酸打交道而能做到滴酸不漏的试剂泵房，动力厂出现了一个地净窗明、设备一尘不染的三十四号水泵房和一个水处理站，一铁厂出现了一座由落后转变成先进的高炉……

“大庆人能做到井上无油污，井下无落物，马钢人也完全能做到厂区整洁，设备清新。”

“试剂泵房能做到滴酸不漏，我们也完全能做到机械设备不漏水、不漏气、不漏电、不漏风、不漏油。”

大庆精神像暴风骤雨涤荡着马钢。

广大干部，在大楼上坐不住了，纷纷“下楼”，像大庆人那样“上岗”劳动去了；广大技术人员，在办公室里也蹲不住了，纷纷“出室”，像大庆人那样“上门”服务去了；广大职工群众，更是意气风发，斗志昂扬。群众运动的兴起，势如破竹，迅猛异常，他们冲破束缚着他们的陈规旧律，朝着大庆之路迅跑。

实践证明：大庆人能办到的事，马钢人的的确确也能办到。

一年零九个月前，马钢十有七项经济技术指标在全国同类型企业中居于下游，现在十有九项指标居于上中游了。

一年零九个月前，马钢设备十有三四台残缺不全，现在十有九台完好。

一年零九个月前，马钢头上戴的那顶生产落后帽子，如今已把它扔掉了。

一年零九个月前，马钢厂区内外杂草多、垃圾多、残渣多、坑洼多、废铁多，在一年零九个月中，他们用自己勤劳的双手，搬走了数十座渣山，铲除了二十多万吨垃圾，擦洗了三千多台（个）设备和机组，盘点养护了价值一亿多元的物资，平整了二十多万平方米场地，回收了价值四百多万元的废旧物资，栽植了三十多万株树苗……

面对着这一切，马钢人语重心长地说：

"我们扔掉的不是什么生产上的落后帽子，而是背在身上的自满保守的包袱。"

"我们擦洗的不光是三千台机器设备，而是擦亮了千万人的思想武器。"

"我们回收的不光是废旧物资，而是把丢掉了的'勤俭'二字又拾起来了。"

我们说："马钢种植的也不光是几十万株树苗，种下的正是大庆人的革命种子，培植的正是马钢的革命之花。"

一年零九个月过去了。如今走进马钢，确实给人一种美好的感觉：人们精神焕发，斗志昂扬；厂区内外：清清爽爽，道路平坦，杨柳成行，花池棋布，原料、备件、产品五五成方、五五成堆、五五成串、五五成捆、五五成行；工具、用具对号入座、整整齐齐、明光闪亮……

走进这样的工厂，怎不叫人心花怒放，怎不叫人以"江南一枝花"来赞誉马钢呢！

人们用花来赞誉马钢。但是马钢人却说：我们工作做得还很不够。

马钢各厂都有一个“荣誉室”。这是从南京路上好八连学来的。每个“荣誉室”，都是毛主席著作的学习室。每个室前都张贴着“虚心使人进步，骄傲使人落后”的名言，每个室里都满挂着毛主席著作单行本、学习心得本、五好规划本、好人好事登记本……

我们走访了很多的“荣誉室”，每到一处，都看到人们在谈论着这样两个问题：

荣誉应该属于谁？荣誉怎样才能发扬光大？

我们在动力厂水处理站的“荣誉室”里所见所闻，就可窥见一斑：这个站十六个人，一年来精读了十二篇毛主席著作，写了一九二篇学习心得，他们边学边干，终于把原先要穿着雨鞋、拖泥带水进行操作的水处理站，维修保养得滴水不漏、一尘不染，被誉为先进站。现在，他们在“荣誉室”里，谈论着荣誉应该属于谁，应如何进一步改进工作。他们严肃认真、一丝不苟，人人谈见解、个个说体会，千言万语，一个心意：荣誉，首先应该归功于党，归功于毛主席；红花，首先应该献给解放军、大庆人。

马钢人就是这样看待他们的工作的。我们祝愿，让“江南一枝花”在毛泽东思想照耀下开得更大更美吧！

（1965 年 11 月 14 日安徽日报）

生产队长的榜样——徐度乐　陈明星

优秀共产党员、生产队长徐度乐同志的先进事迹，在安徽广大城乡到处传颂。人们在怀念他，学习他，赞扬这位无产阶级的先锋战士，抓革命、促生产的闯将，二十年来如一日，带领贫下中农顶逆风，战恶浪，朝气蓬勃干革命，为建设社会主义新农村战斗到生命的最后一刻。

为革命奋不顾身的徐度乐，多年来不顾严重疾病的折磨，终生战斗不息。临终前，他所在生产队的贫下中农彻夜未眠，老人拄着拐杖，妇女抱着孩子，一批又一批地跑去看望他。徐度乐同志看着守护在他身边的阶级兄弟姊妹，精神振奋起来，叫人把自己从床上扶起来，久久仰望着墙上挂的毛主席像，对身边的亲人们说："我为人民做的事太少了！……你们要永远听毛主席的话，把革命和生产都抓好。"

徐度乐，生前是安徽省濉溪县钟楼公社青杨大队党支部委员、第二生产队长。二十年来，他怀着深厚的无产阶级感情，如饥似渴地学习毛泽东思想，学一点，用一点，一不怕苦，二不怕死，赤胆忠心干革命，全心全意为人民。直到生命的最后时刻。徐度乐同志逝世后，当地的群众和干部怀着悲痛的心情告别了他。贫下中农说："老队长是俺农民的贴心人。他是为大伙儿谋利益累死的啊！"干部们说："徐度乐是生产队长的光辉榜样。"

“不治服老碱，俺死也不合眼！”

青杨的贫下中农，每当看到那台田里茂盛的庄稼，翠绿的树苗，清澈的流水，都夸赞说：“这是老队长靠毛泽东思想带领俺们闯出来的！”

可是，解放前的青杨庄却是另一番景象：春天白茫茫，秋天水汪汪，累了一整夏，冬天去逃荒。徐度乐所在队的五百三十亩土地，原来就有三百多亩是地势低洼，“只下种，难立苗”的老碱壳。解放后虽然经过治理，但“多灾低产”的帽子始终没有甩掉。当地群众怀着焦急的心情盼望着：啥时治住老碱，锁住旱涝，那该多好啊！听着群众的呼声，看着几百亩老碱壳，徐度乐心里不安，他没有忘记，作为一个共产党员，就是应该在群众最需要的时候站出来。他多次登门向贫下中农请教，一次又一次地到碱地去查看，研究治服碱荒的门路。

一九六四年，徐度乐学习毛主席发出的“农业学大寨”的伟大号召，更加鼓舞了战胜碱害的信心。他激动地对贫下中农说：“毛主席给咱指出了幸福路，咱们一定要向大寨贫下中农学习，用老愚公的精神，把咱们的老碱壳改造成为高产田。”

治碱的战斗打响了。徐度乐带领贫下中农，披星戴月，艰苦奋战。没有工具自己造，没有仪器用土法代替。大干了一个冬春，修了六十多亩条田。新的条田里，头一次长满了绿油油的庄稼。可是不久，有些禾苗被老碱咬得发黄。秋天遇上一场大水，条田都给冲毁了。这时，有个别有用心的人跑出来煽动说：“生就的老碱治不住。你们是坐飞机吹喇叭——响得高。”

“老碱到底能不能治住？”有些人开始动摇了。徐度乐在被冲毁的条田里边走边想，一个伟大的声音在他的耳边响起：“中国人死都不怕，还怕困难么?”对,有毛主席的英明领导,有广大的贫下中农,没有战胜不了的困难。徐度乐征服碱害的决心,得到党组织的支持。在一次支委会上,大队党支部书记张先锋坚定地表示:“咱们党支部就是要带领大家与天斗,与地斗,与阶级敌人斗,把治碱斗争进行到底!”

开罢支委会的第二天,徐度乐领着社员们来到在淮海战役中英勇牺牲的烈士墓前,进行阶级教育和革命传统教育。他说:“烈士们为了天下穷苦人的解放,献出了自己的生命。咱青杨这块土地,就是他们用鲜血换来的,咱们一定要保得牢,建设好。越是有人反对治涝改碱,咱们越是要干,闯出个新青杨!”他越说越激动,把手一扬:“不治服老碱,俺死也不合眼!”

徐度乐的话,说得大家心明眼亮,大伙一个个站起来:“老愚公能移山,大寨贫下中农能治山,咱青杨贫下中农靠毛泽东思想,一定要叫老碱壳变良田!”

徐度乐带领贫下中农,总结了治碱的经验教训,又打响了征服碱害的战斗。冬天,地冻天寒,徐度乐带领全队社员,怀揣红宝书,迎着刺骨寒风,在老碱荒安营扎寨。天冷,贫下中农的心却暖如春;地硬,用毛泽东思想武装起来的人意志更坚。徐度乐和大家一起滚在工地上,哪里困难大,他就出现在那里;哪里任务艰巨,他就把毛泽东思想宣传到那里。在那滴水成凌的日子里,徐度乐脱掉棉衣,举起镬头大镢比谁都干得欢。他着了凉,发高烧,仍然干在前头。人们劝他歇两天,他说:“干革命咋能休息?头疼伤风算个啥,劳动一出汗就好啦!”他听说青年突击队接连震断了三十七根抓钩把,还没有突破冰冻难关,就扛起镬头大镢赶过去,指着冻土说:“对这玩艺不能手软,你软它就硬,你硬它就软。”说着,他举起大镢头,猛向冻土冲击,终于把案板大的冻土掀了起来。镬头大镢震破了他的虎口，严寒冻裂了他的肉皮，他的血流在老碱地上。大家劝他回家休息，他说:“斗老碱和打仗一样，决不能怕流血流汗!”深夜，他又肩扛大镢，手提灯笼，走遍工地，大战碱害。在英勇奋战的贫下中农脚下，碱害低头了，青杨大地出现了一方方崭新的台田。

冬去春来，青杨二队的贫下中农在徐度乐带领下，奋战了三个年头，挖土五万多方，打机井三眼，植树六千多株，基本上锁住了盐碱，排除了旱涝。往年的三百多亩老碱壳，如今变成良田，粮食由亩产不过百斤，提高到五百多斤，棉花由亩产籽棉二十多斤，提高到三百多斤。

青杨的贫下中农，在毛泽东思想的阳光照耀下，用自己勤劳的双手夺取了连年的大丰收。丰收以后怎么办? 徐度乐首先想到的是国家和兄弟社队。一九六八年的一天，他带病拄着拐杖，察看了全大队的麦田，对大队党支部书记说:“咱青杨今年又是个丰收年，应该向国家多交售粮食。”他还说:“一个队丰收不算丰收，要让更多的队丰收，才能对国家多贡献。”一年秋天抗旱种小麦，他听说十多里外的徐集、郑杨楼进度较慢，就立即组织了一些社员，带着两部水车去支援。又一次，小城公社周口大队受了灾，他说:“在毛主席领导下，全国都是一盘棋，兄弟队的困难，就是咱们的困难。”他立即动员贫下中农给周口大队送去了六千多斤粮菜，受到上级的表扬。

徐度乐从来不把自己放在心上。连年丰收，他却始终穿着那件穿了十几年的旧棉袄，戴着那顶戴了七八年的旧帽子。大家劝他说:“老队长，咱们丰收了，你该添件新衣啦。”徐度乐笑着说:“不，一人吃好穿好不算好，要让天下受苦人都翻身才算好。咱要鼓足劲头往前闯，为中国人民和世界人民做出更多的贡献。”

“让我生命的每袋烟功夫都活得值得”

一年春天，队里买来了一匹病马。徐度乐为了照料病马，自己睡到马棚里，自己拿钱买药给马治病，把自家的面粉做面汤给马喝。多少个日日夜夜，他紧紧守护在病马的身旁，夜里，他用心听着病马的每一声呼吸，看会不会发生意外；白天，东方刚刚泛白，他就牵着病马去吃露水草。他的眼睛熬红了，但看到病马一天天膘肥体壮起来，心里却有说不出的高兴。

一个夏天的夜晚，人们都已睡熟，忽然狂风骤起，暴风雨来了。他想到：“牛，拉进屋了没有？仓库可会进水？肥料还堆在场上啊！……”徐度乐牢记毛主席的教导：“我们这个队伍完全是为着解放人民的，是彻底地为人民的利益工作的。”他立刻扛着工具，大步跑了出去，一口气把肥料收拾好。在倾盆的大雨中，他跑到牛屋里把牲口仔细看了一遍，又向仓库奔去。当他帮助老贫农徐承金排出了仓库的积水以后，又要走出门去，徐承金一把拉住他：“看把你淋成啥样了，这么大的雨，还要到哪去？”“我去看看社员的房屋。”说罢，又一头钻进风雨里。雨，下了整整一夜，徐度乐也在雨里淋了整整一夜。

一个大雪纷飞的夜晚，社员徐之英的两个弟弟得了急病，昏迷不醒，一家人急得团团转。正在这个节骨眼上，徐度乐满身白雪跑了进来，他摸摸孩子的头，转身冲出门外。在通往公社医院的路上，他深一脚，浅一脚，跌倒了又爬起来。当他把医生请到徐之英家里的时候，浑身像从雪里滚过来的一样。由于抢救及时，两个孩子转危为安。徐之英的母亲感激地说：“乐叔，全都亏了你，叫俺咋感谢你啊！”徐度乐回答说：“不，是毛主席教俺这样做的，要感谢毛主席！”多年来，徐度乐把毛主席教导的“完全”

“彻底”为人民服务化为自己的灵魂。贫下中农说:“俺们的老队长啊,多少年来,没有吃过一顿定心饭,没有睡过一夜安稳觉。他掏尽红心干革命,全心全意为人民。”

徐度乐心里装着国家、集体和人民,唯独没有他自己。夏天,他睡在场上和庄稼地里,冬天,他睡在牛房和红芋窖里,多年来的奔波操劳,使他的病越来越重了。一九六八年四月间,贫下中农把他送进了医院。经过诊断,徐度乐患的食道癌症已到了后期。听到这不幸的消息,陪同他看病的儿子承进哭了起来。

徐度乐没有把病放在心上。他微笑着说:“进,哭啥,哪有治不好的病?我还要跟着毛主席建设社会主义哩!”承进央求父亲在医院里住几天,徐度乐说:“俺这条命是毛主席救出来的。只要俺还有一口气,就要照着毛主席的教导,当好人民的老黄牛,拉好革命的车,让我生命的每袋烟功夫都活得值得。”随后,他又一再叮嘱儿子,不要把他的病情告诉队里的干部和贫下中农。

徐度乐坚持离开了医院,回到了青杨庄。他一踏进村头,贫下中农就围拢来关心地问:“你的病咋样?咋没住院?”徐度乐爽朗地说:“我的病没啥,歇两天就好了。”他连家门都没进,立刻又投入了新的战斗。他找到副队长徐承金问起队里的情况。他的病到了这个时候,一天只能吃一个干烙馍。就是这点东西,还要分二十多次,嚼了又嚼,咽了又咽,才能吃完。有时,过度的虚弱,剧烈的病痛,使他头昏眼花,额上流出豆大的汗珠。大家一再劝他休息,他说:“干革命哪有休息的?焦裕禄同志病得那样重,还冒着大雨,趟着大水,去画改造兰考的地图。比起他来,我还差得远哩!”

顽强不息的战斗,使徐度乐的疾病发展到严重的程度,贫下中农再次把他送进医院。第二天,他听说队里过月的母马还没下驹,又偷偷出了院,抱着那件穿了十三年的棉袄,住进了马棚。他忍受着剧烈的病痛,彻夜不眠,精心看护母马,使小马安全生了下来。可是,他的病更加重了,贫下中农又一次把他送进了医院。医院照例是关不住徐度乐的,他上午进去,傍晚又悄悄跑回来。他沿着林荫道,看着台田里翠绿的庄稼和树苗,心里有说不出的高兴。他抚摸着树苗,心想:眼下树苗又该修枝了,我要抓紧再修一遍。

“快来人哪,老队长晕倒了!”随着呼喊的声音,社员们一齐拥来,把昏倒在小树丛里的徐度乐揽在怀里,低声呼唤着他。徐度乐慢慢清醒过来,他看看身旁的社员,微笑着说:“这小树,不修不成材。我要再加一把油,把树苗修完。几年一过,咱青杨就是一片绿了。”社员们含着眼泪恳切地劝他:“队长啊,你为俺贫下中农,身上的油已经加干了,你实在不能再干了!医院说你的病……”徐度乐平静而坚毅地说:“这,我知道。共产党员就不能怕苦怕死!只要我活一袋烟工夫,就要跟毛主席继续干革命。”社员们劝不住徐度乐,后来他硬是忍着剧烈的病痛。起早摸黑,坚持把六千多棵树苗修剪了一遍。

一九六八年七月二十七日下午,徐度乐生命垂危。在贫下中农把他抬回家的路上,他意识到已经到了他战斗过的地方,打了个手势,叫停下来,用他那微弱的声音说:“把我抬进台田里……让我再看看咱队的棉花和树苗。”他一边看,一边嘱咐大家:“咱青杨今年收成好,要多向国家交售好粮食,好棉花……”

徐度乐同志逝世了,他那为革命为人民鞠躬尽瘁的革命精神,永远活在人们的心里,鼓舞着广大贫下中农继续奋勇前进。一九六八年和一九六九年,青杨大队连续获得大丰收,贫下中农把粮食簸了又簸,把棉花选了又选，两年的征购任务都提前超额完成。他们在向国家送交粮棉的时候，满怀豪情地说："咱老队长在世时说过，丰收不忘毛主席，丰收不忘共产党。咱青场的贫下中农风吹雨打不动摇，要永远坚定不移地走社会主义道路，一直走到共产主义！"

（此稿与《新安徽报》记者、新华社通讯员合写，人民日报、安徽日报等刊用；编辑时有删改）

白衣红心李月华

安徽日报、安徽人民广播电台记者

一九七一年八月三十一日，晴空万里。泗县丁湖公社高庄生产队的社员们，像往常一样，一早就踏着晶莹的露珠，下地干活。谁也没有想到，这一天将要发生一件使他们永远难忘的不幸的事情。

将近上午十时，人们看到一辆救护车向丁湖医院疾驶。

忽然，一个眼尖的人说："你们看！"正在干活的社员们远远看到，从丁湖街上和附近村庄里有不少人向丁湖医院跑去。社员们心里一紧："出什么事了？"他们连忙放下锄头，也向医院跑去。

"不好了，李月华医生病危了！"

"什么？不准瞎说！"

"是真的，她连续高烧三天，昨天晚上带病抢救一个产妇，累得病情严重恶化了！"

……

李月华同志已被抬上救护车。一些来迟的人，只能从车窗外面看一眼李月华那双目紧闭、昏迷不醒的苍白面孔。救护车疾驰而去。人们情不自禁地跟着救护车后面追了好远一阵才停了下来。人们在心里默默地祝愿着:“李医生！李医生！你可得好好地回来呵！”……

李月华是什么样的人物？为什么贫下中农一听说她病重,就那样地焦虑不安？为了让读者更早一点熟悉这位英雄人物,我们先给读者讲两个故事。

金叶是怎样长大的

一九六一年,李月华在曹场公社医院当院长。一九六二年秋天,李月华生了个男孩子,取名冠军。就在小冠军刚满三个月的时候,李月华给邻居赵二姐接生。分娩很顺利,是个女孩。当时,赵二姐的丈夫不在家,没有人照应。李月华从自己家里拿来米面、红糖、鸡蛋,又亲自做好送到赵二姐的面前。刚生下的女孩子漂亮可爱,一对小眼刚睁开,就像两个小杏核,李月华和赵二姐都喜欢极了。她们反复商量,给孩子取了个好听的名字叫金叶。

过了没几天,赵二姐突然得了一场重病。经过李月华精心治疗和护理,赵二姐的病终于好转,但是奶水却一滴也没有了。小金叶含着奶头哇哇地哭闹。赵二姐抱着孩子,急得直淌眼泪。李月华听到小金叶的哭声,像揪心似的难受。她决定给自己的小冠军停乳喂饭,用自己的奶水哺育小金叶。

从此以后,李月华每天按时给小金叶喂奶。夜里,只要听到小金叶的哭声,天气再冷她也要起来。一个风雪交加的晚上,李月华出诊,深夜才回家。她老远就听到小冠军和小金叶都在啼哭,赶紧加快了脚步。但是她没有回家,而是去敲赵二姐的门:“二姐,开门呀！”赵二姐听见李月华的声音,一骨碌爬起来,点上了灯。她看到身上还背着药箱的李月华走进来,激动地拉住李月华正在解衣服的手说:“李院长,你家小冠军也在哭呢!”李月华笑着说:“没关系,有他姥姥哄着哩。”一边说,一边给小金叶喂奶。小金叶喝着劳累了大半夜的李姨的奶水,甜蜜地入睡了。赵二姐感动地伏在李月华的肩上,泪水把李月华的衣裳润湿了一大片。春耕大忙开始时,李月华又主动叫赵二姐把金叶放在自己家里,让赵二姐参加生产劳动。就这样,李月华一直把小金叶喂了六个月,直到她可以吃饭。

现在,小金叶已经十岁了。十年来,曹场一带传颂着李月华给小金叶喂奶的事。大家都说,金叶是吃李月华的奶水长大的,所以也像她李姨那样聪明可爱。

病人住院以后

一九七〇年秋天,丁湖公社石丁大队贫农社员孙善清得了水鼓病。他南去北往的跑了许多地方,请许多医生看过,都说无法治疗。有的医生干脆叫孙善清回家弄点好东西吃算了,要他家里准备后事。

一天,有人告诉孙善清:“听说公社医院新调来一位女医生,叫李月华,都说她治病管劲,态度又好,你去找她试试。”孙善清正愁没法治,一听这个医生这么好,就怀着一线希望来到丁湖医院。刚到医院,李月华正好出诊回来,她一见是个重病人,连忙把药箱一放,一边询问病情,一边细心检查,然后对孙善清说:“你放心,我们一定想尽一切办法把你的病治好。”说得孙善清心头热乎乎的。

孙善清住院以后,李月华不嫌脏不怕累,每天从他的肚子里抽出一小桶腥臭难闻的黄水。经过一个多月的精心治疗和护理,孙善清的病渐渐好转。原来胃口很不好,这时想吃一点东西了。李月华十分高兴,从自己家里拿来鸡蛋、糖茶。孙善清感到过意不去,李月华总是笑着劝他吃下。有一次,李月华端来一碗热气腾腾的饺子。孙善清说:“这饺子不能吃,你不是嘱咐我不能吃咸的东西吗?”李月华说:“你尝尝看。”孙善清一尝,原来是一碗没有放盐的水饺。他吃着吃着,眼泪顿时簌簌地往下流。

在病房里,孙善清亲眼看到:李月华关心的不光是他一个人,她对所有的病人都体贴备至。平时,不管哪个病人叫她,都是随叫随到。夜里,她总要到病房来几趟,给病人掖掖被子,盖盖衣服,倒倒开水。她还利用休息时间,给这个病人洗衣服,给那个病人做饭,忙个不停。李月华不但关心病人的生活,而且还关心病人的学习。一有空,她就到病房给大家读毛主席著作,读报纸,和大家谈国家大事。

最使孙善清难忘的是一个暴风雨的夜晚。孙善清想上厕所,但雨大风狂出不去。正在为难,李月华来了。她知道后,急忙回家拿了雨衣、套鞋,要扶他上厕所。孙善清不同意,李月华说:“没有什么,我们是阶级兄妹嘛!”回来以后,孙善清躺在床上翻来覆去睡不着。他回想起旧社会的一个雨夜,那时他才八岁,跟母亲在嘉山一带要饭。这一夜孙善清发高烧,母亲带他到一个放农具的草屋里避雨。谁知半夜里来了几个地主的狗腿子,一见孙善清娘俩,就破口大骂,而且不由分说,一顿拳打脚踢把他们赶了出来……新旧两个社会,两个雨夜。想想过去,看看现在,孙善清的心头阵阵发热。

孙善清在丁湖医院住了将近三个月。经过李月华细心的治疗,他的水鼓病终于治愈了。出院那天,孙善清含着热泪向李月华辞别,并向李月华表示:一定要以抓革命、促生产的实际行动答谢李医生对他的关心。

这两个故事,发生在李月华生命历程中的两个重要时期。每一个故事都闪耀着她对工作极端负责、对人民极端热忱的共产主义思想光辉。

李月华的一生,就是由无数个这样平凡而又伟大的故事写成的。她是泗县人民的好医生、好同志、好女儿、好姐妹。她是真正按照毛主席的教导,踏踏实实地学习白求恩同志的。她的心里只有人民,只有同志,只有革命工作。她和人民血肉相连,息息相关。她把一颗火热的心毫无保留地献给了人民,所以人民也对她无比的爱护和关心。

战斗的日日夜夜

在泗县,许多人都熟悉李月华忘我战斗的一生。她十五岁参加共产主义青年团,十七岁参加医疗卫生工作,二十二岁就当了曹场公社(现为黄圩公社)医院院长,曾经四次被评为先进工作者。

党为了培养她,于一九六五年八月调她到当时的宿县专区医院进修了一年多的时间。进修结束后,就调她到她丈夫赵斌当院长的草沟医院当医生。

一些大娘、嫂子、姐妹们看着李月华的眼睛深陷下去了,红扑扑的清秀面孔变得苍白了,她们心疼地抹着眼泪说:“闺女,看你累的,你得多注意身体呀!”“二姐(因为她排行第二,许多青年人都亲切地喊她二姐),你再不注意休息,俺们以后都不来找你看病了。”“李医生,你吃饭吧,我们等一会不碍事。”这些亲切的关怀,像吹进炼钢炉里的纯氧一样,更加提高了李月华为人民服务的热忱。她在日记里这样写道:

“我下班回来,刚刚端起饭碗,还没有吃,病人又找到了我,我急忙放下饭碗,要给病人看病,可是病人说:‘李医生,你吃饭吧,我们等一会不碍事。’这话使我深受感动。这句话说明了贫下中农对我们的关心。但是我们能够因为一顿饭而耽误病人的时间吗?如果那样,还怎么谈到完全彻底为人民服务呢？我们没有权利浪费病人的时间，只有千方百计方便病人，一切为病人着想。”

在这三百多个战斗的日日夜夜里，李月华就像一部开足马力的机器。不论是上班，还是在家，病家一叫就出诊，病人一到就看病。正在和面做饭时，把手一洗；正在喂奶时，把孩子一放；正在吃饭时，饭碗一推；正在睡觉时，马上起身。她从来不睡午觉，晚上也很少睡过安稳觉，最多的一夜要出诊五次。病人要是表示过意不去，她总是笑着说：“过去白求恩同志哪里枪声急，伤员多，他就出现在哪里。现在是和平环境，我们不过是哪里有病人就到哪里去。比起白求恩，这不算什么。”

可是怎能说“不算什么”呢？贫下中农能说出成百件扣人心弦的事情。

一九六九年八月底的一天，李月华到二陈大队出诊，刚过沱河大桥，看到一个四十多岁的大汉连人带脚踏车跌倒在水沟里，人已昏了过去，李月华一下子就扑到水里，把这个人从水沟里背了上来，进行急救。泥水把她的面孔和洁白的衬衫都糊满了。她终于把这个人救醒。她又把脚踏车扛上来，亲切地关照说：“你在这休息一会，我出诊回来送你回家。”这人叫王献祥，是公社机关的一个干部。他是突然发作癫痫昏倒在水沟里的，如果没有李月华抢救，他的生命就危险了。

一九六九年七月的一天，朱梁大队贫农社员朱乐强的爱人正在田里劳动，突然患肠胃炎，上吐下泻，用软床子抬到医院来。当时病房住不下，李月华就叫人把她抬到自己家里，端水送药，病人说：“俺把你家里都吐脏了，俺心里过意不去呀！”李月华笑着说：“看你客气的！要不是生病，你们都忙着抓革命、促生产，我请还请不来呢！”朱乐强的爱人在李月华细心治疗护理下，很快恢复了健康。朱乐强感动得逢人就说：“我们跟李医生非亲非故。我家小孩娘上吐下泻，我们自己都嫌脏。可是李医生把她接到自己家里去治疗。她真是我们贫下中农的好医生！”

同年六月，草沟大队贫农社员张立雨的小孩不幸落水，捞上来后已浑身青紫，失去知觉。正碰上李月华从十多里以外出诊回来。她连忙抱过孩子，口对口地进行人工呼吸。天气太热，她来不及解衬衣，一只手刺啦一声把衬衣撕掉，穿着汗衫，继续抢救。她连续进行了大半个小时，汗水把全身都浸透了，另一个医生及时赶来，两人替换着抢救，两个小时以后，小孩终于恢复了呼吸。当时，需要用药急救，张立雨仓促没有带钱，正在焦急时，李月华从撕破的衬衫口袋里掏出五元钱塞到张立雨手中：“快，快拿药！”

这期间，人们更加难忘的，还是李月华的一次雪夜出诊。

一九六九年一月，李月华最小的女孩冠英出世了。像过去几次一样，直到临产前两天，李月华还在工作，生过小冠英的第二天，又坐在床上给人看病了。

这一天是小冠英出世的第五天。深夜，外面下着鹅毛般的大雪。老赵出差不在家。李月华没有改变往常的生活习惯，披衣坐在被窝里看书学习，直到十一点半才熄灯睡倒。正好小冠英啼哭起来，要喝奶了。李月华一面给冠英喂奶，一面蒙眬睡去。忽然，李月华仿佛觉得有人踏雪走到门外，“是不是有急诊？”李月华很敏感，习惯地摸到火柴。刚要点灯，就听到门上轻轻地“笃”的一响。李月华马上回答：“谁呀？”随手将煤油灯点着。外面一位老大娘颤抖的声音答话了：“李医生，俺外孙子没气了。”这句话，对李月华，比战士听到口令的反应还要快，她一骨碌披衣起床说：“我就来！”

大门一打开，一阵寒风吹进了几片雪花。一位老大娘颤巍巍地跨进门来。李月华认得她是草沟大队西南生产队的蒋大娘，赶紧让她坐下来。

老大娘不肯坐，杂乱地叙述着她那外孙小韩松突然发作的病情。

李月华把套鞋一穿，药箱一背，衣裳还没扣好，拉着蒋大娘就走。她一面催促蒋大娘："快！快走！"一面向蒋大娘家飞奔。可是走不多远，李月华一不小心栽倒了。蒋大娘赶紧把她扶起来。正好这时一阵风把李月华家里的小冠英的哭声传了过来。蒋大娘心里猛然一惊，这才想起李月华也是在月子里。她一把抱住李月华："李医生，现在俺想起来了，俺外孙子比你家冠英还大十天，你今天是月子里第五天，怎能在大雪地里出诊呢？都怪俺刚才急糊涂了。你回去吧，俺去找别的医生。"蒋大娘说着，就把李月华往回推。贫下中农的爱护，使李月华激动得心头发热。她说："大娘，你太关心我了，我不要紧，孩子要紧，快走吧！"说罢，头也不回地走到前面去了。

来到蒋大娘家，只见那出生才十五天的小韩松浑身青紫，眼睛紧闭，呼吸几乎感觉不到了。她问了一下情况，断定是孩子妈妈睡觉不慎，把孩子捂得窒息过去了，立即进行人工呼吸，过了大半个小时，孩子才"哇"地叫了一声。李月华抹去额上渗出的几点汗珠说："孩子窒息时间长了，脑子受伤，需要用药，我回去拿。"说完后，转脸就走。一会工夫，又赶回来给孩子打了针。小韩松渐渐安睡。这时候已经深夜两点多钟了。

李月华离去以后，蒋大娘母女俩激动得眼泪哗哗的，不能入睡。蒋大娘对闺女说："俺孩子金贵，人家孩子不金贵吗？俺孩子十五天，人家孩子才五天哪！再说，你在月子里，人家也在月子里。你不能抱孩子去找她看，人家没听到'请'字就来了。这是平常人能做到的吗？闺女，你这一辈子都要记住，李医生是你做人的榜样。"蒋大姐呜呜咽咽地连声答应。

母女俩说话说到天蒙蒙亮时才渐渐睡着。这时门外又响起了李月华亲切动人的声音："小韩松怎么样了？"

蒋大娘连忙披衣开门,把李月华让进屋来。大娘一转脸,只见外面的雪花还在飘着。白茫茫的大雪映得李月华身上的白衣更加洁白。李月华深夜前来时的几行脚印还没有盖满,一条新的脚印又通到她的门前,她心里一热,抱着李月华说:“李医生,叫俺怎么感谢你啊!”

“大娘,没有毛主席、共产党,就没有我李月华,要感谢就感谢毛主席、共产党吧!”

风吹浪打

李月华从踏上医疗战线以来,就好学上进,她立定了“学习白求恩”这个伟大目标,坚持不懈地钻研医疗业务,“对技术精益求精”。她十多年来如一日,除了保证足够的政治理论学习时间以外,利用一切可以利用的时间,学习医疗技术。她经常随身带着医学著作和笔记本,有空就边读边记。每天晚上,只要不出诊,她都要学习到深夜。近几年来,她精读了二十多种医学基础理论书籍,记下了一部分政治理论学习笔记,也记下了六七万字的业务学习笔记。她见别人的长处就学,虚心好问。早在曹场公社医院的时候,她就向一位老中医学习,对于民间验方,她都看做自己的学习目标,发现线索,就一定要追查到手,试验推广。她听说侍圩大队一位七十多岁的侍大娘有个打胎的祖传秘方,能打下三个月以上的胎儿,她为了学到这个技术,大热天三次往返七八十里,终于说服侍大娘献出了这个秘方。她又不顾危险,首先在自己身上试验,然后加以推广,为八十多个妇女成功地做了这种人工流产。她把读书和实践紧密结合起来,勤学苦练;她多次要赵斌买来小鸡和猪大肠,练习腹壁缝合和肠吻合手术……她的医疗技术水平不断提高,看病又耐心、细致、认真,因此在贫下中农中间享有很高的威信，许多人热情地赞扬说：“经过李医师看病，处方未开就能好三分！”

李月华自己生活很艰苦，如果老赵不在家，她买点豆腐吃就算加餐了，她结婚时做了一件棉袄，穿了十多年也舍不得做新的，几双袜子补了又补，缝了又缝，可是遇到贫下中农来看病，钱带少了，药费不够，她常常掏钱代垫；她家的煤炉子，就是病人的茶水炉子，喝水用水热菜烤馍，随到随用；病房里如果住满了，她就把病人请到自家去住，她家的一张卧床，也就是病床，经常住着病人，她自家六口人挤在两张小床上；病人和陪送病人的亲属，要缺少吃的用的，只要她家里有，就毫不犹豫地送来。

李月华当医生十多年，从来没有把上、下班分得那么清楚。上班也看病，下班也看病。她经常和别人说：“饭这顿不吃，下顿可以吃，觉今天不睡，明天可以睡，治病可不能耽误，耽误一分钟，就是对人民的一分不负责任。”又说：“很多轻病人是利用地里干活休息时间来看病的，我们只有随到随看，不耽误他们抓革命、促生产，才算问心无愧。”

在一次和同志们漫谈学习问题时，她激动地说：“为人民学技术是有用的，为个人学技术才是危险的。一个人能力有大小，但能力是可以提高的。我们要像白求恩那样干到老，学到老，不断提高自己的能力，为人民多做好事。”

难忘的夜晚

一九七一年四月，因工作需要，李月华夫妇又被调到了丁湖医院。

这天一早，草沟公社的贫下中农，含着惜别的眼泪，送别了自己的好医生。丁湖公社医院喜气洋洋，不断有人跑来问：李医生来了吗？

他们夫妇刚刚放下行李，就有人来找李月华看病了。李月华马上细心地给来人诊断起来，陆陆续续地又来了五六个人，小小的宿舍，成了临时的门诊室。

八月中旬的一天，李月华向丁湖公社党委递交了入党申请书。当天晚上，李月华思潮汹涌，和赵斌一起，回忆着党和群众对他们的关怀、爱护和培养。

“老赵，你还记得吗？十年前黄圩区医院梁院长代表党支部找我谈话，鼓励我争取入党，他是怎么说的，你还能想起来吗？”

“还有，区委副书记龙胜福同志，他已经逝世好多年了，你还记得他是怎么在政治上帮助我俩进步的吗？”

“记得啊！这些事怎能忘记呢？”赵斌也激动起来，声音有些喑哑。“十多年来，我们工作调动频繁，可是有多少同志在帮助我们前进啊！”

……

一个个亲切熟悉的面孔，一件件令人激动的往事，在他们面前浮现。夫妻俩一直谈到深夜。临睡前，李月华又在日记里抒发了自己的豪情：

“我虽然还不是个共产党员，但是我要以共产党员的标准来要求自己，密切联系群众，同群众相结合，做到共产党员应该做到的五个模范作用。我愿把自己的一切，献给人类的壮丽事业，为共产主义奋斗终生。”

八月二十七日下午，李月华同志病倒了，发冷，发热，一直折腾到半夜才退烧。

八月二十八日清晨，李月华吃罢早饭，就去上班。大家劝她回去休息，李月华笑着说：“天热病人多，大家这样忙，我睡在床上心也不安！”

李月华下班回家，午饭没有吃就倒在床上了，又发冷、发热。

八月二十九日，李月华的热度仍未减退，头疼欲裂，不停地用拳头敲打着前额。同志们诊断她是疟疾,给她开了药。

难忘的八月三十日到来了。上午,李月华热度略退,但身体虚弱,昏昏沉沉地躺在床上。

九时左右,东风大队祁李五队的贫农社员李文用拖车拉着他的爱人,跑了十八里路,来找李月华看病。李月华让赵斌和李文搀扶着,来到拖车前给病人作了细心的检查,开了处方。又安慰李文说:“你放心,我病好了以后再给她彻底检查治疗。”谁知李文夫妇走后不久,李月华的温度又上升到摄氏四十一度。服过药以后,一直昏昏沉沉地躺在床上。

这天晚上十点多钟,产妇邓彩霞婴儿生下来两个小时,胎盘还没有下来,大量出血,引起虚脱,病情十分危急,被送进了丁湖医院。郑海泉医生为产妇进行子宫按摩,不见效果。产妇的丈夫丁持东焦急地对郑医生说:“去请李医生怎么样?”郑医生为难地说:“李医生高烧三天了,上午还休克一次,我实在不忍心去请她。”

时间在飞逝。丁持东看着站在病床边抱病工作的郑医生,汗珠直朝下滚,躺在床上的产妇,继续昏迷、流血。他忍不住了,悄悄地来到李月华家。这时,刚刚清醒些的李月华,看到丁持东直愣愣地站在房门口。

“李医生,俺孩子娘快没命了!”丁持东没等李月华问他,就痛哭失声了。李月华头一仰就要起床,可是一阵晕眩,又倒了下去。

“老赵,你快扶我起来到门诊室去,救病人要紧!”李月华的声音微弱,但语调是那么刚毅、坚定、有力!

老赵把她从床上扶起来,和丁持东一左一右扶着她走出门外。持续高烧四十一度的李月华,被深夜的凉风一吹,“哇”的一下吐了,从宿舍到门诊室只有二十来米远,她呕吐了三次。

“李医生,你回去吧!”丁持东激动地恳求着。

李月华艰难地走着，轻轻地把头摇了一摇。刚刚跨进门诊室，又“哇”的一下吐了。她的脸色更苍白了，上气不接下气，坐在椅子上休息了片刻，又站了起来，脚步不稳地移到了病床边，赵斌一手扶着她，郑医生擎着煤油灯。李月华头低垂着，腰弯曲着，倾注着全部精力，为这个贫农女社员进行徒手胎盘剥离手术。苍白的脸上黄豆般的汗珠，成串成串地朝下直滚，汗衫湿透了。

手术在紧张地进行。她渐渐地两腿支持不住了，几乎全靠在老赵身上，汗水沿着发梢往下流，全身都湿透了！每做一个手术动作，每坚持一分钟，李月华要凝聚多么巨大的精神力量，战胜多么巨大的病痛啊！

李月华终于结束了手术，人们把她扶在椅子上靠着，长长地吁了一口气。“胎盘完整吗？”她的声音断断续续，微弱得仅仅能够听到。

郑医生立即进行了检查：“胎盘完整！”

这时，在李月华苍白的脸上，微微露出了宽慰的笑容。

李月华伸手向老赵要过听诊器，让他扶着自己站起来，为产妇又作了一次检查。“心音很好！”李月华说罢，一下昏倒在床边。顿时，人们的心悬了起来，好像一下子提到口边似的。

“李医生！”“李医生！”李月华苏醒过来了。室内紧张的空气缓和下来。大家恳切地劝她回去休息，她摇着头，说：“等一等，我再观察一下。”郑海泉热泪滚滚，激动地对她说：“李医生，你回去吧，把这个任务交给我吧！”

大家搀扶着李月华回到了宿舍，轻轻地把她安放在床上，帮她服了药。李月华对守护在床前的老赵断断续续地说道：“刚才……我……忘了……说，要给病人……打一个星期……的青霉素，服一……个……星期的……长效磺胺，防止……感染！”老赵再也忍不住了，泪珠串串，倾泻而下，一把拉住李月华的手,说:“月华,你放心吧,我会办的!”说罢,李月华又昏昏沉沉地迷糊过去。

三十一日,凌晨,李月华躺在床上吊盐水。郑医生一起床就去看她,问她感觉怎样。李月华感激地低声说道:“这两天我生病,你们辛苦了,等我上午热退了,下午就去接你的班!”这时人们还不知道李月华同志已经生命垂危,但她那随时都在想着工作,想着同志的满腔热忱,使在场同志们的眼眶都湿润了。

半个多小时以后,李月华的病情急剧恶化。瞳孔散大,眼球固定,心跳微弱,呼吸衰竭,一试体温,体温表水银柱直指顶端。

李月华同志带病抢救产妇、自己病情危急的消息迅速传开了。正在开公社党委会的同志们停止了会议,正在上课的师生们停止了上课,正在忙生产的社员们放下了锄头……他们用最快的速度跑来探望。门口、窗外、床前,挤满了人。几十双眼睛凝视着她,几十颗心和她一起跳动,既焦急,又期待。

尼克刹米注射了,山梗菜碱注射了,肾上腺素注射了,强烈针刺、物理降温都做过了,李月华仍在昏迷中……

“李医生,你不能离开我们啊!”

“月华,月华,你再睁开眼睛看一看我们吧!”

“妈妈,妈妈,你醒醒呀!”

人们噙着热泪,低声地呼唤着……

上午十点,县医院开来一辆救护车,载着病危的李月华,载着丁湖人民的期望和不安疾驰而去。县医院立即进行抢救,医院的主要负责同志亲自指挥,但已经迟了:根据诊断,李月华同志患脑型疟疾,由于在持续高烧中抢救产妇,劳累过度,出汗太多,引起严重脱水和酸中毒。抢救无效,不幸于下午三时四十五分光荣殉职了，年仅三十三岁。

人们后来才知道：李月华同志到县医院以后，一直昏迷不醒。“别忘了，给病人打一个星期的青霉素……防止感染！”“等上午热退了，下午就去接你的班！”这亲切的声音还回响在大家的耳边，不料这竟成了她最后的遗言！

“俺总觉着你没有死”

亲爱的李月华同志永远离开我们了。

下午四点左右，不幸的消息，最先传到了丁湖公社。一直在期待着病情好转的人们齐声痛哭。凡是有脚踏车的人，几乎都出动了，他们一面抹着眼泪，一面向泗城飞奔，为的是早点见到自己的好同志、好姊妹、好医师李月华最后一面。丁持东夫妇从早上到现在，一口水也没沾，一听到这个消息，夫妇俩抱头痛哭，邓彩霞捶着胸口说：“李医生，你最后一口气也用来救俺了，你这样好的人怎么能死呢！俺愿意拿俺一家子几条命换你回来，再为人民服务啊！”不幸的消息从这一村传到那一村，这天下午，丁湖大队三百五十多户，很多人痛哭失声，很少有吃晚饭的。

不幸的消息，传到草沟要稍晚一些。草沟大队几百户人家，同样很少有人能够吃下晚饭。消息传到七八十里外的黄圩公社，晚了一天。贫下中农、机关干部流着热泪，立即推派代表到丁湖吊唁。

丁湖公社党委和革委会召开了社直机关追悼李月华同志的大会，通知附近大队可以派代表参加，但是许多贫下中农自动地来了，草沟公社的贫下中农也从二十里外赶来了。追悼会开始时，已经到了两千多人，人们还在继续不断地赶来。丁湖医院革委会副主任丁美玲同志流着眼泪介绍了李月华同志舍己救人的英雄事迹。公社党委书记郭宏尤同志,泣不成声地说:“李月华同志,党培养你这样一个好医生不容易啊！你思想好,技术全面,又红又专,是我们学习的好榜样。你离开我们太早了！你至少还能为革命工作三十年啊!”

李月华同志的坟墓旁边,摆满了花圈。追悼会的当天,贫下中农就自动地送来花圈一百四十多个,他们在花圈上写下了从心坎里发出的悼词:“白求恩式的医生、雷锋式的战士、党的好女儿李月华同志永垂不朽!”

追悼会后连续一个多月,络绎不绝地有人带着花圈从远路来到李月华同志的墓前致哀:“月华同志,你安息吧,我们一定会像你那样地忘我工作、努力学习!”“李医生,原谅俺路远来晚了。你永远活在俺们的心坎上,俺总觉着你没有死!”

不少社员带着被李月华治疗过的孩子,用车子推着被李月华治疗过的老人,来到她的墓前,痛哭悼念。祁李五队的李文,指着坟墓,一面哭,一面对孩子说:“孩子,要永远记住,这里埋葬着白求恩式的好医生李月华姨姨,她在高烧四十一度的时候给你妈妈看过病。她是为俺贫下中农操劳累死的,你要永远纪念她、学习她!”

中国共产党宿县地区委员会作出决定,根据李月华同志生前的申请,追认李月华为中国共产党党员,并号召全区干部、群众向李月华同志学习。一个学习李月华同志的群众运动,迅速在宿县地区开展起来。共产党员们、革命干部们、白衣战士们、工人、农民们……擦干悲痛的泪水,心里默默地发誓:李月华同志,你走过的道路,就是我们应该走的路。我们一定要像你那样,为人民,为革命,鞠躬尽瘁,死而后已。

(1972 年 8 月 3 日安徽日报,有删节)

社会主义企业要有一点竞争　姚燕戈

最近，记者到安徽宿县采访，在宿城镇饭馆吃饭的时候，听到一个两家饭店“打对台”的故事。

去年八月，宿城镇为了解决群众吃饭难的问题，有计划地开办了十五家街道饭店。在胜利路和联络街的交叉口上，出现了一家名叫“喜在心”的小饭店。这家小饭店门面不突出，设备简陋，起初并不引人注意，但是越来顾客越多了。他们卖一种用鸡、猪肉排骨、面粉等熬制的沙汤，是淮北一带群众喜爱的早餐食品，味道格外可口。每天清晨，“喜在心”一开门就座无虚席，一个早上要卖沙汤六百多碗。

“喜在心”对面有一家国营饭店，叫联盟饭店。店里有的人看到生意被人家抢走不少，很是着急。饭店负责人找来会计，一边核算成本、利润，一边研究对策。“打对台”就这样开始了。“喜在心”烧一锅沙汤放六只老母鸡，联盟饭店就放它七只；联盟饭店往锅里多加两斤猪肉排骨，“喜在心”就再加上一只肥鸭。过去联盟饭店烧沙汤放的大部分是山芋淀粉，现在改为放七成面粉，三成山芋淀粉；“喜在心”干脆全部改用面粉。联盟饭店职工看到对手早上四点钟起来炸油条，就增加油炸锅，多点供应。“喜在心”职工也憋着劲要胜过对手：你早上开门晚，我就提前干；你晚上关门早，我就干到夜间十一点；你面食小吃多，我就在增加酒菜上想点子。

从表面看，这两家饭店的竞争，好像电影《林家铺子》中的林老板和他的对手竞争一样，但它的性质根本不同，林老板和他的对手是为了私利在明争暗斗，而这两个饭店的竞争是为了发展社会主义企业，为了更好地为人民服务。这样争来争去，两家饭店经营的食品品种不断增加，质量显著提高，服务态度也越来越好了。看来单项毛利比过去低了一些，但是由于薄利多销，营业总额和利润都增加了。

这种社会主义企业之间的竞争引起了许多议论。赞扬的、支持的人不少，反对的、不同意的也不是一两个人。有的人就认为街道办饭店，与国营饭店和合作饭店争原料、争市场、争利润，是一种“资本主义倾向”，应当取缔。有的国营饭店和合作饭店惊叫：“这样争下去，我们要被挤垮的！”于是，有人向县、地区和省的有关部门告状。处在被告地位的街道饭店也嘀咕起来：我们饭店虽然受到了广大群众的喜爱，开办时也得到县工商管理局的同意，但迟迟拿不到正式的营业执照，这样争下去行不行，上边会不会下道命令把我们砍掉？！

就在这时，省财贸部门派来了调查组。通过调查了解，他们认为街道办饭店好处不少：第一，弥补了原有饮食网点的不足，方便了群众。宿城镇是淮北地区的重镇，地区、县领导机构的驻地。十几年来，这里人口大量增长，而饭店增加很少，顾客常排长队。这些饭店一般都是早上五六点开门，下午六七点关门，过了营业时间，人们只好饿着肚子。现在，街道办起的十五家饭店，一般都是从凌晨四点营业到深夜，还恢复了豆汁、肉合子、丸子汤、炸馓子、烙馍等多年不见的传统食品；恢复了零拆零卖，小锅烩炒，服务到桌，吃羊肉汤、丸子汤时可以随意添汤等方便群众的服务方式。第二，安置了一些城镇闲散劳动力，减少了国家的负担。第三，长期以来，国营饭店和合作饭店独占市场，滋长了官商作风，群众很不满意；街道办起饭店后，有了竞争，他们不得不尽快改善经营管理，提高服务质量。这对国家、对群众都是很好的事。

街道饭店是社会主义集体所有制企业。省调查组和县财贸领导部门热情地支持街道饭店，县工商管理局给街道饭店发了营业执照。至于一些人说什么街道饭店办起来后会把国营和合作饭店挤垮，省委财贸部门负责人听了调查组的汇报后，当即明确表态："你办不好，挤垮活该！"

一场社会主义企业之间的竞争，在领导支持下更加深入广泛地开展起来。人民饭店是宿城镇设备最好、规模最大的国营饭店，可是今年一月份每个职工的平均营业额只有"喜在心"小饭店的一半多一点。二月中旬以来为了扩大营业额，人民饭店职工在积极扩大店堂经营的品种同时，走出店堂，摆摊叫卖。早上，饭店负责人带领职工在街头炸油条，叫卖热豆汁；中午，烙烧饼，叫卖丸子汤。国营五一饭店新添了群众喜爱的油茶，还增加了流动食品车，他们准备再打几个油茶壶，背到集市贸易上去招揽生意。街道饭店在竞争中也有了很大提高，他们向国营饭店、合作饭店学习，注意食品和器具的清洁卫生。有的请国营饭店、合作饭店的老师傅传授技术，提高烹调水平。现在他们供应的主副食品便宜、多样，色、香、味也都不错。

竞争还在继续进行着，会不会发生有的饭店被挤垮的事呢？这很难说，这场竞争是职工们主观努力的比赛，也是两种经营管理制度优劣的较量。街道饭店虽然资金少，人手少，设备差，但它是自负盈亏的，饭店经营好坏同职工的收入多少有直接关系，职工每月除有二十元基本工资外，还从饭铺的部分盈利中得到收益。因此，他们总是上下一致，千方百计努力改进服务质量，扩大营业范围，争取更多的顾客。同时还尽量减少开支，增加盈利。许多街道饭店规定职工不能在本饭店"包伙"，就是饭店的汤也不准喝，国营饭店和合作饭店资金多，人多，设备也好，但都实行固定工资制，既没有严格的经济核算，也没有明确的经济责任，饭店营业好坏同职工切身利益没有直接关系。国营饭店和合作饭店的职工还在本店"包伙"，容易出现公私不分的"揩油"现象。正如有些职工所说："卖得再多，服务态度再好，还是拿我的三十八元五。""吃得再多，拿得再多，也少不了我一分钱。"所以，县财贸办公室的一些同志对记者说，如果国营饭店和合作饭店不在经营管理上做一些根本性的改革，在这场竞争中，有的饭店就有可能逃脱不了被挤垮的命运。

（新华社合肥1979年3月18日电，通稿）

农民为什么如此喜欢生产责任制

——安徽农村见闻　吴象　许仲英

最近，我们从淮北平原到江淮丘陵以及皖西皖南山区进行访问，看到农村经济活跃，一派生机勃勃。广大社员和基层干部劲头十足，对发展生产充满信心。社社队队议论责任制，责任制的好处。

从凤阳得到的启示

农民为什么如此喜欢生产责任制，特别是联系产量的责任制！对这个问题，我们的认识是在访问过程中逐步深化。

在凤阳，就是“自从出了朱皇帝，十年倒有九年荒”的那个县，我们访问了梨园公社前王生产队。这个队一九五五年合作化时，有二十六户、一百二十七口人，十二条耕牛，粮食总产达十八万斤，人均产粮一千四百多斤，以后经过“刮五风”和林彪、“四人帮”极左路线两次大摧残，搞高指标、高征购、“穷过渡”，硬把它同邻近的村庄并队，并了又分，分了又并，先后变了六次。变一次生产力遭到一次破坏。耕牛死的死，卖的卖。特别是前些年成天批家庭副业，割所谓资本主义尾巴，政治运动一个接一个，斗得干部寒了心，群众散了心。最困难的一年，社员外流竟达六十一人，到一九七七年，土地大片荒芜，粮食产量降到三万斤，成为一个生产靠贷款，生活靠救济，吃粮靠回销，连种籽、牛草都要靠国家供应的“五保队”。今年春天，县委在这个村宣传三中全会精神，批判极左路线，落实中央关于发展农业的两个文件，经群众讨论，划分成三个作业组，实行联系产量的责任制。队对组定劳力、定土地、定耕牛和农具，组向队包计划、包征购、包积累、包提留。这个办法使集体生产的好坏、产量的高低同社员的物质利益直接联系起来，因而把社员的心拴住了，一些外流去新疆的社员也回队种田了。今年这个队小麦大丰收，总产量达到四万二千斤，多年来第一次向国家交售了六千七百斤小麦。

这个队仍然有不少尚待修整的破旧土屋，室内除了几张木床和堆放着的粮食以外，几乎空无所有。十几年前还是好端端一个生产队，竟被极左路线破坏到这种地步，怎能不使人感到愤恨！中国的农民不仅无比勤劳，而且十分宽厚，他们并没有诉怨叫苦，还向我们讲述近两年政府给他们安上了新门窗，让人人有了睡觉的木床，还帮他们买了六条耕牛。副队长杨宗勤一家七口，妻子患病，只他自己和一个大孩子能劳动，但今年小麦丰收使他信心百倍地面对着未来，他说：“只要能保住两干一稀，夏有单衣，冬有棉衣，明年一定能打更多的粮食，就不会再有人外流。”他和会计严立士在座谈中讲了包产到组的四大好处：一是看得见，摸得着，真正能多劳多得。过去记“大概工”，干活不讲质量，你混我也混，每年劳动究竟能分多少，心里没有底，干着没有劲。现在包产到组，任务明确，种多少，收多少，卖给国家多少，自己能得多少，心里清清楚楚，大家有劲头、有奔头。二是队里有自主权好。过去这里没有水，硬叫种水稻，年年白费劲。现在包产到组，可以自己做主，我们这里的地肯长小麦，长高粱，就多种小麦和高粱,因地制宜,费劲较小,打的粮还多。三是工效高了。包产到了组,干好干坏同自己的利益直接相关,谁肯不卖劲干！现在上地不用叫喊,两个人一天干的活,比过去一堆人几天干的活还多。集体活干完,还有时间种自留地,搞家庭副业。四是责任心强了,操心的人多了。过去牲口糟蹋庄稼,队长不说话没有人管,现在你试试……会计的这句话还没说完,一位拖着小孙孙的老太太插话了,她指着村边的地说:“有我们哩！牲口要管,鸡鸭要管,小孩也要管,村边的庄稼,摸都不准他们摸一下。”说得大家都笑起来了。

暮色苍茫的时候,穿过象小土岗似的沤粪堆,相互追逐、咯咯乱叫的一群群雏鸡在寻找鸡窝,一条条毛色光润、肥胖滚圆的黄牛也回村来了。这个小村庄房屋虽然破旧,但已不是一年前那种满目凄凉的样子了。这个几经曲折、备受摧残的小村,给我们上了生动的一课,使我们进一步体会到马克思主义的一条基本道理,就是生产关系一定要适应生产力的发展水平。集体经济的基本核算单位、生产组织的大小,用什么样的管理方式,必须以能促进农业生产的发展为前提,否则,必然破坏农业生产力、挫伤农民的积极性。农民如此喜欢生产责任制,在不少地方,又特别喜欢联系产量的责任制,这决不是偶然的,而是因为这样做,才适应生产力当前的水平,才能有效地贯彻按劳分配的社会主义原则,促进生产力进一步的发展。过去受极左路线影响,不管什么地方,都片面地强调以“大”为好,以“大”为荣,似乎愈大愈能显示集体生产的优越性,社会主义的程度也就愈高,而结果却是脱离实际,违背客观的经济规律,不仅不能发展社会主义经济,反而破坏了社会主义生产力。这个苦头实在吃够了,教训实在太深刻了！

前王生产队被破坏得如此严重,这一点有特殊性。但它经历的曲折道路，遭到的两次大摧残，在安徽全省，特别在定（远）、凤（阳）、嘉（山）地区，却具有一定的代表性。凤阳是个丘陵区，地势北低南高，北部沿淮河，特别怕涝，南部是岗丘，又特别怕旱，下雨有灾，不下雨更有灾，在封建时代，小农经济无力抵御频繁的自然灾害，只好“身背花鼓走四方”。这个旧社会遗留下来的问题，在社会主义制度下，本来能得到解决，因为极左路线的干扰破坏，至今尚未妥善解决。凤阳全县有一半公社长期低产落后，年年吃回销粮，年年有人外流。去年大旱，灾情严重，许多人担心今年外流的人数更会增多，实际情况同这种预料相反，今年外流的人格外少，群众情绪稳定。今年凤阳小麦获得丰收，原因固然很多，但决定性的一条，是县委解放思想，从年初开始，就在全县范围内有领导有步骤地推行大包干式的联系产量的责任制，实行这种办法的，到目前已占到全县生产队总数的百分之七十五以上了。大包干是实行联系产量责任制的一种形式，它责任明确，比较简便易行，深受当地干部和群众的拥护。大包干使落后队发生巨变，而大批落后社队的飞跃变化，又使凤阳出现了一个历史性的转折，在大灾之后很少有人外流。从今年起，全县开始不再要国家的返销粮了。凤阳县的变化，我们得到启示，就是在主要依靠牲畜耕作和手工劳动的情况下，农民积极性高低是农业生产发展快慢的决定性因素，在生产力遭到严重破坏的地方，基本劳动组织规模小一些，更能充分发挥人力、物力、地力的作用，显示集体生产的优越性。实践证明，劳动组织的形式和规模，不能千篇一律。哪一种劳动组织形式最适合当地的情况，最能体现多劳多得的原则，最能调动群众的积极性，就是最好的形式。

生产关系的调整

一九七七年十一月，安徽省委以强调尊重生产队自主权和按劳分配为中心内容的关于农村经济政策的六条规定下达后，全省农村广大干部和社员欢欣鼓舞。在贯彻“六条”的过程中，一些生产队根据群众意见，试行了包产到组、联系产量、超产奖励的责任制。这个办法把生产队集体生产的成果和社员个人物质利益联系起来了，把劳动的数量和质量统一起来了。超产奖励，使多劳多得的原则在分配上直接表现出来，极大地调动了群众的生产积极性。

但是，多年来极左路线把社会主义当作资本主义来批，把党的农村经济政策当作“右”的东西来砍，其流毒和影响是不能低估的。特别是今年年初，一些人叫联系产量的责任制“错了”，“右了”，“方向道路上有问题”，曾一度引起过思想上的混乱。有人问一些县的领导同志：“你们支持这样搞，减了产怎么办？”有的同志动摇了，有的同志却坚定地回答：“如果因为搞联系产量责任制减了产，我自己请求撤职。”

在联系产量的责任制试行阶段，有些同志持怀疑、观望的态度，是难免的，也是完全可以理解的，对此应作具体分析。他们中大部分人对农村情况不大熟悉，听了一些议论，感到不无道理，就跟着人云亦云起来。

当然，也有少数同志，明知联系产量的责任制能调动群众的积极性，但是前些年政策多变，他们怕担风险，心有余悸，见中央对此还没有说话，就采取等着瞧的态度，不敢也不愿表示支持。当中央肯定了这种办法以后，他们的态度也变得积极起来了。

还有一种情况，某些在城镇领工资、家属在农村的同志，因为生产队实行这种办法，真正多劳多得，少劳少得了，他们的家属一般劳力较少、较弱，从生产队分得的东西也就少了些，总觉得不如原先的“大概分”好。今年夏季以后，许多生产队把工副业和多种经营抓起来了，弱劳力、半劳力也可以尽其能、得其所，实际收入并不比从前少，随之他们的问题也就解决了。

但是，直到现在，仍有人对联系产量的责任制发出种种非议和责难，这些人的态度为什么这样固执呢！

在访问中，我们就这个问题同许多做农村实际工作的同志进行了探讨。颍上县的同志说，群众看到某些控制了生产队领导权的“二流子”，自己不参加劳动，还随意挪用多占，大吃大喝。社员辛辛苦苦劳动一年的成果有相当大的一部分被他们挥霍掉了，分配不能兑现，心里早就憋满了气，盼望有这么一天能摆脱他们。也正是那些“二流子”干部，最反对联系产量的责任制，他们把工作中出现的一些缺点和失误，统统归罪于联系产量的责任制。

颍上县的同志还向我们讲了一些启发人思考的事例。

姜店公社官路陈大队党支书平常吃吃喝喝，不参加劳动，好训斥社员，他认真作了检讨，公社又向群众做了工作，群众才允许他参加到一个作业组去。花园公社上庄生产队队长，从一九五八年起就当干部，以往东跑西转，催种催收，很少参加劳动，在分作业组后的几个月里，他参加劳动比十来年的总数还多。在实行联系产量责任制的地方，基层干部想贪污浪费不那么容易了，多吃多占也不那么容易了，耍滑头不认真参加劳动不行了，训斥社员更是不行了。在那些被“二流子”当了权的生产队，群众强烈要求包产到组，原因之一就是想用经济手段制止他们不劳而获，搞特殊化。可是有些领导同志，在联系产量的责任制的好处已经如此明显的时候，仍然人云亦云地责难联系产量的责任制，把广大群众的呼声，实践的呼声，统统当作耳旁风，为什么这些同志总是不能同群众想在一起呢！

农民为什么如此喜欢生产责任制，为什么不少地方又特别喜欢联系产量的责任制！为什么联系产量的责任制对改变落后队有如此显著的效果！把这一系列问题联系起来，使我们越来越感到，实行联系产量的责任制，不仅仅是一个劳动组织或计酬方法问题，实质上是农村生产关系的调整。按说社会主义集体所有制的主人是社员群众，但是在极左路线的干扰下，生产队无自主权，多劳不能多得，社员不能管理生产队的事，实际上社员群众没有当家做主。实行了联系产量的责任制，这种不正常的现象得到改善，在生产中人同人的关系得到一定的调整，生产关系不但比以前更加适应生产发展的水平，而且能够保护和促进生产力的发展了。

它的深刻意义，很值得进一步深思。

坚持实事求是的态度

目前，安徽省农村人民公社普遍建立了各种形式的生产责任制，其中联系产量的责任制约占三分之一，由于它显示了许多好处，秋后可能有更多的生产队将要采取这种形式。省委始终强调，推行生产责任制一定要坚持实事求是的态度，一切从实际出发，尊重生产队的自主权，走群众路线，因地制宜，适合采取什么形式就采取什么形式，不要一刀切，不要只搞联系产量责任制这一种形式。省委领导同志多次讲，在一个县，一个公社甚至一个大队范围内，只要符合群众意愿，能加快农业发展的步伐，可以几种形式同时存在，各显神通，让群众在实践中比较，经过一段实践，再由群众鉴别、选择。

联系产量的责任制和其他形式的责任制，只要适合生产力的发展水平都可以有效地贯彻按劳分配的原则，调动社员的积极性，但是，并不是有了责任制，按劳分配的问题就都解决了。特别是联系产量的责任制，由于群众拥护，发展很快，有些地方不可能一下把工作做得很细，难免存在一些问题，甚至出现某些偏差。九月份以来，全省各地区对责任制问题都进行了一些典型调查，通过实践是检验真理的唯一标准的讨论，总结经验，提高认识，研究新情况，新问题，采取措施加以解决。

过去有些人在生产组织问题上以大为荣，认为愈大愈好，现在反过来又以小为荣，似乎愈小愈好，这都是不对的。

为了巩固"三级所有，队为基础"生产队应当既抓粮食，又抓多种经营，合理利用提高工效后腾出来的劳动力，根据当地条件，组织林、牧、副、渔各种作业组，既有专搞粮食的作业组，又有其他方面的作业组。这样，生产队统一计划、统一指挥、统一分配就能进一步加强，责任制就可以推广到各个方面，农业生产就能逐步专业化，发展得更快，社员收入更多，公共积累也更多，生产队这个"基础"就会更为加强，整个农业生产可以全面发展，农村经济更加繁荣。看来这是个发展方向，也是个关键环节。抓住这个环节，一切就可以活起来，这方面现在只是出现了一些新的苗头，有待于今后努力实践，继续探索。

（1979 年 11 月 14 日人民日报）

实行“大包干”责任制调动社员积极性
凤阳县大旱之年夏粮丰收

沈祖润　王礼贶

实行“大包干”生产责任制的安徽省凤阳县，今年夏粮获得丰收。全县夏粮总产量达到二亿斤，比实行“大包干”第一年的去年总产增产一成，比没有实行“大包干”的正常年景一九七七年总产增加一倍。

凤阳县今年夏粮丰收的一个突出特点，是一大批过去的低产穷队，实行“大包干”到作业组的生产责任制后，今年夏粮增产幅度最大。如普遍实行“大包干”的武店区，今年六个公社，社社增产，有五个公社夏粮总产都增加一百万斤以上。

历史上“十年倒有九年荒，身背花鼓走四方”而闻名全国的凤阳县，二十多年来生产发展缓慢，不少社、队年年闹“夏荒”。党的三中全会以后，凤阳县认真贯彻执行了中央关于农业的两个文件精神，去年，全县实行“大包干”的生产队占生产队总数的百分之八十三，第一季小麦就大幅度增产。一九七九年全县粮食总产比一九七八年增产百分之四十九，比历史最高水平的一九七七年增产百分之二十。

凤阳县实行的“大包干”生产责任制，就是作业组对生产队实行“三包合同制”，即包完成生产计划，包完成国家下达的农副产品交售任务，包上交集体公共积累和各项提留;其余产品在生产队统一分配方案指导下,由作业组进行分配。这样做,社员们看到干多干少、干好干坏与自己的物质利益密切联系在一起,因此都千方百计去争取农业丰收。凤阳县去年九月下旬以后,近三个月未下一场雨,土地龟裂。严重的干旱,为秋种小麦带来很大困难。但是,由于实行了“大包干”,社员群众积极性很高,他们开动一切抽水机械,连天加夜抗旱种麦四十万亩;后来水抽不上了,男女老少又挑水造墒,种麦十万亩;十二月下旬降雨后,又抢种晚麦十三万亩,结果大旱年头比正常年景还多种小麦六万亩。为了夺取小麦丰收,社员们对麦田精细管理。过去给小麦追施化肥,是乱抛乱撒,现在基本上都是搞穴施;过去锄草是“剃刀刮胡子”,图表面光溜,现在是“镊子拔猪毛”,连根除掉。有的生产队家底薄,缺乏生产资金,社员们就自动掏出卖肥猪、鸡蛋的钱供队里使用。社员们齐心协力,使足劲搞生产,终于在大旱之年夺得了夏粮丰收。

目前,凤阳县各社、队正按照“三包合同”进行夏季分配。广大社员喜气洋洋,在完成国家征购、超购任务和集体提留后,把一口袋一口袋的小麦扛回家里。

(新华社合肥 1980 年 6 月 30 日电,通稿)

故乡人民的笑声　张万舒

“嗬，今年小麦、油菜，长得从来没有这么好。”春上，故乡来人这么说。

“今年好呵，家家都翻身。”麦收时，故乡来人异口同声这样说。

二十多年来，故乡来人谈故乡，多是面带愁容，声含酸苦，开口就是一个“唉”：“唉，一年不如一年。”“唉，勉强过。”“唉，不够吃。”“唉”声中，我感到故乡人的心头，压着一团铅云。

今年，故乡来人，一改“唉”调，喜悦之情溢于言表，乡音里饱含新的动力。故乡，果真变了么？一股思乡之情，油然而生。

六月中旬，正是抢收抢种季节。我利用一个星期天，起个绝早，凌晨五点半钟动身，一口气奔回我老家所在的长安公社。这个公社，是肥西县的边缘地方，也是全县最穷的公社之一。过去，越是穷，上面越是派工作组抓阶级斗争，斗干部、批群众、“堵路”、“割尾巴”，折腾了十多年，从来没有“长安”过。真是越穷越抓，越抓越穷，恶性循环。

公社机关所在的长安集，离安徽省会合肥只有三十华里，可说是近在咫尺了，然而又是十分的遥远。一条宽阔的柏油马路，从合肥西门直达大蜀山下，可是一进这个公社的边界，便是坎坷土路，车行颠跳，人走跛足，到长安集，五华里的土路，三十年的坎坷，依然如故。

记得一九五二年春上，我去这个刚解放了的乡镇时，绿树葱茏，热气腾腾，各类物资摆满门板，摊放一地，使人举步难插足。那时，农副产品十分便宜，一角钱四个鸡蛋，还愁卖。后来，经过一场场政治风暴的扫荡，繁华的乡镇，渐渐地破落了。直到一九七八年秋后我再去时，二十六年过去了，房屋少了，镇子也小了，一条土街上冷冷清清，一个象样的社办企业也没有，连公社干部办公和住宿的都是东倒西歪的茅草房。谈起改变穷乡的面貌，当时的公社副书记一筹莫展。他说："今年大旱，日子更难过，唉。由穷变富，二十多年来，什么办法没用过，路子就是走不通，今后，到底怎么走啊？"告别时，我的心头，一片凉意。

时隔一年多的今天，长安集老样未改，还是那一条土街，一大早，却出现了一九五二年时的情景，满街是人，油香扑鼻。我在人流中穿来挤去，到处打听。大米二角四分一斤，小麦一角八分一斤，都低于国家超购价格，卖粮的社员苦苦地说："粮站还没开始收，市上也难卖哟。"集上一溜五个猪肉案子，一个是供销社的，四个是私人的，悬挂的一扇扇大肥猪，简直象牛犊一样，买肉的社员出口就是"要五斤""砍八斤"。我站在一旁插嘴说："天这么热，一下买这么多干啥？"一位老大爷笑呵呵地冲我说："大忙季节出大力，多吃点长劲么！"我想，多年来镇上无肉卖，社员也吃不起，今年猪肉多了，故乡人的气魄也大起来了。在供销社的卖布柜台前，一群妇女在争购的确良花布，一位大嫂子边挑边俏皮地说："往年呀，生产队要妇女卖衣服支援买化肥，今年背一袋油菜籽，就够买件的确良了，到秋后呐，哼，买条料子裤来抖抖哩！"一位售货员告诉我，现在涤卡、的确良，到多少卖多少，连五年前进的十五座三五牌钟，六十多台半导体收音机，也全部卖出了。他说："今年，社员是真有钱了。"

我随着一些挑重担的社员走进公社油厂，院子里长蛇阵般地摆着满箩满箩的油菜籽，都是来换油的，三斤菜籽换一斤油。我看着社员们一换就是七十、八十、上百斤的油，便问："换这么多，怎能吃得了呀？"他们说："吃不了卖超购嘛，一元五角九分一斤，从这里开个条子，到粮站就拿钱。"这时，过磅的同志说："前几天，有一户一次换了三百二十斤油，全卖了超购，一把拿走四百零八块。"我惊讶地"啧"了一声，引起排队的社员们"轰"地一阵大笑。多少年了，我没有听过故乡人这样开怀的笑声！

市场，是反映人民生产和生活的一面镜子。长安集市上的情景，说明故乡是在变了。

我在回家的途中，见村就串，逢人便问："今年夏收怎么样？"这个说："小熟变大熟罗。"那个答："一季收成顶一年啊！"我看冲，一片青，望岗，一片绿，早稻长势好，中稻插上即发棵，遍地欣欣向荣，预示着更大的丰收。十点多钟，到了我的老家张磨坊。这个曾被"五风"刮得房倒树光，破坏惨重的村庄，现在沟边路旁栽满了树，鸡群鹅阵闹嚷嚷，正在打场的乡亲们，个个喜气洋洋。我那快嘴嫂子们，七嘴八舌"斗"起我来了，这个说："噢，往年穷时，你就忘了家，今年有了，你朝家跑。"那个说："人家腿长嘛，油菜刚刚大丰收，就跑回来捞油水罗。"我无法对付她们，就径直地进了家。问，我大哥他们三口人，收了一千二百斤小麦，换了七十八斤菜油。大哥说："呔，过去每人每年几两油，逢年过节就到城里找你们要油票，今年呐，你们油要不够吃，我就给送去！"

我们正说着，生产队长张维银和会计张必文来了。他俩都是我的堂弟，三十刚出头的人，满脸胡茬老长的。我打趣地说："你俩都变成黑胡子老头了。"他俩说，过去光喊干部参加劳动，一年要做到一、二、三（百天），哪个能做到啰？实行了责任制，不干不行了，白天带晚干，连理发剃胡子的空都没有。现在，干部作风不变也得变了。论作风，张维银可算个实实在在的生产队长，不贪吃、不贪喝，爱实干、讲真话，可是在那风向多变的年代里，他总是跟不上趟，不是挨批，就是停职检查，过去见我就摇头说："农村工作真难干啊！"

谈起队里的情况，张维银嘿嘿地笑着说："呔，二哥哎，今年是逮到了，一季顶上去年一年。去年全队粮食总产八万斤，今年夏季定产五万七，实际上八万斤稳拿了，人均五百斤还出头；油菜籽总产六千斤，人均合二十多斤油。社员都说，做梦也没想到今年盛油用水缸，装麦子用稻屯呀！"他举他家为例，十一口人，收八千多斤麦子，七百多斤菜籽，加上豌豆等，一季总收入达二千多元，人均合二百元。连队上的老困难户李长金也翻身了，他家两个大人带五个孩子，过去年年吃救济粮，用救济款，穿救济衣，今年一季收三千五百斤小麦，二百五十斤油菜籽，人均收入也达百把元。李长金往年冬天冻得勾着腰，走路不抬头，今年他讲话带着笑，走路还带小唱哩！

张必文接着说："呔，社员都说我们搞农业，就跟下棋一样，这么多年来，一着棋下死了，大家都没指望了，没想到上面松松手，政策宽一点，搞个责任制，一着死棋又活了，社员们劲头可大啦。"他说"四人帮"在台时，天天搞大干，夜里也大战，社员下田就是不淌汗，年年没吃没烧没得穿；现在干活，真是一顶俩，俩顶三，抢收抢种半个月就完。大呼隆时，农具在哪使，就在哪丢，犁耙满地拖，牛也成了三根筋；现在农具用过，洗得干干净净扛回家，牛也一天放三次，还割草喂，拴进屋，长得膘肥体壮，社员说，现在牛也快活了，真正过上社会主义日子了。过去，上面强迫社员推院墙，扒厕所积土肥，动员家家卖鸡蛋，新婚夫妇卖衣料，给生产队买点化肥胡乱撒，大多浪费了；现在家家筹钱买磷肥，一棵庄稼旁边捣个洞（穴施），点滴不浪费，这样干，怎能不大增产.

这时，我家已来了一屋人，公社书记也跟着跨进门来。他听我们谈得正热烈，没等我请就说开来了。他说我们隔壁的三房生产队，历来是丢了镰刀就没饭吃，从一九七三年以后，十六户人家，家家当过生产队长，之后，又从外单位请来三人当队长，公社还派一位副书记来坐镇，结果谁也搞不好，年年吃回销粮。一九七六年麦收，人均八斤麦子半斤油，劳力外流找不回，家家砍掉自留树交罚款，队长李延堂还被搞到公社蹲了五十一天"学习班"。从去年夏天实行责任制后，人心归了田，今年一季大翻身。我刚从区里开会回来，在那里摸一摸，麦子总产超过去年全年总产量，人均合二十五斤油。过去我来时，社员苦苦缠着要救济，今天是欢天喜地缠着不让走，非要用油炸粑粑招待我。大家说，穷三房、穷三房，三十年来村无块砖片瓦，妇女从没穿过的确良，今年村里要盖新瓦房，妇女也要换新装。

公社书记喘口气继续说，像三房这样的穷队，全公社有三十二个，今年都是一季大翻身。我看呀，我们这个长期害肝炎病的公社，从今年起，可以不要再打针吃药了。夏季大丰收，秋庄稼长势更喜人，还得赶快盖仓库。有的同志看到这个形势，高兴地说，有个电影叫《三笑》，我们农民三十年来也有三笑，一九五四到一九五五年是嘻嘻笑，一九六四到一九六五年是微微笑，今年大家都是哈哈笑。真是三十年来有三笑，笑声都没今年高。

在场的乡亲们都点头说："一点不假，就是这样。"一位大队干部补充说："嘿，照这样干下去呀，我看还有一个三笑，就是国家、集体、个人都要放声笑。"他这一说，说得大家轰堂大笑。

午饭时，我端详公社书记心宽体也胖了，便笑问他这一年多来，路是怎样走的，还怕不怕方向有问题？他沉思片刻后说："总结多年来的经验教训，思想开了一个窍：违民意，路不通；顺民心，是方向。”他说得言简意深，既认真又严肃。告别时，我紧紧地握住他的手！

“哈，虽遭连阴雨，早稻普遍都丰收，中、晚秋庄稼长势少见的好！”最近，故乡来人，又是这样激情满怀地说。我想，有顺民心的政策，有思想开了窍的干部，故乡人民的笑声，一定会越来越响亮！

（新华社 1980 年 8 月 10 日电，通稿，有删节）

中国，有这样一个村庄

——安徽凤阳小岗村纪事　张万舒

在中国农村的汪洋大海里，小岗，只是一朵浪花，但是它在二十世纪中叶，旋起了多少喜怒哀乐！

它在安徽省凤阳县的版图里，仅仅是小小的一个点。二十世纪五十年代它曾经笑过，六十年代哭泣过，七十年代呼嚎过，踏上八十年代它又笑了，笑得爽朗而又清醒。

小岗笑什么？又是怎样笑起来的呢？

在解冻的日子里

七十年代最后一个初春，中国大地响起破冰的声音。那是党的十一届三中全会的春风，吹动沉睡的乡村，久经冻结的泥土开始酥软了。在朱元璋的故乡——凤阳，贫困的土地对春风格外敏感。曾被批得潜入大地深处，扎进人民心窝的“包”字，随着一股“地热”悄悄地探出了头。

一九七九年初，凤阳县委召开四级干部会，肯定了马湖公社几个生产队一九七八年偷偷试行“包干到组”的做法，认为是调整生产关系的一种形式,决定在全县推广。于是,一支民谣象春燕到处飞舞:大包干,大包干,直来直去不拐弯,既省事,又简单,干部满意,社员喜欢。

可是,从某些领导部门却倾下阵阵冷雨般的非议和指责:"这样干,简直是倒退!"三月中旬,报纸上突然发表一封反对"包干到组"的读者来信,把这场"倒春寒"推向了高潮。

县委坚定站在农民一边,县委书记说:"把乌纱帽拿在手上,光着头皮也要硬顶住!"他连夜给各区、社打电话:"坚决顶住,错了,由县委负责!"在省、地委的支持下,"大包干"站住了脚跟。

就在那乍暖还寒的日子里,"包"字不仅在小岗挺起了身子,而且向前大跨了一步。二十户的小岗,分成四个作业组,不行;分成八个,还是合不拢。怎么办?生产队领导班子的年轻人在焦急地寻找新门路。他们请教从"五风"中幸存下来的三位老汉之一的关庭珠,他说:"六一年的'救命田'很中用,一干就增产。"刚上任的副队长严宏昌黑眼珠子一亮:"对,那叫'责任田',同'大包干'差不多,一杆子包到户。"队长严俊昌说:"咱就套着包干到组的办法,搞个包干到户不行么?"关庭珠老汉巴嗒着嘴说:"行是行,就怕上面不准干呀!"身材精瘦、带着一股冲劲的严宏昌,是个初中毕业生,小岗人中唯一的文化人。他满不在乎地说:"咱小岗已经穷得没门了,只要对国家、集体、个人都有利,为啥不准干?""你年轻呀,才当干部,不懂上面的规矩呵!"关老汉拧着眉说。严宏昌闷头狠吸两口烟,灵机一动:"咳!人家马湖公社的人,去年偷偷走了第一步,现在不是让大家都走了,咱们为啥不能偷偷走第二步?"这句话提醒了耿直的严俊昌:"这倒是个办法,只要社员一致同意,就偷着干,出了事,咱们几个顶着,撤职、处分,都行,只要能增产,总不能开除咱的社籍吧!"他们就这样拿定了主意。

严俊昌在社员大会上说:“全县都搞‘大包干到组’,咱们干脆‘大包干到户’,土地、耕牛、大农具是集体的,承包到户,保证完成国家的,留足集体的,剩下都是自己的。”这办法一亮,象一瓢水倒进热油锅——炸响了!会场上一片沸腾:“行!”“干!”“中央说生产队有自主权,咱就要这个权!”

严宏昌站起来说:“大家都同意,就这样干!但这是偷着干,瞒上不瞒下,要保密,风不透雨不漏。以后漏了风,上面来追查,我同俊昌担着。”小岗人就这样行使了自主权。不,这是苏醒了的小岗人,在重操历史的主动权!

路,是曲曲弯弯的

一个多月后,小岗的秘密泄露了。

公社负责人把严宏昌找去训道:“你真是个穷大胆呀,怎敢带领社员走回头路!赶快给我并起来,不并,种子、化肥、供应粮,一律不给!”

严宏昌象遭霜打的庄稼一样耷拉着头,不吭声。回来的路上,他心里盘算:什么回头路?得让社员们评评,再不能糊糊涂涂的,上面叫咋干就咋干。

社员会上,他放了一把火:“公社说咱走了回头路。大家回头看看,三十年来小岗走的是条什么路?”社员们一听,象针扎一样刺痛了记忆。有的激昂,有的悲愤,历数着走过的里程:

路,新中国乡村的路啊,起点是金光灿灿的。五十多年前,只有姓严、姓关两户亲戚的小岗,土改时发展成三十一户,一百六十多口人的村庄。人们含着喜泪分得了梦寐以求的土地,做了土地的主人,过上安居乐业的日子。政府一号召，就互助起来了。那时是送公粮一路唱，卖余粮排着队；满村绿树合了围，鸡鸣、狗叫、猪肥，日子越过越甜美。

一个平常的道理：路，要一步一步地走。可是，在中国，不知为什么要那么急急忙忙？从一九五五年开始了农村所有制“三级跳”。第一次，小岗没有跟着“跳”。第二年掀“高潮”，工作组一催，小岗一步“跳”上了高级社。一九五七年又来了整风整社工作组，批了什么“怪话”，小岗人便鸦雀无声了。结果是第一次吃了国家的供应粮。从此，小岗的“黄金时代”过去了。

一九五八年“大跃进”，小岗又跳上了“共产主义金桥”。工作组提出要“十里芋峰岭，五里菜花香，千亩水稻方”。到头来：十里芋峰岭变成大草荒，五里油菜地没收半“土缸”，千亩水稻方只收几斤粮。到了1960年，人断粮，牛缺草，全村三十四户，一百七十五口人，逃的逃，亡的亡，剩下了十户，三十九人。一个热气腾腾的社会主义村庄，被“五风”扫劫一空。夕阳斜照里，一片死寂！——小岗在哭泣，却哭不出眼泪，哭不出声音。

在此后的中国，历史悄然失落了生产斗争和科学实验的轮子。这辆独轮车沿着“阶级斗争”的偏道滑下去了。又是十多年“运动”，大批判代替了农民的天职——种田。年年抓“纲”抓“线”，“堵路”、割“尾巴”，结果，“运动”得年年人均口粮一二百斤，人均收入一二十元，落得个社员外流，家家要饭。

二十多年了，小岗人就这样被驱赶在一条曲曲弯弯、跌跌爬爬的路上。这洒满血泪的路，难道还要走下去吗？不，小岗人坚决地说：“那条路，再也不能走了！要说走回头路，就是要回到真正的社会主义大路上去！”

地热，在猛烈地升腾

五月里，芋峰岭上出现二百多亩的一大片花生苗，在春风拂动和百灵鸟的欢叫声中茁壮生长。公社负责人到此一看："啨！多年没见过的好苗！"可是，一听说是"包干到户"的，便脸色一变，找到严宏昌说："你们硬顶不并啊！马上连稻种也不给了。"严宏昌横下一条心说："只要能干下去，我们什么也不要！"

过了几天，县委书记来到芋峰岭，看着大片花生苗，惊讶地问："谁点的呀?"严宏昌回答："户点的。"他看县委书记默不作声，就机灵地进逼一句："陈书记啊，光这一季花生，就能顶上全队两年的收入。象咱这穷窝窝，只有搞包干到户，才能翻得快呀！"

县委书记思忖之后，对严宏昌说："我回去研究研究！"到了公社又丢下一句话："就试试看吧！"

小岗人无形地减轻了压力。干到麦收，一季收成，解决了吃饭问题。县委书记再次跑来看看，心里有底了，说："你们要能干到不要国家负担，五年不交征购任务都行；如果干不上去，秋后就得合并。"小岗人惊喜地说："行，一言为定！"

秋收结束，小岗粮食总产跃达十三万二千多斤，相当于一九六六年到一九七〇年五年产粮的总和，二十户有十二户收了万斤粮；收了三万五千多斤油料，比合作化后二十多年的总产量还高；农副业收入平均每人达三百一十一元；一下子向国家交售三万斤粮，卖给国家两万四千多斤油料，超过任务八十多倍。小岗成了全县的"冒尖队"。

一天，地委书记来了。他走进社员关有江家里一看便问："你家这么多稻，是生产队的种子吧?”关有江笑嘻嘻地说:“哪里，哪里，全是自家的。”“你家是怎么干的?”“靠的是‘包干到户’呗!”地委书记挨家看粮囤，家家囤满仓流。他问到底哪种办法治穷最有效? 社员们说:“千条计，万项策，不如‘包干到户’一剂药。”“哦!”这位一贯注重实地调查和理论研究的地委书记，一路沉思着，连个态也没表就走了，给小岗人留下个疑团。

第二天，一辆蓝色的大客车开进了小岗。社员们看是地委书记又来了，纷纷跟着看动向。只见他领着一群人又是挨家地看呀、摸呀的。最后来到严宏昌家里，说是就在这里开个地委常委会。会议结束后，地委书记找来几个“穷大胆”说:“同意你们先干三年，谁来问，就说地委批准的。”小岗人象吃了颗定心丸，甩开膀子大胆干了。

“小岗包干到户，一年大翻身了!”消息像旋风刮遍周围的村村、队队、社社，产生了强大的吸引力。“小岗能干，我们为啥不能干?”群众的呼声和要求，象地热爆发出冲击波，冲向各级干部，冲向县委。与此同时，各种反对意见也滚滚而来，一齐压到了县委书记身上。他又一次陷入上下夹攻和四方包围之中。

十一月间，在县委，县委书记叫来严宏昌，当众说:“你们小岗‘包干到户’，是我批准的。现在，不少人说是开倒车。你说，再并起来，社员愿不愿?”

严宏昌乍一听，黑眼珠子火花直冒。他迅即镇定下来，果敢地说:“社员决不愿意，如果强令合并，打击群众积极性，肯定还不如吃‘大锅饭’!”

坐在一旁的一位老同志说:“党的政策，你一眼看不到底啊，我们国家走的是社会主义道路，你们那样搞，就是开倒车嘛。”

严宏昌，这个新一代农民的代表，按捺不住心头的激动，当众慷慨陈词："二十多年来，小岗人衣食住行全靠国家，吃了二三十万斤供应粮，花了三四万元救济款。农民种田，国家给钱，缺吃少穿，国家支援，社会主义就这么干吗？那是穷人路线，懒人政策！我们搞'包干到户'，土地、耕畜、大农具是公有的，没有买卖土地，没有雇工，没有放高利贷，哪一点不是社会主义？凭双手劳动，一年大翻身，对国家有贡献，这算开倒车？难道搞社会主义就是规模越搞越大，把大家捆在一起，穷在一起，逃荒要饭？那种'左'到绝路上去的是真社会主义吗？那条路已经走到尽头了，农民要走的是富裕的社会主义道路啊！"

一席话，说得在场的人哑口无言。县委书记趁机缓解说："你不要急嘛，我们可以给你请示。地委有没有答应过你们？"严宏昌突然醒悟了："有，地委书记说批准干三年。"

县委书记眯着眼笑了："地委批准干三年，可没有给县委下文件呀！"严宏昌说："不信，可以打电话问！"县委书记当即叫他给地委挂了电话。

地委书记在电话里说："小岗的形势一定要稳住，不能变。马上到省里开会同你当面谈。"

县委书记放下电话耳机，对严宏昌说："地委指示小岗不能变，你回去叫社员安心干，我到省里开会，向省委反映。"

一场"抗压戏"巧妙地演完了。此时正是七十年代最后一个冬天，大地却是热烘烘的！

春风得意马蹄疾

历史刚刚跨进八十年代。春节前夕的一天，当时的安徽省委第一书记万里到了小岗。他进村就问："你们家能让我随意看看么？"社员们同声答道:“行,请看。”他挨家看了一遍,笑呵呵地说:“这样干,形势大好啊。我早就想这样干了,就是没人敢干。”严宏昌说:“我们干了,人家说是开倒车,还能干下去么?”万里说:“地委能批准你们干三年,我也能批准干五年吧! 只要社员生活能提高,对国家有贡献,干一辈子也不能算开倒车!”

在场的公社书记趁机插话:“周围群众都吵着要学小岗这样干,怎么办?”

万里风趣地说:“学就学呗,对国家有贡献,还能是坏事? 你们不要给人家念紧箍咒了,形式主义少搞一点。让社员富起来,家家都盖两层楼,才称人心哩!”万里临走时对小岗人叮嘱说:“我提三点:一,社员生活要提高,任何时候不卖过头粮;二,对国家要有贡献,各项任务要完成;三,谁要再说你们开倒车,这场官司就由我万里跟他去打了。”

万里一走,区、社干部们兴高采烈地说:“这场官司,到底给‘穷大胆’们打赢了! 这下都好办啦!”很快,小岗人闯出的“包干到户”责任制,象地火驾着春风,在八十年代的第一个春天里,燃遍全县、全地区的绝大多数社、队。

虽然余寒未尽,还有种种非议和阻力,但中国大地毕竟是春风得意马蹄疾了!

秋天,是黄金色的! 小岗的“黄金时代”回来了,凤阳的“黄金时代”也回来了。

在小岗:年终统计表上出现了动人的数字——粮食总产二十二万多斤,比上年增产近十万斤,高出一九五五年的“宝塔尖”,油料总产五万斤,比上年增产一万五千斤;人均收入比上年增加近百元。家家翻盖新房,添置新床、新门、新桌、新花被、新衣裳、收音机;增加十条牛、十二张犁、七张耙、五辆板车；向国家贡献五万斤粮、两万五千斤油料、十五头大肥猪，各种任务全面超额完成。小岗真正大跨步了！

在凤阳：粮食、油料总产、农业总收入、人均收入、群众生活、对国家贡献，全超过历史最高水平，家有万斤粮的超过一万户。全县农民盖新房两万多间，自购大型拖拉机十四台、小四轮和手扶拖拉机五百多台、其他农业机械近千台（件），大牲畜增加七千二百头。凤阳一举甩掉了穷帽子！

面对凤阳出现的新貌，县委书记含着泪花对记者说："再干三五年，社员吃、住、穿、用四个问题全解决了，多种经营全面发展了，各类人才也培养出来了，水到渠成，农业就可以向专业化、社会化的方向前进了。"接着，他又意味深长地说："路，总是脚踏实地的人走出来的罗！"这，就是凤阳人民对未来的展望……

凤阳人在社会主义道路上走了三十年之久，为什么总是摆脱不了贫穷落后呢？为什么党的三中全会定下一条解放思想、实事求是的路线，农民就跃身而起，冲破重重阻力，寻求政治上的再解放，经济上的再翻身，两年就结束了多灾多难的历史呢？这里，除了粉碎绳索般的极左路线外，还有什么经验需要总结呢？社会主义道路到底怎么走？历史车轮今后应该怎样转动？小岗人的经历和觉醒，是值得深思的！

小岗，是中国的一个普普通通的村庄，然而，它却是中国广大农村的一个缩影。

（新华社 1980 年 12 月电，通稿，有删节）

谁是林森 徐光春

谁是林森？现在还是个谜。但是，林森助人为乐的事迹，今春以来一直在安徽合肥市广为传扬。

今年二月二十日，住在合肥市宿州路上的孤寡老人蔡世萍收到了一封信。信上写道："蔡奶奶，我从《合肥晚报》上看到北门粮站工作人员多年为你送粮的消息，十分感动，我要用行动来向他们学习，打算今后从经济上帮助你……"信末的署名是林森。几天后，蔡奶奶果真收到了一张十元的汇款单。汇款人：林森；汇款地址：合肥市双岗小学。

八十岁的蔡奶奶捧着汇款单，热泪簌簌地往下流："国家每月给我生活费，这位好心的人还给我寄钱，共产党的世道真是好啊！"老人连门都没关，就急匆匆来到居委会找主任，说："我不能用这钱哪，求你们帮我找找林森，我要好好谢谢他！"

第二天，居委会干部来到双岗小学找林森，想转达蔡奶奶的谢意。可是一问，学校没有这个人。蔡奶奶听说没有找到林森，急得饭吃不香，觉睡不着。

林森没有找到，一张张汇款单却按月送到了蔡奶奶的手中，有时十元，有时十五元。汇款人都是林森，但是汇款地址却多次改变。一次，林森在汇款单上附言："蔡奶奶，对我来说，生命的意义在于设身处地替他人着想，忧他人之忧，乐他人之乐。望多保重。”蔡奶奶把这张汇款单拿给许多人看，嘴里念叨着：“多好的人哪！”她再次请求居委会帮她找到这位比亲人还亲的人。

热心的居委会主任再次来到双岗小学寻找林森，仍然没有结果。这位主任又跑到几十里路以外的另一汇款地址——肥西县新华书店去问，那里也没有林森。九月二十六日，一张二十五元的汇款单又从百里以外的芜湖市寄来了。汇款数额增加了这么多，显然，这是林森为蔡奶奶过国庆节和中秋节准备的。居委会主任为难地对蔡奶奶说：“真是个做好事不留名的活雷锋，不好找啊！”

林森助人为乐的精神带动了更多的人关心蔡奶奶，老人的房子漏了，合肥市北门粮站的营业员田秋霞找人来给修。合肥市电信局幼儿园的工作人员王敏，天天跑几里路来照顾老人，还带老人去公园散心。北门居委会二十一岁的副主任汪少微是蔡奶奶的近邻，扫地、洗衣、生炉子、刷马桶，样样她都给蔡奶奶干，亲如老人的孙女。

最近，当记者去探望蔡世萍老人时，老人欣慰地对记者说：“说我是孤寡老人，这不对，那么多人关心我，我一点也不孤独呀！有儿有女的人，也不一定有我活得快乐！”

（新华社合肥 1982 年 10 月 15 日电，通稿）

华东的动力之乡

——访安徽两淮煤炭基地 陈宝善 田学祥

两淮,堪称为华东的动力之乡。这里,除了淮南、淮北两个老的矿区外,又在建设一批新的大型矿井。现在,在千里淮北平原的一片麦浪丛中,井架、铁塔林立;厂房、楼房,鳞次栉比;车队、人流,象奔腾不息的江河水,滚滚向前……一座现代化的大型煤炭基地的雏形已经形成!

两淮座落在华东,华东各地期待着两淮的加速开发。

一位专家在考察两淮时说:“两淮煤炭生产的发展将给整个华东九十年代的经济起飞,插上坚实的翅膀!”

华东是我国工业最集中的地区,这里的工业总产值约占全国的三分之一强。一吨煤可以创造两千元的工业产值,高于全国平均水平的百分之八十。但是,目前华东缺煤,限制了工业的发展,就象一只翅膀不很坚挺的大鹏。尽管有全身的本事,也不能振翅飞腾。

大自然赐给了华东一颗硕大无朋的“仙果”——在黄河故道以南、淮河以北、阜阳以东、津浦铁路沿线以西的广阔地区内蕴藏着一个储量达二百二十多亿吨煤的大煤田。这个煤田的煤质好,品种齐全,气煤、肥煤、主焦煤、瘦煤、无烟煤、动力煤都有,而且大多是低磷、低硫、中等灰分。煤层条件也较好。淮南的可采煤层总厚度达二十五至三十三米,淮北达五至十五米,是一个理想的建设大型煤炭基地的好地方。为了九十年代华东的经济起飞，国家投入了数十亿元资金，在这里同时兴建一批大型矿井，到今年底总的建设规模将达到一千九百九十万吨。加上原有两个老矿区的产量，整个两淮的煤炭生产能力将来要达到四千多万吨，华东地区的煤炭供应状况将会得到极大的改善！

这颗“仙果”是丰硕的，但采摘起来却不容易，要付出巨大的代价。

淮北平原属于第四纪冲积平原，表土厚达三四百米，地下流沙多达十几层，在这种复杂的地质条件下建设矿井，在世界上是少见的。五十年代的“大跃进”时期，人们曾在这里凿井挖煤，当时由于技术难关没有解决，打的井被流沙淹没。近些年来，我国工程技术人员和工人、干部一起，经过艰苦的探索，反复试验，研究出了采用大钻机凿井、深井冻结和复合井壁等一系列新技术，终于在表土特厚、流沙特大的复杂的地质条件下，成功地打好了十三个井筒，使我国这项新技术，走进了世界的前列。

工程指挥部负责人自豪地对记者说，现在，在地质条件世所罕见的两淮地区建设大型矿井的技术，我们已基本掌握，我们完全可以主动地攀悬崖、摘“仙果”了！

五月上旬，我们来到两淮煤炭基地，看到来自全国各地的五万多名煤矿建设职工，正在当年的“淮海战场”上，展开一场新的夺煤大战。继年产六十万吨的刘桥矿和年产一百二十万吨的朱仙庄矿先后建成投产后，目前三座年产各三百万吨的大型矿——潘集一号井、二号井、三号井正在加紧施工。这三座矿井，呈新月形散开，和这些矿井相配套的洗煤厂、变电站、建筑材料厂以及矿区商店、电影院、公共汽车场、医院和工人生活区，象一个个“棋子”，布满在巨大的“棋盘”上。矿区的铁路在不断地延伸。新建的阜（阳）淮（南）铁路纵横矿区；长达七华里的淮河公路铁路大桥已经建成，淮南铁路复线也在加紧建设。两淮生产的煤，向南通过淮南铁路，经裕溪口可运往长江沿岸各工业城市；向东，可通过淮河，由水路运往江浙各地；向东南，经京沪铁路，可直达我国最大的工业城市上海；向北，可通过陇海铁路，经连云港入海外运，真是个“四出之师”。

到九十年代，这里新增加的二千万吨煤，就可以为华东地区增加四百亿元工业产值、八十多亿元的财政收入。如果把这些煤全部用来发电，可以发四百亿度电，按华东地区平均每度电创造三至四元产值计算，可以增加一千二百至一千六百亿元工业值，相当于现在的两个到两个半上海市的工业产值。同时，还可以为国家增加两百多亿元的财政收入。

多么美好的前景啊！我们祝愿两淮煤炭基地早日建成，为九十年代的经济振兴，作出更大的贡献。

（新华社 1983 年 5 月 20 日电）

奥运会开赛第一天传来“零的突破”喜讯

刘小明　吴骅

我国27岁的射击运动员许海峰为中国夺得第一枚奥运会金牌。

7月29日中午12点26分，奥运会射击场上响起了雄壮的中华人民共和国国歌声，我国选手许海峰和王义夫在奥运会第一天上午进行的男子手枪慢射比赛中，分别夺得冠军和第三名。中国在奥运会金牌榜上“零”的纪录被打破了。这也是本届奥运会决出的第一枚金牌。许海峰的成绩是566环，王义夫的成绩是564环，瑞典运动员罗格纳·斯卡纳克尔以565环获得亚军。比赛结束，在观众热烈的掌声中，国际奥委会主席萨马兰奇把奖牌挂在许海峰、罗格纳·斯卡纳克尔和王义夫的胸前。

（新华社1984年7月29日，通稿）

芜湖米市生意兴隆　王正忠

据此间官员说，中国“四大米市”之一的芜湖米市在消失了三十多年后，又重新出现了。

芜湖位于安徽省合肥市以南一百五十公里处。在那里，长期以来大米市场由国家独家经营局面，正逐步被国营、集体、个体的多渠道经营所代替。

芜湖米市是一九八四年七月二十日复业的。自复业以来，从全国各地来这里洽谈生意的人接连不断。去年，就有十万多吨米从这里运往中国东北、西北及沿海省份。米市还吸引了法国、埃及及香港的商人。

当地一位官员说：“由于进行了改革，传统的米市才得以复兴。”

芜湖，成为“米的都市”，是在一百一十年以前。它是长江沿岸重要的物资集散地。溯江而上，可达江西、湖北、湖南、四川诸省；顺江而下，可通江苏、上海、华南、华北各地。近有青弋江、水阳江同江南诸产粮区相连，北经裕溪河可达肥西、无为等巢湖产粮区。

每年收获季节，全国各地的商人云集芜湖，据统计，每年都有二十万—四十万吨米在这里易手。

米市于五十年代消失了，那时中国开始推行粮食统购统销政策。

一九七九年以后，中国农村出现了联产承包经济责任制，粮食连年增产，全国普遍发生低水平的过剩。尽管全国粮食收购量有所增长，但农民中却出现了“卖粮难”的问题。

米市的复兴为农民卖粮开辟了新的渠道。

一位名叫刘绍庆的中年农民告诉记者，他今年四十一岁，家住在安徽省产粮区的南陵县，有父母兄弟儿女九人。去年，他家种了十公顷土地，收稻谷五十吨，纯收入达一万多元，比一般农村人均收入还高出许多。他一面笑着，一面指着一辆装满大米的拖拉机说，今天，只要能种出粮食来，就可以上这里自由贸易，多种粮多得钱。

当地政府官员说，米市按质论价，优质优价，调动了农民种植优质稻的积极性。每公斤优质大米可增加六分钱收入；如果出口，每公斤的收入可增加一角二分。

芜湖米市复业一年多来，农民每天都进城来买优质稻种。特别是春耕前夕，每天的销售量在一千公斤以上。

安徽省农牧渔业厅的一位官员告诉记者，“七五”期间（一九八六—一九九〇），安徽省将在芜湖周围的二十多个市、县建立优质大米生产基地，把这一地区的优质稻生产扩大到一百万公顷。

到一九九〇年，每年将可提供优质商品稻谷十六亿公斤，是一九八五年的十倍，其中可供出口的优质大米五亿公斤，创汇可达二亿美元。

芜湖米市的繁荣，必将促进这一地区的粮食加工、运输和饮食等各行各业的发展。

例如：去年，连年亏损的芜湖市一家酒厂，在紧缺原料的情况下，米市帮助这个厂解决了粮食困难，使之扭亏为盈。

（新华社合肥 1986 年 5 月 12 日电）

中国科技大学少年班追踪记　宣奉华　朱光华

（一）

中国科技大学首创的对智力超常儿童进行特别培养的“少年班”已经十年寒暑。当年，由全国最优秀的二十一名才智出众的中小学生组成首届少年班时，曾引起海内外的广泛瞩目。如今，这些天才的“娃娃大学生”去向如何？以后各届毕业生的现状怎样？记者带着人们关心的这些问题，最近来到位于安徽省合肥的中国科技大学，追踪了少年大学生们成长的足迹。

人物之一：“最年轻的博士”

“小谢在哪里?”记者一来到科技大学，就急忙地打听他的消息。十年前，“少年班”初创之时，记者曾采访过“小谢”——谢彦波。那时他年仅十一岁，原是湖南长沙一个小学的五年级学生。在少年班，他上课时到黑板前演算习题，还需要站在小凳子上，否则够不着在黑板上写字。

那时不少人担心这孩子承受不了大学的繁重课程，身心失去平衡。过了两年，记者再次来到少年班，看到小谢时，他已长成身材瘦高、面容清秀的小伙子，身体健康。

然而这次我们没能找到他。少年班班主任朱源介绍说:“小谢在大学阶段成绩一直很优秀。一九八二年他提前一年报考研究生，以优异成绩被中国科学院理论物理研究所录取。那时小谢十五岁。去年底，二十一岁的谢彦波获得了博士学位，是我国迄今为止最年轻的博士。现在他正在美国进行博士后研究工作。”

人物之二:“中国奇才”

第二期少年班的学生谢旻，已于一九七九年由科技大学选派到瑞典留学。那时他还不到十六岁。一九八三年他提前一年通过论文答辩，获得硕士学位，并被破格录取为瑞典皇家工学院数理统计学博士研究生;他在大学本科和研究生学习阶段，主课考试几乎门门满分。

学习期间，谢旻撰写了十多篇有相当水平的学术论文，有的由学校出版，有的被国际著名杂志刊载。一九八七年，他所在的学校瑞典利彻平大学出版了《谢旻论文集》，收进他的十几篇论文。他还多次应邀出席在英国、美国、挪威、奥地利等国召开的国际学术会议。

按照瑞典的培养计划，谢旻应于一九八八年或一九八九年才结束博士研究生的学业，但由于他成绩优异，利彻平大学破格提前进行他的博士论文答辩。一九八七年十月，谢旻获得了博士学位，当时他还不到二十四岁，成为利彻平大学有史以来最年轻的博士。瑞典多家报纸报道了谢旻取得的成就，并称他为“中国奇才”。目前他正在瑞典攻读第二博士学位，并给研究生授课。他计划两年后回国任职。

笃志博学，大器早成

在中国科技大学少年班，笃志博学、大器早成的人才不是少数几个，而是成批涌现。从一九七八年三月初创，到目前，少年班共招收了十一期、四百零七名少年大学生。他们在学第一年平均年龄为十四岁，最小的十一岁，最大的十五岁。多数为高一、高二学生，少数初中生，个别为小学生。

迄今，少年班已有六期毕业生，共一百九十人。其中一百四十三人考取国内外硕士、博士研究生，提前一至两年攻读研究生的有六十七人。少年班共有十一人荣获中国科技大学郭沫若奖学金，占全校历届获奖人数的百分之十二。今年即将毕业的第七期少年班四十名学生，已有十几名提前考取了赴美国研究生，近十名被免试推荐为国内著名科学家的研究生。

少年班毕业生绝大部分在研究所和高等院校工作。他们普遍责任心强，业务能力佳，成为年轻的业务骨干。著名的少年大学生宁铂毕业时才十九岁，留科技大学任教，成为中国最年轻的助教。第三期少年班学生钟扬于一九八四年毕业，到中国科学院武汉植物研究所工作。在两年多时间里，他撰写了十多篇学术论文，被破格晋升为助理研究员。

（二）

中国科技大学少年班对一大批智力超常少年进行优化教育，十年来在教学管理、教学方法、思想教育等方面都积累了宝贵的经验，探索出一条培养超常人才的有效途径。

强化基础　鼓励冒尖

少年班实施强化基础训练，实行集中与开放相结合的教学管理体制。它打破了高等院校中“系”的概念，学生一进入少年班，先不分系科，全集中在一个班里进行三年的基础课强化学习，加强数学、物理、外语和中文的训练，以便使学生具备优秀人才的坚实基本功。学校还为少年班建立了各种实验室和专用微机室，以提高学生从事科学研究的实践能力。

在学制管理上，对少年班的学生实行“开放式”的方法，学生可以跨系选修自己喜爱的课程，提前选修高年级课程，并可在全校范围内选修各种专业课程。

少年班的学生还可以提前报考研究生，不受原有学制的限制，因而能够最大限度地发挥自己的潜力和主动性。如十三岁进入少年班的于政，提早两年于一九八二年考取赴美物理学博士研究生，当时他才十六岁。

科技大学少年班对每个学生都进行了认真细致的观察分析，并建立专门的学习档案。对特别优异的学生，还单独拟定培养计划，派教授专门指导，促使其快速成才。

不过，据了解，少年班也有极少数学生在激烈的学习竞争中掉队。其中有一人未取得学士学位，有一人因成绩差而退学，有三人留级，共约占少年班人数的百分之一点二。

培养情操　均衡发展

科技大学少年班教育的又一鲜明特点是：注意培养学生高尚情操，使学生在德、智、体、美诸方面均衡发展。

少年班的学生每天坚持体育锻炼。他们普遍身体健康，发育良好，经连续数年身体各方面素质的测试，其身高、体重、胸围、肺活量等多项数值均超过全国同龄少年的平均值。

该班的班主任和教师们认为，少年大学生年龄小，可塑性大，在他们成才过程中，动机、兴趣、情感、意志、性格、行为习惯、自控能力、适应能力等因素都十分重要。因此，在教学中，教师们常穿插不少有意义的讲座，如文学写作、艺术欣赏、科技动态等。还通过抓课堂秩序、作业评比、个别谈心、访问家长等方式，使学生养成良好的行为习惯，消除心理障碍，学会料理生活和科学地支配时间。

经过教师的精心培养，少年班学生普遍增强了进取意识、创新意识和全面发展的意识。他们一般都朝气蓬勃、兴趣广泛、眼界开阔、求真务实，勇于探索，具备了成为杰出人才的优良素质。

第四期少年班学生夏晓光是位颇具代表性的“三好学生”。他不仅学习成绩优异，提前一年考取赴美物理学博士研究生，在美国又提前一年通过了博士资格考试，而且还多才多艺。他喜欢绘画、拉琴、写字、作文章，又爱好打篮球、乒乓球、踢足球。

少年大学生们通过实验训练和工厂实习，普遍具备了较强的实际工作能力。他们能自行设计实验方案，制造小工具，装修电视机、收录机、微型计算机，编制计算机程序。

第七期少年班学生邵中为学校教务处研制了大学课程表调度系统，现已在中国科技大学推广使用。他关于国内大学课程表调度算法的论文，在国内也产生了影响。

超常教育　面向未来

中国科技大学副校长，超常少年教育专家辛厚文教授在回顾少年班创办十年来的成绩后说，以往少年班招生仅限于理科，今后将多招收工科超常少年，为中国的现代化建设输送优秀的工程师和发明家。

辛厚文教授说，科技大学将要建立更有特色的少年班教学计划和一支相当稳定的少年班教师队伍，要对学生进行强化创造性心理和创造性思维的训练，使智力超常少年学生的天资能力得到充分开发。

科技大学已成立了由十几名超常少年教育专家和教师组成的少年班研究组，开展对少年大学生进行全面的研究，并对毕业生的情况作追踪调查。他们已先后发表了有关超常教育的专题论文一百多篇，出版了四本专著。其中，辛厚文教授撰写的《大学少年班教育论》全面、系统地总结了大学少年班的经验，成为一部有影响的超常教育方面的专著。

经过十年的试验，目前一个具有中国特色的超常少年教育体系正在逐渐形成。北京大学、清华大学等十二所重点高等院校继科技大学之后也试办了少年班，扩展了少年班的试验范围。科技大学还与全国十四所重点中学建立了超常少年教育协作组，与北京景山学校、江苏省苏州中学分别联合创办少年班预备班。全国不少地方的中小学也试办了超常教育实验班。

国际上不少著名科学家如杨振宁、李政道、吴健雄、袁家骝、丁肇中、任之恭等都曾到科技大学少年班讲课，作学术报告。李政道称赞少年班“在中国教育史上是罕见的，在世界教育史上也是罕见的”。

在记者即将结束采访时，辛厚文副校长对我们说：“我校将继续招收少年班学生，还有另外十二所中国高等院校也招收少年大学生。我们热烈欢迎台湾、香港、澳门等地才智出众的少年前来报考少年班。”

（新华社合肥1988年5月18日、5月19日、5月20日电，有删节）

绚丽的精神聚光

——记缔造我国第一台专用同步辐射光源的人们　宣奉华

“出光啦!”“成功啦!”

1989年4月26日凌晨,北京夏令时1点08分,位于合肥南郊中国科技大学新区内的我国第一台专用同步辐射装置建成出光。在同步辐射光源中控室,数十位中青年科技人员戴着墨镜,从大厅中央的环状加速器真空室的蓝宝石窗口,看到一束浅蓝色的异常明丽的同步辐射光。人们互相握手、拥抱,共庆中华民族从此拥有了自己的专用同步辐射光源。

此刻,年逾花甲的中国科技大学副校长包忠谋,环顾围在自己身边的年轻的同事们,想到他们10年来的艰辛劳作和顽强拼搏,禁不住眼眶湿润。他仿佛看到,这束绚丽的蓝光,不是出自储存环,而是出自同步辐射光源缔造者们那一颗颗火热的赤子之心,仿佛是他们卓越才智和奉献精神的聚光。

爱国自强

“我们一定要建成我国自己的同步辐射光源!”10年前,正是从这一坚定的信念出发，中国科技大学的一批中青年科技人员开始了同步辐射光源装置的设计和预研工作。

同步辐射研究是世界上70年代后期发展起来的加速器应用新课题，不少发达国家制定了利用同步辐射光源的科研规划。为填补这一空白，在1979年9月召开的全国科技规划会议上，当时担任中国科技大学副教务长的包忠谋和几位年轻科技人员主动请缨，要求承担研制我国第一台专用同步辐射光源装置的重任。他们的提议得到了中央领导同志与中国科学院的赞同和支持，并把这一重点尖端科研项目列入全国科技发展规划。从那时起，包忠谋和一批中青年科技人员便把自己的心血和才智，全部倾注到设计、研制同步辐射装置的科研工程上。

当时，由于科技大学从北京迁到合肥，科研环境差，经费、技术资料都严重不足，参与研制的科技人员又缺乏搞大型工程的实践经验。面对这些困难，这批年轻的同步辐射装置的缔造者们无所畏惧，信心十足。为解决资金紧缺的困难，他们提出了“勒紧裤腰带办科研”的口号：一不盖家属宿舍；二不建传达室，把国家有限的投资集中用在主体工程的设计与研制上。从工程蓝图的设计到主要部件的制造、加工和安装调试，都立足于自力更生。仅制造磁铁和真空设备两项，就为国家节约开支120万元。

缺乏搞工程规划的经验，工程指挥部就在校内外调兵遣将，招揽人才。经过群策群力，集思广益，顺利地起草了布局科学、切实可行的工程实施设计书，为同步辐射实验室的建造提供了先决条件。

为使这项科研工程达到世界第一流的水平，从事工程研制的科技人员，广泛涉猎当代有关同步辐射技术的最新资料，不少人还到国外一些同步辐射实验室作短期的学习和考察。他们在实践中学习，在学习中实践，以较少的投资和罕见的速度，高标准、高质量地建成了我国第一台专用同步辐射光源装置，赢得了党和国家领导人与中外著名科学家的赞誉。

顽强拼搏

参加研制合肥国家同步辐射装置的科技人员，绝大多数是仅仅具有初、中级专业技术职称的中青年。是什么力量使他们创造出我国科研史上这一非凡业绩？用经理办公室负责人胡胜生的话说，那就是靠为振兴祖国科学事业而顽强拼搏的革命精神。可以毫不夸张地说，在同步辐射装置的每一个部件上，都凝聚着它的建造者们的心血和汗水，铭记着忘我拼搏的动人事迹。

研制同步辐射装置关键部件之一的储存环磁铁，工艺复杂，难度大。负责这项研制工作的副总工程师张武、副研究员张国栋和工程师陆晓明，长年奔波在合肥与沈阳之间，同辽宁精密仪器厂的技术人员一起设计样品，制订工艺，连元旦、春节也顾不上与家人团聚。他们住过沈阳市大大小小的旅馆，也住过条件极差的澡堂。有时赶不上回工厂吃饭，便在街头小摊上买一碗阳春面，聊充饥肠。

负责研制真空设备的李贵和，今年 57 岁，他是这支科技队伍的长者，也是惟一的教授。为赶制高质量的真空设备，他带领本组 11 名科技人员四处奔波，选择最佳的生产厂家。从设计到生产，从清洗、烧烤到安装，他都亲自动手，同青年人一起没日没夜地干。去年秋天，正值真空设备组装验收的时候，他因劳累由咳嗽转为急性肺炎，领导和同事们劝他住院治疗，但他只休息了几天，吃点药，又继续干。女工程师罗雪芳工作中任劳任怨，经常加班加点。1986 年她因患胆结石，常常腹痛。医生几次动员她住院动手术治疗，她执意不肯。她说："现在正是直线加速器安装的关键时刻,我决不能离开工程。”罗雪芳硬是忍着病痛工作,直到 1987 年 11 月直线加速器建成出束后,她才住院治疗。

无私奉献

中国科技大学一位领导同志曾这样赞誉合肥国家同步辐射工程的建设者们:在奉献与索取、义与利之间,他们总是舍利取义,牺牲自我而服从全局,无私奉献而不计较个人得失,这是他们最可宝贵的精神风貌。

这种宝贵的奉献精神,首先在同步辐射工程经理、科大副校长包忠谋身上得到体现。

65 岁的包忠谋 1948 年毕业于南京中央大学电机系,1979 年他担负领导研制同步辐射装置重任后,一心扑在科研事业上。为了推进和发展我国的同步辐射事业,他孜孜不倦地研究国内外同步辐射的资料和最新成果。10 年来,他一直单身住在合肥,成年累月地战斗在科研工地上,无暇顾及住在北京的老伴和儿女。

在建造同步辐射装置的过程中,一心为公、无私奉献的精神也体现在其他科技人员身上。曾为规划工程蓝图作过贡献的副总工艺师胡德芳,家里有孩子上学,也因离不开工作岗位,未参加过一次学校召开的家长会;他有一位 78 岁半身不遂的老父,却无暇回老家看望老人。他常对人说:“对上,我是一个不孝的逆子;对下,我是一个不称职的父亲。但我无愧于祖国和人民。”

(新华社合肥 1989 年 10 月 30 日电,通稿)

中国“徽派盆景”的故乡 纪成助

中国盆景艺术遐迩闻名，在众多的盆景流派中，以“古傲、苍劲、奇峭”为特色的“徽派盆景”更是别树一帜。

初秋时节，记者从皖南的历史文化名城歙县驱车到雄村乡朱家村，再走七公里石板道，来到徽派盆景的故乡卖花渔村。

风流儒士遗“香泽”

这里既没有一户渔民，也没有一条渔船，近百户人家世世代代以卖花和制作盆景为生。漫山栽花当种田，可算得上是一个典型的卖花“专业村”。至于何以名之“渔村”，记者问过几位熟悉地方掌故的老人，但都“语焉不详”。

这里种花的历史可以追溯到一千一百多年前的唐僖宗乾符六年。当时，世居雄村的洪氏望族，有位儒雅风流的梅窗处士，在此植梅建楼，饮酒赋诗。从此，茂林修竹的幽谷逐渐变成芳菲鲜艳的“香雪海”。《洪氏世谱》一书里记载了梅窗处士洪必信植梅的事迹。

据《歙县志》中说：“卖花渔村所产之梅凡谱中所载皆有之。”谱，指的是宋朝著名诗人范成大所著的《梅谱》。现在，梅花的品种虽然没有早年那么多了，但依旧是象杜甫《江梅》中所描绘的“梅蕊腊前破，梅花年后多”。一到早春二月，风递幽香，禽窥素艳，占尽风情向山村，使人流连忘返。

造物成形妙画工

卖花渔村的花农，不仅是精于栽培花术的园艺家，而且是善于制作盆景的艺术家，他们把花木栽培技术和造型艺术巧妙地结合起来，培育成独具特色的树桩盆景——徽派盆景，早在明代就闻名于世了。

五十年代，徽派盆景中尚有明代的遗迹，如古柏盆景“一缕烟”“仙人撑伞”，就是中国盆景园地的稀有之珍，遗憾的是现在已荡然无存，据说是在“文革”中被列为“四旧”而被付之一炬了。

在卖花渔村，记者看到用梅、山茶、杜鹃、紫薇、石榴、桂花、南天竺、罗汉松、翠柏、龙须、石楠和榆制作的树桩盆景。这些盆景有的疏枝横斜、曲虬多姿；有的铁干虬枝、古朴苍劲；有的婷婷玉立、清秀古雅；有的盘根错节；有的扶芳点翠。尤其那些“徽梅龙桩”，悬空倒挂，犹如蟠龙探海，主干竟从几弯到几十弯，不能不使人叹服这种“咫尺千里，缩龙成寸，小中见大，虽假犹真”的高超技艺，真是“造物成形妙画工，地形咫尺远连空。蛟龙出没三万顷，云雨纵横十二峰”（黄庭坚诗）。

若论艺术风格，卖花渔村的树桩盆景，讲究桩头大而奇，重视主干造形而不追求侧枝变化。游龙式是徽派盆景的代表样式，此外还有磨盘式、疙瘩式、三台式、屏风式、露梅式等等。一个树桩从露地压枝到蟠扎、捏型、整修，往往需要经过一二十年的精心培育才能定型。树桩中还有一种自然式，那独具慧眼的花农们，利用自然形成的粗大桩头和刀砍斧剁的伤痕形成的自然空漏，经过艺术加工而制成的稀有珍品。

广采博取成新意

卖花渔村属原徽州地区管辖，如今徽州地区已改为黄山市了。这里气候温和，雨量充沛，土质松软，适宜于花木的繁殖和成长；山深林密，植物资源丰富，有取之不尽的各种树桩材料；加上临近黄山、新安江、千岛湖，取景造型，可以借鉴名山秀水。此外，这里人文荟萃，文风昌盛，新安画派、徽派版画、徽派木石砖竹四雕等艺术流派都给了“徽派盆景”以丰富的营养。

中国山水画和盆景的关系尤为密切，自明末清初以后，新安画派和“徽派盆景”同步发展，使得盆景染上新安画派的遗风余韵，不仅具有自然美，而且具有画面美和意境美。

如今，徽派盆景已名声远播，从北京人民大会堂到广州出口商品交易会，从武汉长江大桥到上海外滩公园，从外国首脑下榻的国宾馆到接待五洲四海旅游者的大饭店，都摆设着千姿百态的徽派盆景。

（新华社 1990 年 12 月 4 日电，供海外报纸专稿）

一曲共产主义的抗天歌

——来自安徽抗洪救灾前线的报告　沈祖润　王礼贶　张振国

暴雨，大暴雨，一场接一场。

正当麦收季节，为安徽省正常年景三分之一至二分之一的雨量，在一个月内降下来了。全椒、寿县等地，两天两夜降了400多毫米。到6月中旬，全省倒塌民房27万多间，三分之二的农田受灾，夏粮比去年大幅度减产。

党中央、国务院对安徽这百年罕见的洪涝灾害极为忧急。6月14日，李鹏同志顶着瓢泼大雨，视察正处历史最高水位的滁河，代表党中央、国务院向抗洪抢险第一线的广大干部，致以亲切慰问。李鹏站在暴风雨中，号召安徽人民鼓起勇气，团结抗洪，战胜灾害，重建家园。总理的指示，传遍江淮大地，为安徽人民增添无尽的抗灾力量。

"纵然天塌，安徽的党、安徽的人民也要把它顶起!"安徽省委、省政府发出了气壮山河的誓言，奏响了一曲共产主义的抗天歌。

（一）

党群合力，勇往直前。动人事例，数不胜数。

6月15日，淮河边的焦岗湖围堤被凶猛的洪水撕开一个缺口，湖内两万多群众的生命安全受到威胁。县长箭步上前，冒着被洪水卷走的危险，第一个跳进激流，几十名党员和民工紧随其后，肩并肩组成一堵“胸膛墙”，挡住了洪流。几千民工，迎着拍岸的洪水，打桩的打桩，装土的装土，筑起一条“草袋堤”。水涨堤高，恶浪终被降伏。

在淮河、滁河上下，不知有多少共产党员，率先跳进洪流，激起民工回天之力，筑起一道道人墙和一条条堤上堤，这是中华民族的抗洪奇观！

无情洪水，吞没庄园，救人救己，谁先谁后？难以计数的共产党员都以自己的行动做出了令人满意的答卷。当洪水直扑寿县菱角乡龙头村时，村支书张文彩，将年逾八旬的双亲及妻儿，托付他人，直奔向身患偏瘫症的五保户吕茂昌家，另两名共产党员也不顾自家住房倒塌，同步赶到。当他们在齐腰深的水中背起吕茂昌，跨出房门，“哗啦”一声房子倒了……

灾区群众扳起手指，算了又算，损失最大的多是党员。党员的情份，全都刻在人民的心坎上。

洪水滚滚袭来，堡垒巍然屹立。6月14日傍晚，和县绰庙乡幸福渠被洪水冲开了一个15米宽的缺口。滁河激流从缺口倒灌，冲塌六家圩、新桥圩的圩堤，一万多人民的生命危在旦夕，圩内一片慌乱。正在这时，以县委书记为首的县、区、乡党组织领导成员，站到了崩塌的圩堤上。“有救啦！”群众的情绪一下稳定了。两腿患有“痛风症”的郑敬道站在洪流中，坐镇指挥，干群合力，奋战一天一夜治住了塌方，保住了圩堤。

在那暴雨如注的6月中旬，省委9名常委和省府正副省长亲临前线。省委书记累了几天几夜，6月17日上午，记者看到他十分疲倦，正在输液，下午他就出现在淮南的防洪堤坝上，与民工一起打起夯来。

正是有了这样坚强的战斗堡垒，这样不畏艰难的共产党员，这样跟党走的人民,才叫事关大局的400多公里的淮河大堤和60多公里长的滁河大堤,在到处有漫堤、决口的险情下,无一溃破。

这是多么雄壮的抗天歌啊!

(二)

淮河上游的洪峰一个接一个地逼近安徽省。豫皖交界的蒙洼蓄洪区王家坝的水位陡涨,14日20时,已超过蓄洪水位。为削减洪峰,保证淮北大堤的安全,中央防总下达了开闸蓄洪的命令。这时,蒙洼蓄洪区内还有13万亩麦子没有收割,12.6万人没有搬迁。

安徽省委、省政府坚决执行中央防总的命令,同时要求将蓄洪区人口全部转移到安全地区。暴雨还在一个劲地下,湖内已分不清路还是田,到处是积水和污泥,仅仅只有10多个小时,要连夜转移这么多人,能行吗?

当中央防总的命令迅速传达到千家万户时,农民舍弃自己汗水换来的、尚未收割的麦子,丢下坛坛罐罐,在2000多名党员干部的带领下,扶老携幼,秩序井然地撤出了蒙洼,仅用了10个小时多一点。

解放以来,蒙洼蓄过几次洪,多次搬迁都要两三天,但这次只用了10多个小时就无一伤亡地搬迁完毕。在场的武警战士十分感慨地说,这几乎是部队行动的速度。

日夜兼程赶到搬迁现场的副省长,给灾民带来省委、省政府的慰问。她走访了一个个临时居住点,问一家一家的损失,大家同声说:"舍卒保车,应该!"她又询问大家困难,群众又说:"有党和政府的关怀,天大的困难俺们也不怕!"

省委、省政府时刻挂念着这些顾全大局的农民。6月20日上午,省长乘船来到蒙洼中的一个个“孤岛”——庄台上。目睹蓄洪区人民缺粮情景，当即决定“开仓放粮”，要求当地粮站将仅有80万公斤粮食，以最快的速度送到灾民手中，灾民望着这位两脚沾满泥巴、亲切问寒问暖的共产党“大官”，感动得热泪盈眶。

6月23日，李鹏同志看到新华社记者反映蒙洼蓄洪区灾情的材料后，指示：“立即组织救灾，生活一定要安排好，国家和省两级都要大力扶持。”国务院召集有关部门，迅即作出了具体安排。

在淮河、滁河两侧，为降低洪峰水位，省委、省政府根据中央防总命令，先后开放9个行蓄洪区蓄洪，20多万农民都以最快的速度搬迁出去，没有一处耽误蓄洪。现在淮河大堤、滁河大堤保住了，堤内3000多万人口的安全保住了，两淮的煤矿、电厂和津浦铁路保住了，减轻了淮河洪水对豫苏两省的压力，但行蓄洪区为此作出了巨大的牺牲！

在滁河、池河抗灾现场，有5万多山区民工，扛着背包、提着铁锹，自愿报名到圩区来抗洪抢险。河堤、圩堤破了，决淹不到山上。但山里的农民说：“全国还一盘棋呢，还分什么山上山下！”他们与圩区的民工混合编队，共同固守重要堤段、圩口。滁县地区有2万多山区民工与15万圩区民工一起，与洪水搏斗三昼夜，冒雨搬运了几十万土石方，加高加固滁河堤防，保住了大堤。省委书记在抗洪现场，问候一位全椒县山区来的姑娘：“你辛苦了！”她头一昂，笑着说：“我觉得很光荣。”

从“舍卒保车”到下山抗洪，这就是社会主义制度下农民的博大胸怀！

(三)

在那棚户连绵的堤埂上，在那土灶相接的山坡下，无数曾身陷绝境的灾民，向前来慰问的党政干部、前来采访的新闻记者，倾诉着一个个解放军舍生忘死救援他们的动人故事。

连日暴雨，洪水淹没了定远县高塘湖和池河流域的 25 个乡镇、460 多个村庄，平地成了汪洋，一些未及脱身的灾民，趴在高出水面的屋顶、麦垛上，十分危急。16 日凌晨 5 时，一艘艘快艇驰进汪洋中的村庄。“解放军来啦！”看到晨曦中升起的救星，灾民们欢叫起来。连夜赶到的南京军区舟桥部队官兵听到呼唤，他们一会从屋顶、麦垛上将群众救上快艇，一会钻到树丛中，呼喊找人。在 30 多个小时内，他们在洪水中行程 500 多公里，共搜寻、解救 174 名灾民和 3 个危重病人，将灾民全部救出。一位被救病人的父亲拉着一位战士的手说：“1931 年，这里也是这样的大水，不知死了多少人，这次没淹死一人，多亏解放军。”

6 月 17 日晚 10 时许，颍上县邱家湖羊坝子水面上，忽然传来了“救命”的呼叫声。正驾驶汽艇在水上巡逻的南京军区舟桥部队三连官兵，立即向喊声处加速前进。出现在指战员面前的是：21 名落水灾民，抱成一团，趴在一个漂流的麦垛上，其中有 8 名群众已昏迷过去，麦垛在急流漩涡中直打转，马上要散架，眼看 21 条生命就要被大水吞没。

水流湍急，汽艇无法靠近群众。这时，王指导员大喊一声：“是党员的，上！”说完，纵身跳下洪水，战士也纷纷下水，展开了一场救人接力战。他们让群众趴在自己的背上，凭娴熟的游泳技术，将灾民全部救上汽艇。当昏迷的群众醒来，得知是解放军救了自己，个个都感动得哭了。

在6月中旬的几天里，南京部队、省军区派出的几千名指战员，与当地以党员为骨干的抢救队一起，共从水围村庄和洪水中救出群众数万人。

专往险处冲的解放军和武警指战员，还参加了几十处的抢险战斗。6月16日凌晨，嘉山县张圩乡大高圩决堤，3300多名群众还在堤内。滁县军分区领导闻讯，带领预备役师炮团152名官兵赶到现场，一见情况紧急，官兵立即跳进激流，组成人墙，封堵决口。一层层浊浪将他们推来搡去，撞击着他们的身躯。在冷水里浸泡长了，大家冷得发颤，浪花打来，他们鼻孔、嘴巴、耳朵，灌满了水。但没有一个人歪一下身子，为群众安全撤出赢得了时间。

6月17日上午，方邱湖防洪堤出现6处渗水和滑坡，一旦破堤，将危及湖区内数万人的生命安全。危急时刻，蚌埠武警三支队、航校和坦克学院的300多名战士先后赶到，与当地民工一起打桩、抬土，激战2天2夜，才制止滑坡，化险为夷。

在与洪水搏斗的日日夜夜里，安徽省军区政委、副司令员昼夜值班，调兵遣将。部队的其他首长分率4个指挥小组全部在第一线战斗。省军区副参谋长由于疲劳过度，高烧不退，一边输液，一边在第一线指挥。

“哪里有艰险，哪里就有人民子弟兵”，安徽3000多万灾民有口皆碑。

（四）

一方有难，八方支援。这是我们社会主义祖国人民的美德。新闻媒介传播的安徽省遭受洪涝灾害的消息，牵动了全国亿万人民的心。

6月14日晚，河北省辛集市农民医疗救护站站长、共产党员李顺昌得知安徽受灾后，第二天一早便带领一支医疗队和价值1200元的急救药品，日夜兼程650公里，赶赴受重灾的全椒县陈浅乡。他们没顾上休息，便开始为人治病。几天内他们跑遍这个乡受淹的所有村庄，大陈村一位老太太腿部肿大，李顺昌先后四次趟水上门，为她换药。老人激动地说："新社会好，处处有亲人啊！"

在一个个被洪水围困的村庄里，从省城合肥，从各地医院里抽调的医护人员，不分日夜地为灾民防病、治病。到目前为止，全省组建了177支医疗队，奋战在灾区。一封封慰问信和电报，一笔笔救灾款和物资，寄托着祖国各地人民对安徽受灾同胞的关怀，正源源不断地送到灾区。这里摘录省委书记6月27日一个上午收到的三封信。广东民族学院离休人员钟怀琼在信中写道：我在珠江之滨，离安徽灾区远隔千山万水，不能亲自前往慰问灾胞，寄上一百元人民币，请安徽省政府转交救灾部门，聊表微忱。

驻河北某部队政治部宣传科署名"列兵"的同志在一张拾元汇款单上写道：寥寥数元，略表一远离家乡战士的心愿。

马钢南山矿子弟小学302班学生王清写道：我从电视、广播里看到听到，我省水灾严重，灾民困难，特别象我们这么大的儿童，受水灾的影响，无法上课，心里难过。为了尽我一点点心意，我把爸爸妈妈平时给我的零花钱节省下来寄给您。请您将这一点点钱，也是我幼小的一颗心，通过您献给灾区人民，共计人民币十元三角七分。

向灾区捐款、捐物，成为安徽省广大干部和群众的自觉行动。

阜阳市一位80岁的老太太，把自己拾破烂积攒的500元钱，捐给灾民。一位七岁孤儿，将亲戚给她夏天做裙子的30元，奉献出来。一位老干部，从自己积蓄的工资中捐出1000元。

从6月15日到19日仅5天时间，遭受重灾的阜阳地区党员、干部、群众就捐款110万元，粮票24万公斤。来自全省各地的捐款和无偿支援的食品、食盐、火柴、药品正源源不断地送到灾民手中。

为支援灾区抗洪抢险，省直各部门紧急调拨了大批救灾粮、救灾款和柴油、木材、电力等物资，并派出大批水利、农业科技人员，到第一线察看险情、制订抢险方案和指挥抢险，使抢险行动科学、准确、及时。

省委书记深情地对记者说，所有这些支援都是可以用数字统计的，但它们对灾区人民产生的精神鼓舞力量，是不能用数字表达的。

目前，洪水尚未全退，一个以生产自救、重建家园为中心的热潮，正在江淮大地展开。

记者看到这样的情景：省会合肥——省直有关部门的办公室，彻夜灯火通明，值班人员每天都在紧张分析处理各地要求调拨生产自救物资的报告；从退水中露出的灾区公路，运输车辆络绎不绝，大批救灾物资和种子、化肥、农药等生产资料正源源不断运往灾区；刚排尽内涝积水的农田里，农业科技人员正在帮助农民安排扩种、套种、间种的茬口，落实扩大夏种面积的措施；一个个返回曾被洪水围困村庄的农民，一面整修房屋，一面在制订尽量减少灾害损失的生产计划。

李鹏总理称赞：安徽人民能吃苦，最勤劳，已化为对广大灾民重建家园的鼓舞力量。

党政军民团结抗灾的合力精神，四面八方无私援助的高尚风格，正在激励安徽人民打好以秋补夏之仗，力争将洪灾损失减到最低程度。

英雄的安徽人民已经受了一次特大洪水的严峻考验；他们正严阵以待迎战可能到来的更大洪水；我们有理由相信：安徽有这么多身先士卒的好干部，雷锋式的好群众，有举国上下的关心和支持，一定能经受新的严峻考验。

（新华社合肥 1991 年 6 月 29 日电）

醒来，铜陵！ 龚声

当历史的脚步匆匆跨入本世纪最后十年的时候，每一个铜陵人是否清醒地意识到，我们必须重新审视我们脚下这片土地，必须重新审视我们自己。

十年磨“剑”锋自出

党的十一届三中全会以来，铜陵人以“开山取宝、凿石求金”这一锲而不舍的精神，为铜陵生存、发展开拓出颇为辉煌的新天地：

——1990 年与 1978 年相比，全市社会总产值增长 3.5 倍，国民收入增长 2.6 倍，国民生产总值增长 2.7 倍，工农业总产值增长了 3 倍。1990 年与 1985 年相比，在省辖九市中，我市国民生产总值、国民收入、人均工农业总产值增长幅度分别居第 5 位、第 2 位和第 2 位，财政收入的增长幅度也居第 3 位。统计数字证明了一个铁一般的事实：铜陵在前进；

——“铜陵特区”已早为人们所淡忘，而淡忘的又岂止是这一名称：工业持续 22 年“单打一”采冶铜已被有色、化工、纺织、电子、建材五业并举、齐头奋进所取代；农业也不再是传统的种植业，而是农、林、牧、渔、工、商、运、建综合发展的大农业；铜官山下、天井湖畔，水、电、气管线密如蛛网，成片的厂房、住宅楼各呈风姿……这一切都寓示着一个新的工业港口城市正在孕育之中。

每一个铜陵人、每一个熟悉铜陵的四方宾客，都会为铜陵的飞速发展而自豪。人们知道，这10多年是铜陵建市以来最辉煌的时期，经济发展最快，城市居民受惠最多……

同处一江景不同

然而，当我们拿起理性的放大镜，回顾我们所走过的每一个履痕时，便会在辉煌中看到不足、看到令人震惊之处：

1990年与1985年相比，全市全民独立核算工业企业的产值增长了31.9%，但销售收入利税率却下降2.85个百分点，资金利税率下降2.28个百分点，固定资产产值率下降16.89个百分点，留利水平下降22%。无情的数字告诉了人们一个难以置信、却又不得不接受的事实，即在“六五”末期效益水平已经很低的基础上，经过5年的艰苦努力，我市的主要经济指标不仅没有上升，反而惊人地下降了。

高速度为什么没有带来高效益？与沿江地市县相比，同处一江景不同。这是为什么?！1989年全民独立核算工业人均创利税，全国是3851元，全省是2501元，而铜陵仅有1741元。

我们还常常为铜陵“七五”的高投入而沾沾自喜，但殊不知，投入像一根“魔棍”，变化多端，既可以变为“宁馨儿”，又能够化为“丑八怪”。截至1990年底，市属地方工业企业固定资产债务总额已高达8.23亿元，其中外债3058万美元。这些债务的61.2%(5.03亿元)要在1992年以前还清。而1990年实际只还了0.4亿元，其中还有0.15亿元是靠免税还的。

按照现有企业的盈利状况推算，我市每年的债务利息都难以全部偿还。高投入为什么没有带来高产出？

除此之外，不足和差距还有很多很多：产业结构仍不合理，产品的结构层次和质量档次仍然偏低；农业的保障体系相当脆弱，生产力水平亟待提高；各项事业的发展很不平衡……

对这些，一些有识之士心中充满了困惑与焦虑。铜陵为什么不能发展得更快一些？为什么不能解决别人已经解决、或正在解决的问题？

“逝者如斯夫，不舍昼夜”。当我们站在21世纪的门槛边，倾听着大江东去拍岸的涛声的时候，不能不深深地思索：怎样才能医治好我们身上的“疾患”，以健壮的体魄，去创造铜陵更辉煌的明天？！

剔肤见骨找病根

透视铜陵这个既健康又染疾的肌体，不同识见的人们，可以从不同的角度作出不同的“诊断”。但是，一个最准确的诊断，已经由历史老人作出了，这就是：思想还不够解放，观念未及时更新，精神还不够振奋，商品经济意识淡薄。这些“病源”互相渗透，彼此诱发，产生了阻碍我们前进的一个又一个“病灶”——以经济建设为中心的观念不强：有些部门和单位，以“自我”为中心，符合自身利益的事就办，不符合自身利益的事就推。外地进城劳动力的管理，与此沾点关系的部门都抢着伸手揽，而集资修路建桥等，有关单位就拼命往后退。企业兴旺的时候，各个部门都想去捞一把；企业困难的时候，不少部门都撒手不管。还有一些部门和单位，处理工作以文件为中心，以条条为标准。有个企业为了优化生产布局，曾经打算将企业的内部结构作适当调整，但有关部门却从条条出发，不给配套政策，使企业调整无法进行。一个外商很有兴趣的微波炉项目，本应在铜陵落户，但这个说资金不落实，不能批立项，那个说没有立项不能给资金，各用各的文件，各持各的道理，扯皮扯了一年半无结果，外商一气之下跑到大连，人家半天就立了项。不以经济建设为中心，还表现在其他工作与经济工作两张皮上。文化、教育、卫生、宣传、组织等部门部署工作，有不少可以也应当与经济工作相结合而没有结合，就在知觉或不知觉中影响了经济建设。某厂党委一位领导，在一次和主管部门干部交谈时，竟说“生产上的事我们一概不管”。在这样的干部心中，哪还有“中心”的地位？

商品经济观念薄弱：在商品经济已占很大比重的今天，我们相当多的厂长和经理至今仍在迷恋产品经济的“温床”：争保护、要计划有门，闯市场、搞经营无术，全然没有效益观念。麻纺产品严重积压，就是不能进行有效地推销和处理。有些企业，舍得花钱搞基建、盖办公楼，却不愿花钱抓技改，与经济发达地区形成强烈的反差。

就是抓技改，也是无头苍蝇瞎忙乎。某厂搞技改，投资几百万，试车几个月，产量上不去，成本下不来，报捷之声犹在耳边，却停止了生产。一查，原来是工艺、技术早已落后的项目。在农村，则有相当一部分人“种树怕吃亏、养鱼怕偷、办工厂怕倒、做生意怕骗”。这怕那怕，就是不怕挨穷受苦。商品经济的竞争，归根到底是人才的竞争，而我们的一些企业，愿意花钱买轿车、搞装潢，就是不愿花钱培养人才，不愿接收大学生。现有的人才不敢用、不会用，外面的人才不给进，企业靠什么求生存、图发展？发展商品经济必须最大限度地占领市场，但我们的一些经济主管部门和企业，市场观念十分淡薄。多数企业的销售工作十分薄弱，中央的政策不敢用，省里的政策不会用，市里的政策不知道用。市府（90）50号文件对处理积压产品等问题，规定得很宽、很明确，可就是有那么一些经营者不学习,不研究,任其产品涨库积压。我市拥有的销售队伍数量,不说与江浙比,就同桐城县的10万销售大军比,也相距甚远。

精神状态不振作:从机关到企业,都有那么一些人,特别是少数领导干部,目标不明,任务不清,得过且过,不思进取。

对于本部门、本单位在今后3年应该实现什么目标,今后5年能达到什么水平,采取哪些办法和措施,存在哪些问题和困难,心中无数,却泰然处之。一些干部"过糊涂日子当太平官":坐机关的,不知道要研究哪些问题,搞好哪些服务;办企业的,不了解市场如何变幻,不懂得新品种怎样开发;搞农业的,讲不清粮食产量多少,水利设施如何,多少人温饱没解决。有一些干部,整天长吁短叹,畏首畏尾:处理积压产品怕亏损,开发新产品怕没市场,进行技改怕缺资金,处理不合格工人怕遭报复。还有极少数干部,或浑浑噩噩,或谋私钻营,有的竟置党纪国法于不顾。

改革意识不浓:经济社会工作中的许多深层次问题,只有靠深化改革才能解决。

但我们的不少同志,仅仅把改革叫在口中、写在纸上。大家都赞成住房制度改革,但适当提高房租、多住房子多拿钱,一些人就大叫大嚷受不了。公费医疗的漏洞众人有目共睹,但不少人又不愿承担改革的风险。在居民区进行安装有线电视的试点,受益者都说是件大好事,但一提要自己掏点钱,又说"这不能算是办好事"。都说分配不合理,但在企业实行质量工资制,又有人说技术低的工人吃了亏。"铁饭碗"都说要打破,但让违纪工人下岗,或作出处理,就有人四处说情。在他们的眼里,改革都必须对自己有利,个人不能作出任何一点牺牲。

对外开放观念差:铜陵位于长江黄金水道之旁,又是皖江开发开放四城市之一。

可我们的一些部门单位的领导、职工又是怎样对待开发开放呢？今年初，当南京市一位副市长率团来铜考察时，在城外转了一个多小时方才摸进城，其原因就是本市入口处连个起码的标记也没有！一位外商结束访问离铜时，要用美钞兑换人民币去结账，但有关人员正在学习，还说："对不起，业务暂不办理！"一位意大利商人来铜陵住旅馆，面对积满灰尘的窗户、掉了螺栓的马桶盖和污迹点点的被套，他问道："这像做生意的吗？"我市第一个较大的中外合资项目——金光延压加工有限公司，从立项到审查，从筹资到审批，前后费时近两年，盖了几十个公章，才得以上马。如果不是外商有耐心，这个项目早就告吹了。

以上形形色色的问题我们又没有及时正视它、解决它，才导致铜陵过去某些方面的落伍和现在某些事业发展上的裹足不前。

解放思想是先导

思想的解放常常是正确行动的先导。1978 年全国范围的关于真理标准的大讨论，赢得了人们思想的大解放，赢得了全国 10 多年的大发展。历史已经证明并将继续证明，经济要开放，首先思想要解放。开展"理思路、抓落实、奔小康"的大讨论，意在解放思想，更新观念，对此，每一个铜陵人都应积极参与。当然，思想的解放往往需要进行痛苦的反省。鲁迅说过："我常常解剖别人，然而更多的是无情地解剖我自己。"每一个有社会责任感的铜陵人，在大讨论中，都不应讳疾忌医，而应当勇敢地拿起时代的解剖刀，割除自己灵魂深处的一切毒瘤和病根。如果我们继续抱着僵化的思想、陈腐的观念、封闭的意识、萎靡的士气，那么，不是危言耸听，在迎接新世纪到来的十年接力赛中，我们铜陵将被别人抛得更远！

改革大潮澎湃。历史不允许我们再躺在产品经济上酣睡了。环顾神州,时不待人:沿海经济上去了,山东经济上去了,省内各城市也在你追我赶。每个有志的铜陵人都应该扪心自问:怎样才能无愧于脚下这块浸满烈士鲜血的土地!

（1991 年 11 月 14 日铜陵报）

南岳十载一曲歌

——霍山县以工代赈工作纪实　车敦安

站在两千多年前汉武帝亲临敕封的"南岳"峰顶，展现我眼前的两千多平方公里的霍山大地，仿佛是一幅崭新的乐谱。在那由青峰绿野构成的巨幅谱纸上，一道道穿云破雾的公路和环山绕岭的水渠，犹如袅袅浮动的乐线；一处处坐落沟底的瓦舍和偎依溪旁的电站，犹如一个个清脆悦耳的音符……这是一支扣人心弦的交响乐，一首由37万霍山人共同谱写的"以工代赈"的凯歌。

霍山，是青松、翠竹、红杜鹃和奉献精神蓬勃生长的地方。这块英雄的土地，曾为天安门城楼"中国人民从此站起来了"的庄严，毅然献出6万颗坚强的头颅；为了佛子岭、磨子潭、响洪甸三大水库和横排头水利枢纽在东方的崛起，果决地捐出7万多人世代生息的家园。乐于牺牲的霍山人民，在胸怀960万平方公里的同时，也在为改变自己的家乡作着不懈的努力。然而，历史的重负和偏僻的自然环境，还是给他们编织了一顶首批国家重点扶持贫困县的帽子。没被敌人屠刀吓倒的人，不相信扔不掉一顶"黑色"的帽子。霍山人民一面以更顽强的精神奋斗，一面在急迫地寻觅迅速跃起的"跳板"。80年代中期，强劲的改革春风和国家实施的"以工代赈”政策，使他们终于找到了一个撬动地球的支点。于是，霍山人民重新鼓起战争年代的那股热情，在纵横的沟壑间，摆开了新的战场。

曾游历过霍山的唐代大诗人李白，虽能描绘出人间危途险道的极境，但他却无法深切体会霍山人“千难万难行路最难”的苦痛。霍山处于大别山腹地，“七山一水一分田，一分道路和庄园”。生活在这块土地上的人们，世代咀嚼跋山涉水、肩挑手提的苦胆。霍山要摆脱贫穷落后，首先就得斩断捆住他们手脚的绳索——交通闭塞问题。

我们沿着在悬崖峭壁上开辟的公路盘旋而上，来到海拔 1774 米的大别山主峰白马尖脚下的青枫岭。陪同采访，具体负责以工代赈工作的县计委的同志介绍说，这儿在未修大青公路之前，是个与世隔绝的所在，虽然木竹、矿产、水能、茶叶等土特产资源异常丰富，但老百姓千百年来守着金饭碗天天饿肚子。如果要买点食盐、火柴，就得冒着生命危险攀藤附壁出山，若把一根木头运到可以卖掉的地方，也只能挣个几角功夫钱。

青枫岭群峰争秀，怪石嶙峋，古木参天，飞瀑直下，然而这旖旎的自然风光并未引起我多少注意，深深吸引我的倒是这深山老林里的繁荣景象。汽车、拖拉机、小三轮、小四轮满载着山货和建筑材料穿梭来去。公路旁鳞次栉比的竹木收购站、土特产店、百货店、肉铺、饭馆、客栈人来人往，生意十分红火。远处的水电站，随着山风不时传来发电机的轰鸣声。掩映在绿树翠竹丛中的一座座红砖青瓦农舍，也在飘散着电视机和音响里的音乐。我们走进中年农民程仁富的家，三大间被他装潢得相当考究的簇新的砖瓦房里，摆着彩电、冰箱、音响等高档家电。从他那身入时的穿着上，很难想象几年前他还是个家住破茅棚、饭无一顿饱的人。程仁富激动地说：“以工代赈修建的大青路，是把我们从地狱引向天堂的金桥。”

是的，大青路的建成不仅解决了行路难问题，更重要的是把农民引上了富裕、发展之途。近几年这几个村人均收入每年都以三位数的速度递增,家家户户盖起了新房,还有好几十户人家购置了汽车、拖拉机等大型运输工具。几十个乡镇企业也雨后春笋般地冒了出来,4 个小水电站相继建成发电,一个大型的爬爬岩电站正在紧张地施工。大青路的开通,还带来了青枫岭人思想观念的巨变。越来越多的"山猴子",走出了大山,成了市场经济大潮的弄潮儿。10 年来,霍山每天都在为建设这种能把农民引向富裕发展的"大青路"殚精竭虑。10 年里,他们利用 1500 万元的以工代赈资金投入,在崇山峻岭间开辟改造了 31 条公路,建成了 27 座桥梁。霍山人民,不愧是英雄的人民,他们把战争年代的"以少胜多",作了天才的发挥,从而创造出新的辉煌。

山区的夏夜凉爽而宁静,但我却无法入睡,《霍山县志》里的描写和他们 10 年来通过以工代赈治水的业绩总是在我眼前浮动。"山洪暴发,冲毁房屋田地无数。""水退,积尸盈野。""大旱,升米百钱,人相食。"水既是霍山人赖以生存的条件,也是他们不幸的根源。一首古民谣,正反映了他们对水爱恨交织的感情:"洼地洪水滚滚流,岗头滴水贵如油。一方盼水水不来,一方恨水水不走。"在一些高山区,每户常年得一个整劳力挑水,以供饮用。许多地方因饮水不洁,疾病蔓延,因而残疾人特多。水的问题,更是严重制约着霍山农业的发展。以工代赈政策给霍山人鼓起了巨大的勇气,他们要把世代悬于头顶的魔剑夺下来,变成手中为自己造福的利器。

俗话说,开门七件事,油盐柴米酱醋茶。事实上,水才是每天生活的第一件大事。开展以工代赈以来,霍山始终把解决山村人畜饮用水问题列为重中之重,仅自来水工程就建了 13 个。烂泥坳乡政府所在地,是个居民比较集中的地方。这里祖祖辈辈就靠山涧石缝里滴淌的水生活。几天不雨,就得爬好几百米的陡坡,取水库里的脏水。1989 年,他们使用 6

万元的以工代赈资金，村民们义务投工，利用山涧的水位落差，建起了一座长 17 米、高 3.5 米的拦河坝，通过两道附坝和 30 立方米的蓄水池及一道过滤层、三道过滤网进行水质净化处理，然后经过 1970 米的水管输送至村内 55 个供水点。村民们不仅用上了有保证的清洁卫生的水，而且每年可节约近 5000 个提水劳动力。他们高兴地说："过去吃水贵如油，如今只需拧龙头。"

有"生命渠"之称的百里长渠沛源渠，是霍山最大的灌溉工程。它始建于 1958 年，其后的 20 年间，建建停停，致使施工标准不一，渠道弯弯扭扭、宽窄不一、深浅不同，实际灌溉面积还达不到原设计能力 4600 公顷的一半。天旱时，渠下部根本无水可出，农民们只能望"渠"兴叹。尤其是 1991 年，由于特大洪水破坏，沛源渠几乎到了报废的地步。近年来，霍山人民开展了大规模的改造、维修、加固、拓宽和配套工程建设。3 年奋战，沛源渠终于达到渠首入水 8 个流量、渠尾出水 2 个流量的设计能力，不但增加保灌面积 667 公顷，同时还满足了沿渠 30 多家工厂和几万居民用水的需要。是以工代赈政策的春风，才使沛源渠迎来了美好的花季，成了名副其实的"生命渠"。

短短 10 年，霍山充分发挥以工代赈资金的"酵母"作用，先后建起了大小 500 多个水利工程，这些新建的堰、坝、库、电灌站、水电站，治理后的圩区、山塘、小流域，恢复后的堤防、河岸护坡，为霍山的发展和腾飞打下了坚实的基础。

只有取得社会事业的全面发展，才能真正迈上彻底摆脱贫困落后的道路。霍山人深谙此理，他们在抓交通和水利两个龙头的同时，并没有忘记借以工代赈的东风，促进农林、卫生、教育、城建、通讯、商业等各方面的发展，10 年里，建成基本农田 660 公顷、板栗丰产林 1200 公顷、松脂原料基地2100公顷、温饱工程1000公顷，改造低产桑133公顷、次生林480公顷，配套扩建了4个中心医院、2个乡卫生院，为11所中小学建了教学设施……目前，这些工程正在发挥着巨大的社会效益和经济效益。到1993年底，全县工农业生产总值比1985年增长了515.8%，国民收入增长了403.7%，财政收入增长了272.3%，农民人均纯收入增长了300%，贫困人口也由16万下降到6万。

从1985年到1994年，霍山县利用3821万元的国家以工代赈资金和省配套资金，形成了近1亿元的固定资产，这相当于该县建国后前35年基础产业投入的61%。霍山人用什么魔法，把手中的一小把面粉，发成这样大的馒头呢?

这是一个呵气成冰的日子，一辆旅行车在白茫茫的华北大地上奔驰。车上没有暖气，车内的人都在使劲地搓手跺脚。只有一位几近不惑之年的人，僵硬地提着笔，聚精会神地修改一摞东西。他就是霍山县以工代赈领导组首任组长、现任县长。虽然县、乡都成立了有力的以工代赈领导组，国家和省里也制订了完整的以工代赈工作管理办法，但他认为还应该制订一套更具体、细致、适合县情的规章制度来。国家以工代赈资金，在使用过程中每一分钱都不能有丝毫的漏洞。出差前的头天下午他还召集有关人员进行讨论，次日一早又把讨论稿带到车上修改。一本包括财务管理、项目计划、工程验收等14项规章的《霍山县以工代赈手册》，在他主持下很快被制订出来，并被贯彻执行。他立“法”认真，几年来他以身作则执“法”更是一丝不苟。

县六大班子的每位成员以及国家和省计委有关领导，在这10年里都为霍山的以工代赈倾注了大量心血，都作出了各自的贡献。作为他们的代表前任县委书记，有句常挂嘴边的话:“以工代赈资金，一个钱一定要当三个用。”他这句话要表达两层意思，一是这些钱要用到实处，发挥出最大的效益；二是把这个资金作“药引子”，吸收各方面的资金、调动各方面的力量，搞基本建设。这各方面的资金，也包括这位前任县委书记本人口袋里的钱。他除了平时为以工代赈工程捐款，还把在霍山3年里每月15元的山区工作津贴，全部献了出来。他现在人虽已外调，但心系着这儿的以工代赈工作。

领导的带头作用焕发出巨大的精神力量。10年里，无论是机关、乡镇、企事业单位，也无论是干部、职工、个体劳动者，只要是以工代赈工程，要钱给钱，要人给人，毫不含糊。在广大农村，更是涌现了数不清的可歌可泣的人和事。有许多工程要拆房、占用耕地山场、毁坏庄稼林木，受损的群众毫无怨言，总是给予积极的支持。10年时间，谁也计算不出农民们主动做了多少个义务工。

樊冲乡人畜饮水工程进入关键的浇筑拦水坝阶段，由于施工人员少，砂石运输跟不上。土地湾的村民获得这一消息，立即放下手中的农活，组织起来，每人从1000多米外，义务运输800公斤黄砂。身体瘦小的女村民舒世芬，丈夫在外，她也不甘落后，抛下两个孩子，上了工地。她每趟虽然挑40多公斤，已感吃力，但还运了1200公斤的砂子。在桃坳公路工地上，早年过花甲的方振华，由于劳累过度，高血压突发，留下了严重的后遗症。可他却说：“只要公路能修通，我死在工地上也值。”

霍山有这样的领导、这样的群众，用如此少的钱能办成那么多的事，我们也就不难理解了。十载春秋，三千六百五十个日日夜夜。霍山人民没有辜负党和政府对他们的关怀和厚望，在以工代赈工作上写下了一首昂扬的英雄之歌。我们期待着，他们更加宏伟壮丽的下一乐章！

（1994年8月14日安徽日报）

明天的太阳在这里托起

——全国第一所希望小学访问记　王畅平　文霞平

今年春节临近的时候，我们驱车前往金寨县南溪镇，走访全国第一所希望小学。

时令虽正值隆冬，可大别山区却暖和得象春天一样。学校已放寒假，往日喧闹的操场显得有点空阒，教研室里却热热火火，老师们正忙着统计成绩，登记造册，因为按照规定，第二天要给孩子们发放成绩单了。校长曾庆浩一见我们就谈起他的新打算。他说，这几年在全国各地的救助下，不少贫困生都上了学，可最困难的还是在山凹子里，我想趁寒假挨家走走，摸摸底，排排队，让所有最贫困的孩子都得到救助。

金寨是全国有名的将军县，无论在革命战争年代还是在和平建设时期，这里的人民都作出了巨大的牺牲和贡献。可是，直到1990年，这块红色土地上竟然还有3000多名孩子因家境贫寒无法上学。1990年3月，团中央书记处书记、中国青少年发展基金会副会长李克强率领考察组，踏雪冒寒来到这个当年刘邓大军战斗过的地方，为全国第一所希望小学选址。5月19日，中国教育史上一件新生事物便在南溪镇诞生了。

是爱的奉献，是情的交融。从此，一个个结对救助的动人故事，通过书信、电波、走访在这里谱写、传颂；从此，一个个穷苦的山里娃带着救助者的殷殷嘱托，跨进校门，走进课堂，迈上了读书识字、奋发进取的文明大道。

家住南溪镇南溪村的南星同学，是希望工程首批救助的希望小学的毕业生。她是因父亲身患重病，交不起学费而不得不辍学的。当她在麦地里听到建立希望小学的喜讯时，挥舞着镰刀连割了几簇麦子，高兴地喊着：哦！我可以上学了！我又可以上学了！从此，她每天早晨总是第一个赶到学校，先把教室打扫干净，然后就认真读书。辍学半年的她，居然取得了全班总分第 5 名的优异成绩，并被评为“三好”学生。如今，她已是南溪镇中学初二的学生了，仍然受到希望工程的救助。

五年级学生曾龙原先是个捣蛋鬼，顽皮打架，成绩一般。自从接受救助后，一下子变了个人似的，他带病坚持考试，一笔一画抄写作业，学习成绩直线上升，全镇抽考，语文、数学都名列前茅。有一次老师问他长大了做什么，他歪着头，认真地说：“我们这儿是出将军的地方，将来我也要当个将军。”

南星的妹妹南兰也是救助对象，她至今还是一边拾柴，一边上学，每天来回要跑一二十里山路。她忘不了因患癌症死去的父亲，她更难忘为她垫支学费，给她寄来衣物的伯伯。在一篇题为《最难忘》的作文中她写道，今天我能安心坐在教室里读书学习，全靠社会的爱心，我忘不了，一辈子忘不了……

是的，忘不了的岂止是年仅十一二岁的孩子，全南溪镇、全金寨老区都忘不了，忘不了五年来学校由祠堂破房到翻盖一新的校貌变化，也忘不了来自全国各地的物质捐助，还有那充满期盼的缕缕深情。

在希望小学的会议室里，我们看到贴在墙上的一张建校 5 年接受各地捐助的清单，捐款最早的，捐物最多的，林林总总折合人民币共计是24.815万元。其中有一笔5000元，捐助者是江苏昆山市千灯镇一位花甲之年的小学教师，他叫周火生。可是谁能想到，这5000元中的1000元是周老师常年累月上街卖书所得，还有3000元竟是他评优获得的奖金呢。去年11月，周老师退休了，他在寄给曾校长的一封信中深情地说，为希望工程在街头售书“将是我继续的职业，直至生命终结。”

连金秋，上海日用电机厂的一位工程师，自从去年10月在报上看到南星写的《我要上学》的呼吁文章后，立即和妻子商量决定，月月汇款50元资助南星姐妹，并且特别说明，逢年过节，金额加倍，年级升高，再增汇款。这位老知识分子充满感情地说，我是个工薪阶层，经济实力有限，只能选择特困户的一个重点对象给予赞助，至于整个希望工程，那是要靠全社会的力量才能支撑的。

在南溪，我们还听到这样一件事，江苏无锡市一个名叫唐烨炘的少年，从小学到初中几乎年年都被评为“三好”学生，却身患白血症，不幸夭折。病逝前，他拉着母亲的手说：妈妈，我不能继续学习了，请将我平时积攒的200元零用钱寄给革命老区金寨县，救助一名失学儿童，给他们创造一个学习的机会吧！

读着这样的来信，回想着那个早逝的孩子带着颤声的遗言，我们忍不住和几位老师交谈起来。开始他们不大说话，显得特别老实厚道，可是当我们请他们谈谈这几年的教学感受时，他们几乎异口同声地说：既辛苦又感到压力。也许正是这种压力感的驱动吧，身患甲亢、肾炎等多种疾病的易成安老师，尽管一天要吃四五顿，还是坚持上课，课后辅导。他说：全国人民盯着这些孩子，我们可要对他们负责。李数珍是个民办教师，每月只拿37元工资，可每周要授29课时的课，她既教聋哑班数学课，又教低年级语文课，超负荷地运转，不知累倒多少回，可她从没叫过一声累。卞仕荣老师发现一个孩子没交作业，怎么回事？追问之下，原来缺少纸笔，她买来本子，削好铅笔，一直递到孩子手上，看着她把作业做好。

这几位老师都是获过荣誉奖励的，论精神奉献，他们几乎无私无我，可要说物质待遇，他们却和许多贫困孩子的家庭差不多。然而，他们知道怎样权衡精神与物质的轻重，心甘情愿将烛光下的微笑献给迟开的花朵。

临离开南溪的那天早晨，当我们来向老师们告别时，却被眼前的一番景象打动了。

大清早，孩子们穿着叔叔阿姨们捐赠的半新不旧的冬衣，一个个蹦着跳着来领成绩单。他们在不大的操场上打耍嬉戏，玩得那么畅快，似乎已经卸掉了“无钱上学”的那份担心。是啊，一笔笔捐款，体现了社会各界对希望工程的支持，一份份赠物，凝聚了全国人民的深情；希望工程象春雨，浇灌了即将干枯的幼苗，又如春风吹散了失学儿童脸上的阴云。

然而，当我们问起二年级学生余秀娟时，她却没有来。我们驱车来到镇北头路边的一间三面透风的小屋，只见她裹着一床单薄的小被，躺在铺着稻草的床上，小脸烧得通红。小娟的妈妈告诉我们，听说孩子生病，昨晚一位不愿留名的叔叔送来一些钱，孩子为这哭了好半天。

希望工程被誉为“托起明天的太阳”的伟大建设，五年受援，五年发展，它所显示的威力是巨大的，它所产生的影响是深远的。但是，当我们看到希望小学如雨后春笋般在全国各地崛起时，还应当看到这项工作才刚刚起步，这座大厦还需要得到更多的支撑，不论在我省，还是在全国，还有许多象余秀娟这样的贫苦孩子等着救助呢！

（1995年3月20日安徽日报）

淮北小镇　郑重

结束有集无镇的历史

1997年7月的一天，我到宿县已是春暮夏初，淮北大地，麦田如海，麦浪如涛，那平远广阔的景致，只有在大平原才能看到。在跻身全国农业百强的宿州市境内，这个景象更为壮观。我带着兴奋在淮北大平原上走着，一个个小镇的新鲜景象在刺激着我，原定的采访题目渐渐地淡化了，最后完全被淮北小镇这一新的风景线所代替。

对淮北小镇的第一个印象是从大店镇开始的。我在那长1500米、宽45米的大街上走着，看到沿街排列的两层小楼，它的结构和样式没有重复的。一位副镇长陪我到大街小巷转着，脚下是柏油路或水泥路，他告诉我这里是“千米街百米巷，一幢楼一个样”。主街上是鳞次栉比的商店，而贸易中心及六个专业市场又都集中在长1400米的月牙街上。这个镇地处宿州、灵璧、固镇三个县市的交叉点，交通繁忙，为给居住在镇内人以安静，他们还准备修内环路和外环路。以往我在乡村小镇看到的骑路逢集、占路设摊的情景，在大店镇已经看不到了。在这里，我还看了中学、小学和医院，都是新建的，环境都很优美。据说这医院还是卫生部的先进。

此外还有农民公园、一个广场和一个人工湖。我去参观了当地名医吴庆碧的家，三层小楼，有厨房、浴室、餐厅、卧室、书房，还有供客人住的房间，室内有地板、护墙板、古董架、盆景花架，上楼下楼还有电梯，那温馨的文化气氛，上海的居家也不过如此吧。他家是四代名医，过去住的就是农民房。由集变镇，他的观念也发生了变化。这个镇的街道规划合理，楼房样式多，配套设备齐全，在全地区都是有名的。

在漫长的历史中，淮北大平原没有镇，只有集。所谓集，都是日中而市，有市无场，日夕而散，没有长市，即使这样的集也不是天天都有，而是每隔几日才能去赶一次集。淮北大平原对经常要做的事情有一句俗语："宿州府不逢集，那是长市（即常事的谐音）。"农民赶集只不过是卖些自家生产的农副产品，买些油盐酱醋布料之类的日常用品。那些商人也没有固定的店铺，只有一辆自行车，哪里逢集就到那里去做买卖。不只是淮北，中国北方广大地区，大体都是如此。而在中国的南方，小镇就很普遍，特别是长江三角洲的江南地带，小镇成为一种风情，有许多茅盾笔下的林家铺子和林老板式的人物，还有许多是文化名人的故里或旧居，留下许多富有文化象征的遗物。这样的小镇不但积累着财富，也积累沉淀着文化。而北方的集则较平淡，即使像大店这样的地方，隋堤往宅中间穿过，还有一棵被保护着的唐代大槐树，不可谓不古老了，但其他文化遗存则了了。

绿树荫下的文化土壤

北方的集和南方的镇虽然只是一字之不同，其实背后则蕴藏着经济实力和文化内涵上的差异。淮北大平原小镇的兴起，可以说是经济上有所转机的象征。像大店镇这样勃起的小镇，在宿县地区有几十个。这样，我的采访就围绕着小镇在进行，天天奔波着，从这个镇到那个镇。那天我们去渔沟镇采访，沿途经过的就有朱仙庄镇、大店镇、娄庄镇、王庙镇、禅堂镇等。

到了渔沟镇，看到的街景就是奇石世界，街上装饰是奇石，商店里卖的也是奇石。这个灵璧石产地果然名不虚传。奇石店的老板告诉我，现在农忙了，农民没有时间挖石头，农闲的时候，这里是采石、卖石、贩石、赏石的人络绎不绝，"一车一车的奇石被运走，一把一把的票子收进来"，说得非常形象。

在镇政府，我见到了镇长，他把这个镇的工作概括为：弘扬黄山松，念好养石经。发扬黄山松精神，这是省委向全省提出的要求，这里且不说它，念好养石经却是渔沟镇的特点。灵璧磬石远在汉唐时代就很有名，宋代已经把它当做珍宝贡献给皇帝，明清又被列为中国四大奇石之首。但是多少个世代都没有形成奇石市场，渔沟集也很少为外界所知。因为是个集，形成不了市场。买石人到灵璧县城已经心满意足了。但是作为一个小镇，人们的眼光情趣思路就不同了。以石为纽带，形成石的产业，石的市场，吸引了全国的石痴、石迷，来到此地玩石、品石、赏石，著书立说，形成了石文化。而且这个石文化热有增无减，波及全国。在这里我参观了几位藏石者的收藏，尽现灵璧石扭透漏瘦伛悬黑响的八大特点，也就是灵璧石的个性。这几位在玩石界有着知名度，被誉为玩石家。看到这种情景，使我有着许多感慨，灵璧石的赏玩收藏有一千多年的历史了，渔沟集也很古老了，但为什么过去这里没有哺育出一个藏石家？为什么没有形成一个石文化？深究下去就是由于集和镇的不同所造成的。镇为文化的积累提供了土壤的条件，如果进一步分析江南小镇或许更能说明这方面的问题。

中饭之后,我们就离开渔沟镇向大庄镇奔去。大庄镇属泗县管辖,是皖东北最远的小镇,再过去就是江苏的地盘了。这个镇的街道布局呈井字形,八条纵横大街很显气魄,分快车道、慢车道、人行道,这里的房屋虽不像大店镇那样多姿多彩,而且有些陈旧,说明在早几年这个小镇的规划和建设就初具规模了。

大庄镇的建设为什么起步比较早?镇长告诉我:距离这里不远是江苏睢宁县的大李集镇,在两省三县交界处的方圆几十里内,数它知名度高,商贾云集,是农副产品的集散地。看着大李集镇的繁荣,本地的农民带着农副产品到那里去交易,镇委一班人眼红了,坐不住了,就把文明集镇的建设作为兴镇富民的工程来抓。这样没有几年的时间,就形成全国知名的木材市场,实现了栽桑、养蚕、收烘、缫丝、出口一条龙的产销格局,形成了蚕丝基地。其他方面还可说出许多。大庄镇这个处于省际边缘的小集,以往谁能知道它呢?而抓了文明集镇建设之后,不只是经济发展了,而且全镇 31 个单位全部达到了文明标准,其中有 5 个被评为国家级文明单位,8 个被评为省级文明单位。如今,这个镇不仅留住了本地的农民不再向别处出销农副产品,而且吸引周围集镇的来这里做买卖。一个镇的综合性、多方位的功能,是以往的"集"所无法代替的。

离开大庄镇,汽车在林阴道上奔驰着,暮色苍茫中,看那远村近树,更加郁郁葱葱。司机秦师傅告诉我今天跑了三百多公里。这时我才注意到我们似乎是穿行在绿色长廊里,经过不少村庄,一个村庄就是一片森林,绿色长廊的公路把那一片片的森林连接起来。在别处,常常可以看到起了一层楼房,毁了一片绿化,而我所看到这些小镇,新房叠起与绿树花草从生相映成趣。秦师傅也说:如今看不到剥皮的树了。秦师傅在这里开了几十年的车,什么事都见过,什么事都知道。所谓剥皮树是指"十年动乱”期间，老百姓没柴烧，就把树皮剥下来烧饭，还有一个顺口溜：“树，剥了你的皮，太难看，谁叫政府不发炭。”现在的农村不是烧柴成问题，而是嫌烧柴麻烦，有不少农家都用炉子烧煤了。沿途我们就看煤炭商店开着车下乡推销蜂窝煤饼。

崭新格局　规划立法

蕲县这个地方是很古老的。秦始皇统一中国，分天下为三十六郡，蕲城就设县，属泗水郡。陈涉反秦的义旗就从这里举起，司马迁写《史记》为陈涉立传时曾到这里实地考察过。秦以后的楚汉决战，确立汉刘邦的统治地位，晋室的东渡、黄巢起义反唐、金人南下迫使宋王朝的南迁、明成祖朱棣南征大败惠帝军、辛亥革命北伐军大败张勋的“辫子兵”，以及结束蒋介石王朝命运的淮海战役，这些历史性大决战都曾在这里进行，而且是中心战场。在几千年前就闻名于世的蕲县，如今一股建镇的热潮，正值它青春再现。市里同志告诉我，以周围新发现的几大煤田为依托，蕲县将要是副县级镇的建制、有两万多常住人口的大镇。

在我看到的小镇中，都有一个共同的特点，除了那些富有发展生机的商业区、工业区、农贸市场外，还有就是给人留下一片休闲的空间。市里同志说：“随着农村的富裕和发展，农民不能老是过着面孔朝地背朝天的生活，田野虽然广阔，但不是休闲娱乐的地方，现在办事都不是只顾眼前了。”

看到小镇建设蓬勃发展，当然令人高兴，但我最担心的是小镇建设工作的持续性，以往常常有这种情况，一个领导一个令，有时又是朝令夕改，缺少一种持续发展规划。小镇的建设会不会出现这种情况呢？蕲县镇的领导说：“不会的，小镇的建设都是经过省建设厅做过规划，又经过市、镇人代会批准通过的，是立了法的，谁当镇长、书记都要这样干。”

市里同志介绍说：我们在农村精神文明建设中抓了三个东西，一是在农户中搞星级文明户的细胞工程，二是创建文明村的基础工程，三是集镇建设的龙头工程。经过四年的实践，感到抓集镇建设极为重要，它是联结村庄的纽带，是农村经济、政治、文化、信息的中心，只有发挥小集镇的龙头、示范、辐射作用，才能带动农村两个文明建设的发展。

宿县地区各类的集有328个，大多是历史上自然形成的，是农村自然经济的产物。现在由集发展成镇的是63个。不是所有的集都能发展成镇。两镇之间相距都在30华里以上，将来的常住人口为2万左右。其他还有政治、经济、文化、绿化、防污染等许多指标。和江南许多老的小镇相比，完全是一种新的格局、新的风貌。

集和镇虽是一字之差，其间发生了那样大的变化，这里是有许多学问的。从世界的范围来看，无论东方或西方的学者，都把城市的出现作为人类文明飞跃的一个特征。为了给中国文明发生以历史年代的定位，考古学家都忙着从地下找史前时期的城市。可见城镇的发展在人类文明发展史上的重要。由集到镇，人们的观念也在发生着变化。宿州市的符离镇，唐时为县，白居易在这里写出过“野火烧不尽，春风吹又生”的名句。自那以后除了符离集的烧鸡，谁也不知道白居易的遗事。现在符离集变成符离镇，人们也想起他老人家，建了白居易旧居。这就是“集上人”和“镇上人”的眼界、心境之不同。

无论是从历史或未来的发展来看，淮北大平原的集向镇的发展，都是很有意义的。中国广大乡村，对商业活动，有的叫赶集，有的叫赶场，有的叫赶街，有的叫逛巴扎……虽叫法不一，和淮北大平原的集一样都是一种自然经济的象征，和当前市场经济的发展显然是不适应的。淮北大平原处于中国南北东西之间的特殊地理位置，从沿海来看它是内地，从内地来看，它又接近沿海；南方说它是北方，北方又把它看成南方，它常受南方之风、沿海改革浪涛所波及，小镇就再现了这种辐射的威力。

淮北小镇吹出的清新之风在荡荡漾漾地散开去。

（1997 年文汇报）

黄山，构筑起第二道“风景线”

王树成　陈先发　崔海教

“要有点雄心壮志，把黄山旅游的牌子打出去！”这是小平同志的嘱托。黄山人从实践中领悟到，打好黄山牌，重要的是使它那得天独厚的优美风光与人类文明交相辉映，共同焕发绚丽的光彩。

于是，在郁郁奇松、嶙嶙怪石、苍苍云海、灼灼温泉、滚滚飞瀑的峻美风光之外，黄山人构筑起清新亮丽的第二道“风景线”。

漫山遍植“迎客松”

玉屏楼侧的迎客松，作为黄山松的代表，给四海游人以温馨与高洁之感。

而一位新加坡游人告诉记者，游了黄山，他感到黄山处处迎客松。

在旅游旺季，游人一进黄山大门，就有青年志愿者迎上来，提供义务咨询和其他服务。在一些重点景区，也设有义务咨询台。这是风景区团委组织的团员青年利用业余时间为游客义务服务。

“五一”“十一”等旅游高峰期，很多游客为早览黄山胜景，不惜天晚结伴登山而滞留山腰。管委会组织人员，冒着危险把游客一个个接上山。

景区领导为了保证客人不出危险，分工在险区疏导。

为保护黄山环境，山上严格限制宾馆建设，致使床位一直非常紧俏。但黄山却对服务质量提出了更高的要求，各景区也不断推出系列优质服务活动。如北海宾馆要求工作人员“再微笑一点、再热情一点、再主动一点、再多做一点”；桃源宾馆设立“服务委屈奖”。旅游旺季，天海宾馆把办公室都腾了出来，不让一个游客露宿。

如果说，这些留给游人的是迎客松般的温馨，还有的则是迎客松一样的高洁。

今年 5 月，桃源宾馆吧台服务员汪文娣，在楼梯口捡到一个镶满钻石的金戒指。她找了几家旅游团队，才找到那游兴正浓而不知失物的台湾游客。失主接过那枚价值 8 万多元的戒指时，手都抖了，连说：“没想到，真的没想到。”当台湾客人再三要酬谢时，汪文娣说：“那你消费一杯咖啡吧。”

有人笑她傻，说那一枚戒指够她攒半辈子，即使还给他，也得他好好表示一下。她只说：“黄山人，不能让游客在黄山败兴。”

一位台湾客人在光明顶上丢了一个包，内有 1.6 万美金，是一个轿夫把包送到了派出所。里面钱物无一短缺。

像这样的人和事，在黄山数也数不完。

黄山市委书记说，黄山的人和事，应与黄山美景和谐一体。在内宾面前，我们是黄山人；在外宾面前，我们是中国人。塑迎客松一样的人，是黄山文明创建的首要内容。

云海中的“放绳图”

到过黄山的人，都不禁赞叹：真干净。但不知人们是否浏览过这样的

“风景”：

万丈悬崖上，腰系一根颤动绳索的放绳工，越过重重险阻，在乱石、云海中登攀。你会以为这是去捡取什么贵重物品，可捡上来的，仅仅是游客丢下山崖的一个塑料袋、一个罐头瓶……

放绳工刘海林告诉记者，游客随手丢进深谷或半山腰的垃圾，有碍观瞻，只好放绳下去捡取。他有几次下到深谷时，因绳被石头卡住，差点送命。就在前几天，另一位放绳工程清放绳下崖时，上面飞来的一块石头砸在他的头上，黄马甲顿时变成了红马甲。徐志平下半山捡一个垃圾袋，脚一滑坠入山崖，多亏下面的松树救了他。

人们感叹：在城市，清洁工付出的是汗；在黄山，清洁工们有时甚至要付出鲜血和生命。

除了云海中的放绳图，黄山还有一个黄马甲串起的流动风景线：5 万多级蹬道上，游动着 140 多名环卫工，每人每天要走近 40 里山路来回捡寻垃圾、擦拭痰迹。

在黄山，还有大批编外清洁工。无论是管委会主任，还是宾馆服务员，见到垃圾他们都会弯腰捡起来。

黄山的美容师们感动了八方游客。北师大的一位教授目睹了黄山人的艰辛，主动把一些游客在峰顶吃剩的东西捧着带到垃圾桶内。天津的几名游客一直把桔子皮拿在手里。他们说，这么整洁的环境，谁忍心践踏？环卫工人也高兴地告诉我们，黄山这两年游客成倍增长，但在山路上捡到的垃圾反而减少了。

黄山人以艰辛的劳动创造了整洁文明的环境，文明的环境对四方游客是一种文明熏陶。黄山文明创建形成了联动效应。

杜鹃花下动人的诗

夏游黄山的人，一定都曾为那与奇松、怪石相伴的美丽的杜鹃花所陶醉，但不知是否读过北海景区杜鹃花下那首动人的诗："杜鹃居山久，春荫夏自开。愿君勿采撷，美从自然来。"

在黄山风景区，这类充满温馨的警示牌比比皆是。没有"严禁"的断喝，不见"罚款"的警告。游客无意中吐的痰迹，清洁工会先默默地擦拭，再轻轻地劝诫。一位游客说，黄山的文明氛围对游客是一种无形的规范。

如果说，对游客，黄山实行的是温馨式管理；对山内的从业人员，黄山则实行严格的规范化管理。

挑夫、轿夫等要竞争、持证上岗，营业一律要明码标价，且置于游客监督之下。被游客投诉的，将受到严肃处理直至取消营业资格。一度出现的挑夫、轿夫"宰"客现象基本绝迹。

导游实行三证一书制——导游证、身份证、工作证及详细的接待计划书。那种游击队式的导游被逐出市场，导游完全按计划带团，哄骗游客的导游上不了黄山。

为了避免小摊贩围追游客兜售商品，黄山市在山下建有专门的小商品市场。既让游客舒心，也使附近农民致富有路。

黄山管委会党委书记说，文明景区必须文明管理。既要管好人，还要管好山。

在黄山的奇松、怪石间，点缀着一个个与景观和谐一体的树桩形果皮箱，山上没有高层建筑。在黄山境内，少有污染的工业项目。围绕生态资源保护这一中心，管委会组建了各类专业队伍。环境检测站常年对污染进行定性定量分析，植物检疫站对进入景区的木材和木制品进行全天候检查，防火队伍严谨规范的工作，保证了风景区连续17年无森林火灾。管委会对莲花峰、天都峰、始信峰等主要景点，实行封闭轮休，以恢复生态。对全山名松古树建立档案，对迎客松等名树还采取专人看护、改变游道等系列复壮措施。经过长期的努力，景区森林覆盖率比10年前提高了近20个百分点，达到83%。1400多种原生植物和470多种动物得到很好的保护。黄山立法，保护第一，绝不允许野蛮式开发。黄山人说，保护不好黄山，是我们这个文明古国的耻辱。

遍游黄山七十二峰，很难寻觅到庙宇的踪迹和香火的缭烟。黄山在历史上也曾有过寺庙，但后来一座也没再恢复。在黄山，更寻不到那些有封建甚至媚俗的人造景点。游客说，黄山无污染。

联合国自然遗产中心主任冯·德罗斯特，曾考察过世界300多个风景名胜，去年看了黄山后连连赞叹："黄山的风景是世界上最美的，黄山的管理也是世界一流的，井然有序，令人惊奇，它的很多做法应推广到全世界其他世界遗产地学习借鉴。"

日前，黄山荣膺国家首批"文明山"桂冠。在此之前，它已获国家"卫生山""安全山"称号。

黄山风景区的精神文明建设，被中外游客誉为自然风光之外的第二风景线。同时，精神文明的创建，也极大地促进了黄山旅游经济的发展。今年，黄山的境外游客增幅居全国各主要城市之首，境内游客增幅达47%。

（新华社合肥1997年10月8日电）

救救野生动物　车敦安

我省地域辽阔，由于位处古北界与东洋界两大动物区系过渡带，再加上地形复杂、生态环境多样和水热气候条件优越，因此境内的野生动物资源非常丰富。据调查，目前全省已知野生动物有 700 多种，这其中有很多种属国家珍稀和我省特有或富有野生动物，诸如扬子鳄、白头鹤、白鳍豚、白颈长尾雉、梅花鹿、黑麂、黄山短尾猴等。

野生动物，既是大自然赐予人类的宝贵财富，也是大自然配给人类的好朋友。但人类在谋求自身发展的同时，并没能认真地保护好自己的朋友。特别是近百年，人类使很多野生动物物种濒危、灭绝。我省从本世纪 50 年代以来，由于人口的剧增、自然资源的掠夺式开发等，造成了野生动物资源空前的危机。近 10 年间，我省在野生动物保护上虽然取得了可喜的成绩，但其形势并不容乐观：野生动物的数量仍在锐减，濒危的野生动物种类还在继续增加……

上篇

1953 年深秋的一个傍晚，夕阳缓缓地从黄山区的龙王山上坠下去。这时，打了一天猎的新民乡农民陈志琪，正往家里赶。突然，一个庞然大物出现在他面前。虎！虎！一只足有五六百斤重的华南虎，正趴在他下山的路上。陈志琪额上顿时冒出了冷汗，但多年的打猎经验使他很快平静了下来。就在这只华南虎发现了他，扭头向他张望之际，陈志琪以迅雷不及掩耳之势，向华南虎开了枪。华南虎还没回过神来，便永远地闭上了眼睛。打虎英雄陈志琪因为民除害，成了全省社会主义劳动积极分子，而这只华南虎至今只能以一张虎皮标本保存在黄山第一中学，成为我省曾经有虎的仅存的实物证据。

虎，有“百兽之王”之称，它是保持生态平衡食物链上重要的一环。历史上，我省曾是一个多虎的省份。一些地方志上清楚地记载着，清朝末期我省大别山区及皖南山区各县均有虎存在。然而到了 20 世纪 50 年代，虎却从此绝迹。

1995 年 7 月 12 日 5 时许，宁国市境内的汤公山下，突然响起 7 声清脆的枪声。随着枪响，一只美丽的梅花鹿左右两腿中弹倒在了稻田里。它一边挣扎着试图站起来，一边凄厉地仰天长嘶。那嘶声似乎是在怒吼，又仿佛是在求救。邱玉林、罗来生、周木发等几位农民，寻声很快追到了稻田里。他们一把将梅花鹿拖到了田埂上，无情地割下了正流着痛苦泪水的梅花鹿的头。于是，一二十个农民一哄而上，顷刻间梅花鹿尸骨无存。

梅花鹿是国家濒危的一级野生保护动物，目前因其数量少、分布范围小而显得越来越珍贵。过去，梅花鹿在我省有着广泛的分布，数量众多，现在只仅见于绩溪、宁国、旌德、泾县等县市，其数量还在锐减，正在趋于绝迹。

1998 年 4 月 10 日，我兴高采烈地来到有“梨都”之称的砀山。时值梨花盛开季节，50 万亩梨园如茫茫雪海，蔚为壮观。我被眼前的景色陶醉了,我在梨园里,流连忘返。是那一群群为梨花授粉的人,才把我从诗境中拽了出来。漫漫花海中,既没有蜂飞,也没有蝶舞,是农药把蜂蝶赶出了这无边的花海。在离开砀山的路上,我在想:若干年后,传花授粉的蜂蝶会不会也要濒危、灭绝?

由于自然环境的破坏污染、人为的乱捕滥猎等原因,我省有许多野生动物正在或已经走向绝迹。目前已经绝迹的除华南虎外,还有朱鹮、丹顶鹤、鼋等;可能绝迹的野生动物有大灵猫、金猫、海南虎斑鳽、白尾海雕、鹧鸪、鸟雕鸮、毛脚鱼鸮、褐林鸮、斑嘴鹈鹕等;数量锐减,趋于绝迹的野生动物如大鲵、虎纹蛙、眼斑水龟、扬子鳄、小隼、秃鼻乌鸦、白鳍豚、狼、水獭等近达 40 种之多。

省自然保护管理站向我们提供的资料,更令人忧心忡忡:全省在 80 年代,每年约以 3000 只的速度猎杀灵猫;1993 年至 1998 年间,全省仅在打击破坏野生动物资源专项斗争中,就查获蛙蛇 10 多万公斤;1994 至 1998 年间,仅在我省皖南山区就有 6 只云豹被猎杀;1998 年,河南、江西等地的不法分子在祁门县深山区,仅几个月时间就偷捕猕猴 300 余只……

中篇

保护野生动物,就是保护人类自己。从远古时期人类的狩猎,到目前我们的吃穿用,都离不开野生动物或其产品。在医药上,野生动物是重要的医药原料,如一旦猴子绝迹,我们就无法拥有防治小儿麻痹症的疫苗。野生动物的科研价值、遗传基因库价值、环境生态价值、文化娱乐价值,都将永远是人类生存发展的物质基础。比如野生动物在维护生态平衡、促进农林业生产上，一只灰喜鹊一年可以吃掉 15000 条松毛虫；一只狐狸一昼夜可以吃掉 20 只老鼠；一只猫头鹰一个夏天可以消灭 1000 只田鼠，这相当生产出 1 吨粮食。可以想象：地球上一旦野生动物灭绝，人类也必将无法生存。

我国在很早，对野生动物保护就有了认识。战国时期的大思想家荀子指出："万物皆得其宜，六畜皆得其长，群生皆得其命。"在湖北云梦古墓出土的几千年前的竹简上刻写的《田律》，就要求人们不要捕杀、毒杀鸟虫、龟鳖，不要用陷阱猎获兽类。中华民族在野生动物保护方面，在走过了几千年的曲折道路之后，终于在改革开放的今天迈开了真正理性的而具有历史里程碑性的一步。从 1988 年颁布实施《中华人民共和国野生动物保护法》开始，我省野生动物保护工作也掀开完全崭新的一页。野生动物保护管理体系已初步形成，野生动物资源保护网络已初步建成，管理队伍在不断扩大，法制建设和执法力度在不断强化，公民的野生动物保护意识正在日益增强……

1996 年 4 月 21 日下午 5 时，金寨县江店镇私楼村青年农民小李正在田里紧张地劳动，突然头顶上响起一声清脆的鸟鸣。他抬眼一看，只见一只雪白的大鹤正落在自己的田里。他喜出望外，一个箭步冲了过去。白鹤也许由于长途飞翔劳累过度，躲闪不了几个回合，就被捉住。小李兴奋地抱着白鹤奔回家里，就在他找刀准备宰杀让全家人美餐一顿之际，他上小学四年级的儿子李学运放学归来。小学运见状一把抢过白鹤来，狠狠地瞪着他爸爸说："我们要保护野生动物，杀了它是违法的。"儿子的话，使小李猛地醒悟过来。小学运把这只飞自俄罗斯的白鹤，精心喂养了几日之后，通过学校安全地送交给了野生动物保护部门。

1997 年 11 月 19 日傍晚，一只幼小的草鸮坠落在黟县西武乡关路村的一块菜地里。当地农民丁新发、丁百胜发现了这只国家二级保护动物后，立即用衣服焐着带回家里。接着便在屋里翻箱倒柜，寻找草鸮能吃的食物。晚上还为小鸟弄了个温暖舒适的窝。第二天一早，他们就搭乘公共汽车，把幼鸮送到了县林业局公安科。

近年来，我省由于充分利用报刊、广播、电视等手段以及开展“爱鸟周”和“保护野生动物宣传月”等活动，大力宣传了野生动物保护的法律法规，使广大群众参与保护野生动物的意识越来越强，像李学运、丁新发、丁百胜这样的人和事越来越多。

1998 年 10 月 16 日，山城石台县城空幽宁静。临近晌午，城关法庭内响起法官庄严的声音：“根据《中华人民共和国刑法》第三百四十一条第一款之规定，判决如下：一、被告人胡茂祥犯非法捕杀珍贵、濒危野生动物罪，判处有期徒刑两年，并处罚金 2000 元……”站在被告席上的胡犯，听完审判长邵志英的宣判，顿时流下了痛悔的泪水。今年 4 月 19 日凌晨 1 时许，犯罪分子胡茂祥押车途经石台亭兰时，发现车前有一动物。胡犯便叫司机开车压过去，结果动物躲逃进路边的草丛中。于是，胡就伙同他人拿起手电和摇把，下车追打，直至一只国家二级野生保护动物云豹被活活打死。

从 1988 年以来，我省逐步加大野生动物保护执法力度，不断开展执法大检查，及时查处各类乱捕滥猎、非法经营和走私倒卖野生动物的违法犯罪案件。据不完全统计，10 年来共惩处胡茂祥这样的犯罪分子近 400 余人，仅在 1996 年度至 1997 年度间，全省就查处破坏野生动物案件 2000 多起；10 年间被查处的餐馆有 5000 多家、集贸市场 800 余处，没收蛙类和蛇类 30 万公斤，并将 50 万只野生动物活体放归大自然，其中国家级的野生动物就有 15000 只(头)。

我省近年来大规模开展的封山育林、消灭荒山和建立自然保护区行动，以及扬子鳄繁殖研究中心、皖南野生动物救护中心、合肥野生动物园和一些野生动物驯养繁殖场的建立，更让我们看到了安徽野生动物美好的明天！

下篇

一个新的物种的产生，需要50万年。我们很难想象，在我们今天的地球上还能产生出一种新的野生动物种类来。为了无愧于子孙，无愧于未来，无愧于民族，无愧于人类，我们在展望美好明天的同时，应该更清醒地看到眼前的问题，应该更深刻地感到肩头的沉重。

滥捕乱杀的歪风还没有根本刹住。我在电话采访昔日打虎英雄陈志琪的儿子陈义泉时，这位退休在家的原黄山书店经理，表现出极度的忧虑。他告诉我，在他父亲打虎的家乡，虽然猎枪已被有关部门收缴，但却有不少人利用更厉害的电网来猎捕野生动物。就在星期天我写这篇文章的间歇，到街上散步时，迎面就碰上一个人，手提着几只被枪弹打得血肉模糊的野兔和雉鸡。

大大小小的饭店仍在出售各种各样的野味山珍。在乡村的鸡毛小店，我们经常可以看到那门前挂着作幌子的野生动物的毛皮；在许多城镇饭店的门口，我们抬眼就能见到为招徕顾客的野味菜单广告；在现代大都市的一些星级酒店，我们更能吃到许多平时见也没见到过的珍禽异兽。在省城合肥，你甚至能找到经营扬子鳄、穿山甲等野生动物菜肴的宾馆。

在如此严峻的形势面前，我省的野生动物保护工作中存在的困难和问题更令人忧虑。目前首先是完备的专门保护管理机构和有专业知识的管理人员缺乏。由于一些地方和部门的党政主要领导对野生动物保护的重要性和紧迫性还没有深刻的认识，使我省除了林业厅、农业厅、环保局和安庆、池州、黄山、阜阳、舒城等少数部门和地市县外，其他大部分地市和县市级行政主管部门皆未设立野生动物专门管理机构，没有编制和专业管理人员，更缺乏有专业知识的管理人员。这种状况，造成了许多地方的野生动物保护工作处于兼管和无人管理的状态。一位山区县林业部门的同志告诉我，他们单位曾就野生动物管理人员编制问题向县主要领导请示，这位县领导当场把他们的报告扔进了废纸篓，并一边把他们往外赶，一边斥责着："简直是没事找事！"听了这位同志的诉说，我心中的愁思猛地增长了几倍。

有钱才能办事，这是连娃娃也都明白的道理。当前在野生动物保护上，从中央到地方皆没有单列的专项基金，仅靠主管部门从林业资金中挖挤一点，而我省本来林业资金就相当紧张。资金的缺乏，严重影响了我省野生动物保护与管理工作的正常开展。潜山是我省野生动物资源比较丰富的一个县，今年 10 月的野生动物抽样调查显示，该县有野生动物 120 多种，而他们每年用于野生动物保护的经费还不足 10000 元，专项资金更没分文。县林业局林政股长陈庭胜焦急地说："面对野生动物保护的严峻形势，而我们却因手中无钱没法开展工作，真睡不着觉啊！"皖南野生动物救护中心，为我国十大野生动物救护中心之一。投入使用半年多来，已先后救护 50 多批、30 多种、100 多头(只)野生动物，这其中包括如黑麂、黑熊、蜂猴、丹顶鹤、白颈长尾雉、白鹳、孔雀、小天鹅、扬子鳄等许多国家重点野生保护动物。然而，该中心却因经费困难，举步维艰。中心负责人老许告诉我们，他们名曰救护中心却没有救护经费，老百姓把发现的受伤的野生动物送来，他们不但无钱给予奖励，就连他们的来回车票也无法给予补助，救护设备更是严重缺乏，甚至连工作人员的工资也没有保证。

我省在野生动物保护工作中，目前还存在着宣传力度不够、各部门特别是林业工商公安检察法院等部门亟待协调一致、一些地方政府为本地区的暂时经济发展还在破坏野生动物栖息地和过度利用野生动物资源、科技人才缺乏、缺少国际合作与援助等一系列问题。

为了我们的子孙后代，为了保持江淮大地的生态平衡，为了推动我省经济的可持续发展，为了我们不当千古罪人，我们在这里郑重地向每一位安徽人特别是各级党委政府的主要负责人发出深沉的呼唤：把野生动物保护放到办事日程上，火速解决保护工作中的困难和问题，救救与我们人类生死与共的朋友“野生动物”！

（1998 年 12 月 23 日安徽日报）

问诊“龙脊” 白海星

1997年，安徽省省长在有关会议上指出，加快江淮分水岭地区的综合治理开发，不仅是本地区自身经济发展、实现小康目标的迫切需要，而且对全省的改革、发展、稳定都具有重要意义。江淮分水岭何以如此令人关注？安徽省如何治理开发、成效又如何？

不久前，记者行程2000公里，历时20余天，在江淮分水岭重点开发治理的十二个县几十个乡村采访。从一口井、一面塘，到一片片初绿的山林、一群群健硕的牛羊，还有老百姓欢快的笑颜和坚定的信念，记者深深感受到岭上人民脉搏的跃动，真切领悟到开发治理脚步的坚实，久久品味着昔日荒丘野岗上新收获的累累硕果。年复一年，安徽省走出了在分水岭易旱贫困地区如何对症下药、科学发展的新路。

一　“四把工程”　标本兼治

在安徽省中部，长江、淮河之间，隆起一个狭长的丘岗地带，这就是江淮分水岭。分水岭涵盖安徽省合肥、六安、滁州等6市22个县（市、区），国土面积4.5万平方公里，农业人口1596.2万，占全省的35.7%。其中位于岭脊的12个县（市、区），面积、人口占安徽省近20%。如果说长江淮河是“龙”的血脉，分水岭就是挺起的“龙脊”。

“龙脊”透着响当当的骨气。六安市，这里诞生了共和国108位开国将军；来安县的半塔镇，苍松下安息着数百位新四军将士的忠骨；肥西县的小井村，凤阳县的小岗村，农家汉子在这里拉开了中国农村第二次土地改革的帷幕。然而，到了上世纪90年代中后期，当“奔小康”的暖风吹拂着江南塞北时，“龙脊”却依然十分的贫瘠。尽管与自身相比，分水岭地区在改革开放中有了较大发展，但这里的生态环境和农民的生产生活条件仍然较差，农民人均收入远低于同期安徽省平均水平。1996年，重点地区农民人均纯收入比全省平均水平低了400多元。

江淮分水岭地区贫困落后的根本原因是干旱缺水，灾害频繁，人均和耕地亩均水资源，分别只有全省平均水平的42%和35%。干旱缺水，不仅农业生产缺少保障，制约经济发展，甚至严重影响到当地百姓的人畜饮用水。干旱缺水不是没有水，关键是降雨和作物需水的时空分布不协调，降雨集中在夏季，储水设施差，岗冲交错的地貌难以大规模拦蓄天然降雨；水利工程配套不足，形成“工程性干旱”；生态环境相对恶化所产生的问题也日益突出，这里森林覆盖率低，1996年仅为15.4%，比全省差10.2个百分点，森林植被很难起到涵养水源、保持水土、调节气候的作用。

1997年11月22日，安徽省委、省政府在充分调查论证的基础上，出台了《关于加快江淮分水岭易旱地区综合治理开发的意见》，编制了规划纲要，制定了综合治理开发的发展战略，决定因地制宜，以易旱综合治理为核心，实行可持续发展战略，总体规划、分步实施，推进经济、社会和生态环境的协调发展，尽快赶上全省农村经济发展的步伐。同时，安徽省首批选择40个乡镇作为治理重点。到2002年，省级重点乡镇扩大到100个。沉寂多年的分水岭，迅速拉开了一场全新理念、全新模式的攻坚战。

在综合治理开发的探索与实践中，安徽省科学地提出了实施“把水留住、把树种上、把路修通、把结构调优，促农林增收”的“四把工程”，重点突破，带动全局。治理分水岭，关键是治“水”，水是血脉，有水才有生机。而树可涵养水源，保持水土。修路，就是打开一扇致富门。路通了，农产品才有出路，结构调整才能拓展、有成效，也才会带来人口流动、信息交流、观念转变。调整农业生产结构，既是增加效益，也是将传统生产方式一味地向自然索取，转变为适应自然，与自然和谐发展。“四把”拓开了，“一促”自在其中。实践证明，“四把工程”既与天“斗”，也顺地理，相互关联，标本兼顾。既解燃眉之急，又重长治久安，在平凡质朴中，处处闪烁着理性的光芒。

江淮分水岭地区综合开发治理，一山一水、一草一木，安徽省倾心竭力地真诚实践，走出了在分水岭易旱贫困地区如何对症下药、科学发展的新路。

二　抓住根本　把水留住

在来安县张山乡，干旱缺水常年困扰着村民的生产生活。实施“四把工程”后，当地政府为村民打了一口 150 米深的机井，欢乐的村民们告别了缺水的痛楚，他们自发地在井旁竖起一块纪念碑，并取了一个漂亮的名字“笑泉”，其水亦清亦甘，其情至深至溢。

打井取水、挖塘蓄水、筑坝拦水，在分水岭上，一个又一个“笑泉”，涌动着今日分水岭上乡亲们由衷的欢声笑语。治水是治理分水岭的切入点，从缺水的痛楚到欢笑的泉涌，岭上人感触颇深。

在明光市三关乡夹巷村丁庄组，记者和江夕忠、杜长明、吴绍堂几位老人唠起这些年的变化。老人们告诉记者,村民们也早想打机井,可是不懂技术又怕搞不成。前年政府帮助打了机井,自来水通到了家,一个月每户只需花 2 元钱。老人们越说越乐呵:“你们记者瞧瞧,这屋里电灯、电话、自来水,不就跟城里人一样吗。”

说起天旱病灾,来安县半塔镇河坝村高瓦房村民组的王文波老人十分感慨。当年因为天旱,水稻绝收,周围 10 个村 5 万多只鸡也死光了。村民们只能把浑水用明矾澄清再用,那时很多村民都得了肠胃病。王老汉生病上吐下泻,七八天花了 700 多元钱,还是靠信用社贷款治的病。如今不怕了,庄里打了深井,挖的大塘有 10 多万方水。老人家去年收入 1.5 万元,有了积蓄,说话也“粗”了:“大伙还想凑个十来万再筑坝拦水。”

在凤阳县黄泥铺镇国光村宋家组,村民说,那些年一到旱季时常发生争水纠纷。派出所所长张金志告诉记者,当时旱季主要就是处理争水纠纷,乡村干部、所里干警都要“包点”到塘边看着,公平地分完仅剩的一点水。人饮水就靠消防车天天送,每人一天 10 斤水。现在好了,庄里挖了大、中塘 15 口,可以解决 5000 多亩田地旱涝保收。据说,他们今年还要再挖 18 口塘。

蓄水、引水、拦水,治水工程还直接降低了生产成本,起到促进农民增收的综合实效。定远县连江镇郭巷村的郭志东老人给记者算了笔账。前些年他家一年下来提水灌溉要花 800 元水电费,而且经常花钱也买不到水,同时家禽家畜一发病,受损失更严重。他们村虽然种了 100 多亩水蜜桃,又因为没路不能及时送出去,损失占一半。现在村里筑起了红旗渠坝,不仅能蓄水省了水电费,救了庄稼、牲畜,坝上还修通了路,今年的水果外运一斤也没耽搁。

类似的账,哪里都能算上一笔。长丰县陶楼乡,以往全乡农民生产用水电费一年要花260万元,人均100元。现在挖塘筑坝后,每年只需26万元,人均10元。该乡石集村以往靠一级提水灌溉,一年水费近30万元,现在挖了30多口大中塘,再也不用提水了。

据安徽省江淮分水岭综合开发治理办公室统计,从1998年到2002年,安徽省100个重点治理乡镇共投资2亿多元,新挖和整修大中型塘、库8007口,基本实现"一村一口大塘,一组一口中塘"的目标,新增蓄水量2.4亿立方,新增和改善灌溉面积96万亩。通过实施农村人饮解困工程,在岭区打井700多眼,基本解决了首期规划范围内21万人的饮水困难。去年的治理工程更创新高。12个县(市区)共开挖大中塘1635口,完成年度计划任务的109%,新增和改善灌溉面积25.9万亩;打砖(机、深)井904眼,解决饮水困难人口12.2万,完成全年计划任务的122%。

"把水留住"首战告捷。全椒县周岗乡一位乡干部如是说:"把水留住"不仅留住了水,它还留住了分水岭老百姓的信心,留住了党和政府的关爱!

三　顺其自然　调整结构

因为缺水,制约了发展,也破坏了岭区的生态平衡。岭区传统的农作物以水稻为主,这主要是"靠天收"。而长期的开发自然、向自然索取,无疑将走向竭泽而渔,导致恶性循环。打井、挖塘,缓解了燃眉之需,而同步实施的"把树种上""把结构调优",在易旱地区发展节水耐旱的农产品,这既是改造恶劣的生态环境,也是适应自然,向自然还债,最终与自然走向和谐。我们的祖先大禹治水,正是在"疏导"中向后人阐释了"天人合一"的理念。今天,治水、种树、修路和结构调整,在江淮分水岭成功地上演了“立体组合”。

在岗坡上的一片蟠桃林里，六安市金安区卅铺镇官塘村的夏守营抬起手臂划了一圈说，这里以前是荒岗地，30 元一亩也没人承包。搞开发后他带头包了 30 多亩种果树。政府资助了树苗，还提供技术。去年开始挂果，到后年每亩就可以收到 3000 元。现在全村的荒岗坡地都被承包种经果林了。1991 年，这个村水产养殖只有 4 亩，家禽 3000 多只，经果林 10 来亩。现在水产养殖 200 多亩，家禽 10 万只，经果林 400 多亩。村里种的养的，岗上水里，处处生机盎然。

以往，人们在江淮分水岭地区见到的场景，除了荒芜的岗坡，不外是一片片水稻，间或一些其他作物。如今岭上走一走，岗坡披上了各式的果树林、景观林、速生林。有的林里散养着柴鸡，有的套种牧草。大大小小的水塘增多了，里面满是“白毛浮绿水、红掌拨清波”。波尔山羊、皖西白鹅、肥西老母鸡，叽叽嘎嘎真热闹。单调的水田少了，变成了各种蔬菜、耐旱作物、经济作物，像凤阳的树莓、全椒的仙人掌、长丰的甘蓝，看了让人眼花缭乱。

有一组“绿色数字”令人鼓舞。随着基地造林、退耕还林、绿色长廊、村镇绿化、农田林网等林业建设的全面展开，到 2002 年，分水岭地区森林覆盖率已由 1999 年的 14.1%提高到 16.5%，净增 2.4 个百分点；新增森林面积 5.9 万公顷；镇、村庄绿化覆盖率增加到 20.5%和 38%。全区已初步形成以绿色长廊为骨架，以城镇村庄为实体的点、线（带）、面融为一体的生态防护林体系的雏形。小流域综合治理，营造生态“小气候”已初现端倪。“村庄光秃秃，集镇一片屋”，已成为昔日的留影。

另一组“五彩数字”，向我们展示了岭区人民因地制宜、调整结构的丰硕成果。通过大力发展旱作农业、高效经济作物和养殖业，到 2002 年，岭区农林牧渔业产值比由 1997 年的 57.4：2：31.6：9 调整到 52.1：2.5：33：12.4。全区在种植业发展上坚持压水扩旱、压低扩高、压劣扩优、压粮扩经等“四压四扩”，水旱作物比由 1997 年 63：37 调整到 2002 年 61：39，粮经比由 66：34 调整到 54：46。100 个重点乡镇通过大力发展种草养畜和规模经营，已种植牧草 6 万亩，形成肉类年产量 96 万吨的生产能力。

结构调整，不仅促进了农民增收，还整合了土地资源，使分水岭地区众多的荒岗野坡得到有效利用。分水岭地区在调整中大力推广循环经济，推崇绿色环保，又展示了农村社会经济发展的新概念。

在六安市裕安区江家店镇流传着一个顺口溜：“家家都养猪，户户办沼气，人人讲环保，共建生态村。”林寨村的叶明高，养鸡 2 万只、养猪 800 多头，还承包 20 亩水塘养了鱼。鸡粪、猪粪都能循环利用，搞活了生态链，节约了能源成本，还利于环保。这个村一年养十几万头猪，每户平均 200 多头，都尝到了循环经济的甜头。记者有很多不解，村里的余大嫂随口就指点开了：这沼液还可以冲厕所消毒，可以施肥、喂猪，瞧这村里干净了。

定远县高塘乡从前年开始发展“猪、沼、果”绿色生态家园建设，两年下来一合计，农民乐了。小许庄的农民说：每家一口沼气池，节省燃料费、化肥农药费以及种植养殖增效，一年直接收益上千元，这是“增收工程”；建沼气池要改圈改厕，还要利用秸秆杂草，改变了“脏乱差”，这是“健康工程”；用沼渣、沼液作有机肥，喂养牲畜，品质好、口感好，这是“绿色工程”。

四 机制创新 示范带动

记者在分水岭采访期间,曾与很多县乡一线干部“切磋”。谈及这些年开发治理成功的“秘籍”,有一点大家都十分肯定:推进江淮分水岭综合开发治理,活力在于机制,出路在于创新。

客观地说,安徽省级财政每年投入平均只有2000万元左右,对于偌大的分水岭来说,单纯依赖财政资金显然是杯水车薪。而正是由于各地在具体实施中敢于创新,把有限的专项资金作为支点,撬动了分水岭地区的大投入、大开发。

按照预算,挖一口储水量5万立方的标准大塘需要近6万元,而省级专项补助只有5000元。在开发初期,不足部分只有靠受益村民集资解决,有的村民怕搞不成就不愿参与,这一度使一些地方工程进度受阻。同时,即使塘挖好、树种上了,如何有效管护也是问题。长丰县双墩镇干部回忆说,早期的种树工程,因为没人管护,春天栽、秋天死。后来村里雇了护林员,由于工资低,又怕得罪人,缺少责任心,林子还是保不住。

针对治理开发中不断出现的新情况、新问题,岭区各地积极探索、大胆创新。他们按照“谁投资、谁管理、谁受益”的原则,以承包、租赁、股份合作制等多种形式搞活使用权,确保工程发挥持久效益。他们通过小型水利产权制度改革,积极鼓励农民和社会各界参与建设和经营小型水利设施,积极推进林权制度改革,将林木权落实到户、到人,及时颁发林权证,提高群众造林积极性。很多地方都在开发中“招商引资”,吸引能人、大户出资挖塘,承包水面开发养殖业等。承包人以挖塘资金冲抵承包款,农户则通过水塘发包挖成了一面塘,各臻其美。机制一活,各项工程就火了起来。现在,在分水岭荒岗上的成片林区,一面一面大塘,大都是承包开发。有的工程经规划预算后,尚未开工就已招标定主了。

记者在岭上看到很多创新带来的“速效”。六安市金安区卅铺镇,村民解启好、王应祥、黄振兵等,去年投资新挖大塘 58 面 1024 亩,饲养毛蟹、龙虾和美国大牛蛙等名特优水产品。先生店乡张道硕等三户农民承包开发 88 亩的光彩大塘,实行鱼禽立体养殖。正是“挖好一面塘,种成一片林,带动一方经济”。以缺水闻名的分水岭,如今创新发展“塘口经济”,方兴未艾。

创新机制打破了瓶颈,带来了活力,产生了裂变效应。据统计,从 1997 年到 2002 年,5 年中安徽省级财政投入治理开发只有 9400 万元,而通过机制创新等各方面努力,带动各类社会资金投入高达 5 亿多元,产生了 1∶5 的投入效果。

挖塘种树,结构调整,既要打破资金的瓶颈,还要打破传统习惯与观念的束缚。寿县茶庵镇王书记对记者坦言:调整结构的一个关键难题在于转变观念。要改变农民世代相传的耕作模式,不能用简单的指令式、规划式方法,最好的办法就是通过示范效应,以点带面。他介绍说,茶庵镇搞了 6 个结构调整示范基地,有 100 个种养示范大户,其中有 62 户百亩以上新优产品种植大户。他们从不同方面,用最现实的方式教育农民转变观念,示范效应迅速扩大。去年全镇农民人均增收 500 元,达到 40%增长率。现在,干部有了工作抓手,群众看到了希望,积极性高涨。很多农民意识到以前盲目打工,还不如大做土地文章,同样一块地,就看咋收拾。

记者采访了茶庵镇的“大户”罗法东。他以前做茶叶生意开了 4 个店,年产值达到了 35 万元。分水岭开始搞开发后,他毅然弃商回乡,搞起新型农业。现在,他承包了 460 亩荒坡地和 100 亩水面,自己还挖了 20

亩水塘。他种了20多万株樟树、果树等,并套种其他作物、牧草,养殖波尔山羊和大白鹅,加上水产养殖,今年可以收入50多万元。在他的示范下,现在全村800多亩地都学着种,全村养了600多只羊,平均每家都养了几只老母鹅。小罗告诉记者,在创业最关键的时候,是分水岭开发资金帮助他闯过了难关。今年3月,他已经光荣地成为一名中共党员。他相信,在六七年后,他将在这片土地上创造500万的年产值。

在岭上采访,像罗法东这样的创业带头人还有很多。安徽省分水岭开发办的同志介绍,在开发中,各地广泛开展"双培双带"活动。就是"把农村党员、干部培养成发展能手,把农村发展能手培养成党员和干部,带头致富,带领群众共同致富"。从1997年到2002年,通过"千户调整结构,脱贫致富"示范工程的实施,各地共扶持示范户3800户,举办各级各类科技培训2000多场次,参加培训农民21万多人次,推广各项实用技术100多项,充分发挥了"千户示范,万户发展"的带动效应。

安徽省一位长期从事农村经济工作的老同志,在与记者交谈时颇有感慨地说,从"四把工程"的提出到具体实施中的各种新模式,分水岭开发始终都在探索与实践中总结经验、创新思路。正是在实践中不断地创新,才能够不断获取更大的成效。

五 专项联络 对口帮扶

安徽省委书记曾经满怀深情地说:没有江淮分水岭地区的小康,就没有安徽省的小康。安徽省充分认识到,加快治理开发分水岭地区,不仅是本地区的事,更是统筹城乡发展的重大战略举措。几年来,江淮分水岭的开发治理,始终牵动着安徽省方方面面。

从开发伊始，安徽省就确立了对口联络帮扶制度。他们从省直部门和中央驻皖单位，组织、选派一批年富力强的党政干部到重点治理县乡挂职或蹲点，实施专项联络、对口帮扶，并建立了帮扶联络责任制。自此，分水岭上就一直鸣响着“不改面貌不撤兵”的传令。

目前，在岭区已有 112 个省直部门和中央驻皖单位开展对口帮扶。一批又一批派驻县乡联络员们，“不当客人当主人”、“到位不越位”、为帮扶乡镇订规划、抓实施、跑项目，引资、引智，踏踏实实地工作，真心实意地帮扶。很多同志克服自身困难，一心扑在工作上，涌现出许多感人的事迹，受到基层干部群众的好评。据不完全统计，仅 2003 年各地联络帮扶支持项目、资金、物资折款达 2100 多万元，帮助乡、村办实事 331 件，帮助引进项目 173 个，受到岭区人民的普遍欢迎。

联络帮扶工作还为培养年轻干部提供了一条有效途径，使机关干部进一步了解省情、县情、乡情、民情，培养了密切联系群众、时刻关心群众疾苦的好作风，联络员自身建设得到加强。实践证明，建立联络帮扶制度派驻县乡联络员这一创新举措，无论对帮扶单位、帮扶对象，还是联络员，都产生了“多赢”的局面。

几年来，分水岭治理开发工作始终坚持从改善农民群众生产和生活条件的具体事情抓起，从解决农民反映最强烈的挖塘、打井、种树、修路等问题着手，治理开发的成效，老百姓看得见、摸得着，“四把工程”有口皆碑。据初步统计，在 1998 年至 2002 年 5 年间，省市县乡各级累计完成治理开发资金 6 亿多元，实施了一大批水利、林业、农业和基础设施建设项目，综合治理开发工作基本实现了五年阶段性目标。省级重点乡镇农民人均纯收入由治理之初的 1457 元提高到 2001 年的 1860 元，年均增长 6.3%，比全省平均增速高出 3.5 个百分点。2002 年，全区国内生产总值达到 344 亿元，比 1997 年增加 51.2 亿元，增长 1.5%。城乡居民储蓄存款年末余额达到 159.5 亿元，比 1997 年增加 85.9 亿元，增长 1 倍多，城乡居民生活质量明显改善。

“四把工程”把住了分水岭脱贫的经络，把住了分水岭群众的心脉。几年的治理开发产生了巨大的感召力，使岭区人们的思想观念、思维方式、行为方式等，方方面面发生了深刻变化，展现出新的精神风貌。

在全椒县复兴乡的山岗上，记者漫步穿行在一片片绿油油的果林中，青波里掩映着点点嫣红的果实。一位老乡充满信心地告诉记者，以前岗地易旱难收，如今塘里蓄了水，坡上栽了树，出门通了路，种地的日子也有奔头了。瞧这片林子，今年刚挂果，往后，就一年更比一年强！

（2004 年 9 月 5 日经济日报）

中国汽车装备“中国心”　张书喜

这是一个载入史册的日子:昨天上午10时,随着省委副书记轻按电钮,奇瑞第二发动机生产厂生产线缓缓启动;随后,省委常委、常务副省长揿动按钮,下线的第一台发动机欢快地转动起来。国务院参事、原国家科技部秘书长石定环说:“中国民族汽车工业没有‘中国心脏’的日子结束了,中国汽车工业进入一个新的里程!”

发动机被称为汽车的“心脏”。中国汽车民族工业诞生50多年来,一直因为没有自己的高水平发动机而发展缓慢。为建立自己的高端动力系统,彻底改变民族品牌汽车受制于人、无法进入高层次竞争局面,2002年,奇瑞公司启动奇瑞动力(Chery Power)战略规划:总投资30亿元,建立第二发动机厂,其中一期投资20亿元。达产后,发动机年总产量将为50万台,并可实现高度柔性化制造,成为全球范围内顶尖级的发动机生产基地。

投产的奇瑞第二发动机厂一期工程,由代表当今最高工业水准的9条生产线、200台数控加工中心组成,为国内外自动化水平最高的发动机制造工厂。去年下半年以来,来自欧、美、亚三大洲8个国家的200名高级工程师,组成世界一流的作业团队,在奇瑞公司历经半年多时间努力,共同为奇瑞动力打造极品生产线。

据介绍,和奥地利AVL公司合作研发的3个系列、总共18款当今最高水平的全铝发动机项目，从3缸到V型8缸，从汽油到柴油，排量从0.8升到4.0升，全部满足欧Ⅳ排放标准。产品在满足本土基础上，将主要投放欧美市场，成为出口创汇的主力产品。国家汽车工业高端专家们说，奇瑞高端发动机的投产，也是中国在汽车核心零部件上“零”的突破。

（2005年3月29日安徽日报）

来自田野的茉莉花　徐志纯

脍炙人口的民歌《茉莉花》从上世纪50年代以来风靡全国、走向世界。这首歌的前身是流传于我省天长南部，江苏六合、仪征等地旋律美妙的民间小调《鲜花调》。一首民间小调如何成为一首广为人知的名曲？皖籍著名军旅音乐家何仿先生娓娓道来——

好一朵茉莉花，好一朵茉莉花，满园花开比也比不过它，我有心采一朵戴，又怕来年不发芽……

在中国，可能没有哪个人没听过这首歌，她，就是享誉大江南北的中国民歌《茉莉花》。

这首歌的作者，就是出生于我省天长市的著名军旅音乐家何仿。6月5日，记者赶赴南京，来到何仿先生的家，听他介绍这首歌的缘起。说起《茉莉花》，年近八旬的何老先生仍充满热情，恍如回到了那个激情燃烧的年代——

月光下的耳濡目染

1928年冬季，天长地区何庄的何府在欢天喜地中，迎来了第二个儿子的诞生，他就是何仿。如今，七十多年过去了，何仿仍能记得，每到夏天的傍晚，全家人就将竹床抬出门外乘凉，声音很好的母亲和家里的保姆，就会一边给小何仿扇扇子，一边唱当地小调来哄他入睡。也许就是这样的一个个美丽、温馨的夏夜，让年幼的何仿在心里埋下了对那些充满人情味、曲调优美的民间小调的喜爱。

时光倏忽而过，一转眼，何仿七岁了，他开始进何庄小学读书。喜欢唱歌的何仿，在小学的几年里，每年都会在学校里举行的唱歌比赛中获得第三名，而第一、二名则分别是他的哥哥和姐姐。

抗战爆发后的1939年，新四军来到天长进行抗战活动。闲暇时，军中文工队员们为乡亲们表演节目，宣传抗日救国。每有这样的表演，总会吸引许多小观众前来观看、模仿，其中就有小何仿。由于何仿唱得好，很快成为当地儿童团的小团长，常带着他的团员们在打谷场高声唱着《保卫祖国》《到敌人后方去》和《义勇军进行曲》等抗日歌曲。

不久，何仿听村里大些的孩子说，新四军在来安县半塔集开了一所"津浦路东西联合中学"，这所学校不仅"能学到知识，还能教唱歌"。这引起他的兴趣。在1941年初春的一个寒冷的凌晨，13岁的何仿不顾父母的反对，和同乡两个年轻人偷偷溜出家门，走进了这所革命学校。

在学校，一个姓孔的音乐老师非常喜欢何仿，在他启蒙下，何仿学到了识简谱、记曲等不少基本功。多年后，何仿称："在联中的那一年多，算真正地入了音乐'门'。"

第二年，淮南大众剧团来联中"挑"人，何仿顺利进了团，成了一名小战士。

冰天雪地寻"宝"回

1942年，抗战进入艰苦的相持阶段，在当时新四军二师政治部副主任张劲夫的指示下，淮南大众剧团的演员们换上便装，前往江苏的六合、仪征等地进行反“扫荡”宣传，时值毛泽东同志《在延安文艺座谈会上的讲话》发表不久，大众剧团这支“文艺轻骑兵”更坚定了要创作民族化、大众化文艺作品的决心。

剧团成员们每到一处，总在晚上为当地百姓表演节目，进行抗日宣传。白天，他们则分赴各村寨，向当地百姓请教、收集民歌以改良创新，从而将抗日宣传做得更通俗易懂。

1942 年冬季的一天，听说离六合镇有几里路远的金牛山脚下有一位极会唱山歌小调的民间艺人后，14 岁的“老战士”何仿不顾风雪交加，独自艰难跋涉几里路后，来到他家。

看到眼前这个满身泥泞的半大孩子，那个农民十分感动，他问何仿，你想听什么？何仿说，我想听你们当地最好听的歌。于是，那个农民将挂在墙上的胡琴拿下来，为他唱了在当地“最好听的”的民歌《鲜花调》：

好一朵茉莉花，
好一朵茉莉花，
满园花草香也香不过它，
奴有心采一朵戴，
又怕来年不发芽；
好一朵金银花，
好一朵金银花，
金银花开好比勾儿牙，
奴有心采一朵戴，
看花的人儿要将奴骂；
好一朵玫瑰花，

好一朵玫瑰花，
玫瑰花开碗呀碗口大，
奴有心采一朵戴，
又怕刺儿把手扎。

这首歌就是如今闻名世界的《茉莉花》的前身。在农民家里连听带唱地学了2个多小时后，何仿将歌的简谱记了下来，又风尘仆仆地赶回驻地。当晚，他将《鲜花调》唱给剧团其他同志听，同志们听了，都说何仿这次"访到宝贝"了。

然而，由于是民歌，从歌词到曲调，都还有不少不尽如人意之处，为完善她，在后来十多年里，何仿付出了许多心力。

一改再改成精品

1957年，总政治部文艺汇演，时任南京军区政治部前线歌舞团作曲兼指挥的何仿，作为负责人，带去了反映本军区几个地方特色的歌唱表演节目，其中就有这首民歌《鲜花调》。为此，何仿对此歌进行了大刀阔斧的改变。

首先改变了曲调。《鲜花调》在当地人口中又叫"双叠翠"，因为这首歌的前两句从旋律到歌词，完全一样；该歌三段结束音都以上扬为主，这也是一般民歌特有的高亢的特点之一。为增加歌曲的韵味和委婉性，何仿将前两句毫无变化的重复进行了改变，加入了一点"转"音，将三段的结束音由上扬改为下抑，增加了整首歌的跌宕起伏感。

其次，何仿将原歌中的三种花全部改为"茉莉花"，这一改变提升了歌的"纯"度，摒弃杂乱感，同时，这也是《茉莉花》歌名的由来。

第三，将原歌中有封建意味如“小奴家”等和其他一些不健康的歌词改为老少咸宜的健康、阳光的歌词。

经过这些加工后，《茉莉花》在北京首次演出就获得巨大成功。中国广播电台和各地方台播出后，《茉莉花》开始在全国流行，不久，《茉莉花》唱片又在全国发行了，更增加了知名度。

对这些，何仿并没有满足，为进一步将这首歌完善，1959 年，在去维也纳参加“第七届世界青年与学生和平友谊联欢节”前，他又对《茉莉花》进行了二度改变。这次改变较小，但一样为《茉莉花》增色不少。他一是将“满园花草”改为“满园花开”，一字之差，增加了动感。二是将“又怕看花的人儿骂”改为“又怕看花的人儿将我骂”，这样一改，增加了整首歌的活泼性。对这次改变后的《茉莉花》，何仿满意了：她将茉莉花开时节，满园飘香，美丽的少女们热爱生活、热爱大自然、爱花、惜花、怜花、欲采又舍不得采的美好心愿，表达得淋漓尽致。

自从在北京和维也纳进行了成功演出后，随后几十年里，《茉莉花》香飘万里，成为国内外名曲。

民族的，世界的

1965 年，周恩来总理带队参加了万隆会议，会后的宴会中，《茉莉花》曾让总理“想起了家乡”。

1981 年，联合国教科文组织将《茉莉花》作为优秀民歌向全世界推荐，并确定她为亚太地区音乐教材。

1997 年，中英香港政权交接仪式上，第一个在大厅里徐徐响起的是《茉莉花》。

1997 年，江泽民主席访问美国，和克林顿总统一起聆听了美国国家交响乐团演奏的《茉莉花》。

1998年,美国总统克林顿访华,再次和中国领导人一起欣赏了《茉莉花》。

……

今年4月份,国家主席胡锦涛在肯尼亚会见内罗毕孔子学院师生时,还与他们共同唱起了《茉莉花》——此时的她犹如一座友谊的桥梁,架在中肯两国之间。

这些年来,除了频频在国外露脸外,《茉莉花》也成为国内不少城市的"珍宝"。据报载,曾有南方四个城市想将《茉莉花》定为本市市歌。对此,何仿说:"真正的好音乐,既是民族的,更是世界的。《茉莉花》的创作来源于民间,当时,在江苏的六合、仪征和安徽的天长地区,都有类似《鲜花调》的传唱,因此,她有着浓郁的地方特色,这是其他歌曲无法取代的;同时,正由于她有这么鲜明的地方特色,才能让她具有如此大的魅力,受到世界人民的喜爱。"

（2006年6月9日安徽日报）

人民利益高于天

——安徽沿淮党员干部抗洪救灾纪实 刘杰 何聪

6月29日以来，安徽淮河流域连续普降大到暴雨，局部地区出现大暴雨。王家坝告急、润河集告急、正阳关告急……

7月3日以来，淮河干流几大水文站水位纷纷超过警戒线，淮河遭遇仅次于1954年的流域性大洪水，防汛抗洪形势异常严峻。

连日来，安徽沿淮20多万军民奋战在抗洪抢险第一线，以科学态度和大无畏精神，与洪涝灾害展开搏斗，谱写了一曲惊天动地抗洪曲。

在抗击淮河洪灾中，安徽始终把人民群众生命财产安全放在第一位，沿淮、皖南山区已安全转移群众44.7万人，并确保受灾群众有饭吃、有衣穿、有净水喝、有病能医。

科学防控，合理调度，治淮工程发挥大效益

严峻的汛情牵动着党中央、国务院。胡锦涛总书记、温家宝总理分别做出重要批示，要求安徽密切关注雨情、水情，妥善安置行蓄洪区内群众，确保淮河堤防和沿淮人民群众安全。回良玉副总理7月5日亲临安徽阜南视察汛情，对淮河防汛工作做出整体部署。水利部、民政部领导相继奔赴第一线检查指导。

安徽省委、省政府多次召开紧急会议，要求各地坚决贯彻落实党中央、国务院指示精神，顾全大局，全面行动，迎战洪水。7 月 2 日以来一直奔波在抗洪救灾第一线的省委书记，每到一地都反复强调："生命至上，人民至上，安全至上，各级党委、政府都要以高度负责的精神，全力投入抗洪抢险，确保人民群众生命安全和淮河安澜。"省委常委、分管副省长坐镇指挥，省委其他各位常委及有关副省长分赴一线，与当地干部群众并肩战斗。

这次防汛抗洪，已建治淮工程发挥了显著效益。在国家防总和淮河防总的指导下，安徽省防汛抗旱指挥部合理调度，科学防控。7 月 10 日王家坝开闸蓄洪，11 日邱家湖、姜唐湖等 5 个行蓄洪区相继启用，沿淮人民为抗洪大局做出重大贡献。

"今年行洪没炸坝。"11 日，在颍上县姜唐湖，70 多岁的伍老太欣慰地说。副省长介绍，以往这里多次炸坝行洪，现在修了水闸，今年 2 月刚通过验收，马上就派上了用场。

以人为本，团结拼搏，党旗在洪灾中闪亮

随着王家坝闸 13 孔闸徐徐开启，18 万亩蒙洼蓄洪区很快成为一片汪洋。王家坝镇郝根生老汉清楚地记得，这是蒙洼自 1954 年以来第十五次蓄洪了。他说，哪一次都没有这次来水大，哪一次也没有这次迁移从容、平稳安定。

从容安定来自充分准备，来自党员干部的政治责任。在接到启用蒙洼蓄洪区的前一天，安徽省及阜阳市启动了应急预案，要求党员干部包村包户，实行转移帮扶。

随着王家坝闸门的提升，咆哮的洪水使蒙洼蓄洪区一个个保庄台成

了“孤岛”。阜南县委、县政府将136名县直机关干部派到136个保庄台，成立临时党支部，全面负责救灾安置。

在淮河行蓄洪区，搞好保庄台和保庄圩建设，是国家2003年以来加大治淮力度、作出实施沿淮行蓄洪区移民迁建的重要举措。记者看到，保庄台和保庄圩内水、电、路、桥基础设施配套齐全，住房坚固整齐。王家坝保庄圩的崔辉绍老人自豪地说：“党和政府啥都替咱考虑啦，洪水再大，‘孤岛’不孤，开闸行洪也不影响正常生活了。”

洪水无情人有情。面对汹涌而来的洪水，沿淮各地党员干部时刻把人民的利益放在心上。滁州市要求各级各部门一级对一级，每个堤防、工程、地段分工到位，责任到人，以铁的纪律保障防汛抗洪救灾。

凤台县干部群众在抵御淮河洪水的同时，又遇到特大雷雨和山体滑坡，当山石连同雨水冲倒多根高压电线杆造成停电时，供电所所长李杰当即带领6名职工赶往现场，冒雨抢修并及时拆除危房内线路，保证了40多户重灾户群众的安全转移。

7月11日下午5时，安徽颍上县邱家湖蓄洪区堤坝成功挖开，蓄洪区开始蓄洪。正在现场指挥的半岗镇党委书记已经几天没有刮胡子了，一脸的胡子与他胸前挂的“党员服务队”的鲜红胸牌非常惹眼。他说，几天来182名乡村党员干部组成的党员服务队一直吃住在大堤，“群众有困难就找我们这些挂胸章的党员服务队员，一个胸章就是一面旗帜啊。”目前，颍上县已成立党员突击队79个，建立临时党支部24个，党旗和共产党员徽章在洪灾中闪亮。

严防死守，奋力救灾，军民共筑“抗洪坝”

7月10日，当决定王家坝开闸行洪时，安徽预备役师及时增派120人组成水上抢险突击队驰援，至此，安徽省军区已组织 2.5 万余名官兵和民兵预备役人员，连续 10 天奋战在淮河两岸，与沿淮群众共同筑起抗洪抢险的“钢铁长城”。

入汛以来，安徽省军区进行了防汛救灾总动员，司令员、政委多次深入抗洪救灾第一线，与驻地军分区、人武部共同商讨兵力和抢险物资投向、投量，周密制定实施计划。5 日到 8 日，淮北、宿州、蚌埠境内淮河主要支流河堤多处出现塌方，5 万多名群众生命财产和国家重要交通枢纽受到严重威胁。灾情就是命令，由军分区、人武部官兵和民兵骨干组成的抗洪抢险突击队，奋不顾身地跳入洪水中打桩固堤，搬运沙包，当沙包不够用时，他们一起站在洪水中用身体顶住沙包，用血肉之躯筑起牢不可破的防洪大坝。

8 日到 10 日，暴雨从北朝南扩大，从淮北到江南几个市的上百个村庄陷入一片汪洋，被洪水围困的群众生命受到威胁。安徽省军区组织 1.82 万名官兵和民兵预备役人员赶赴现场，他们肩挑头顶运物资，身背老人孩子，2.2 万多名受灾群众和 2000 多吨粮食全部转移到安全地带。

面对不断上涨的洪水，六安市积极做好行蓄洪各项准备，全力以赴动员洪水水位以下的移民迁建户迁移。7 月 11 日，市防指紧急调动武警官兵转移群众，同时选派 600 名机关干部，与武警官兵一起，帮助群众有序转移。据了解，武警安徽总队到目前已出动兵力 4500 多人次，参与抢救、转移群众 6000 多人，为群众挽回经济损失 2270 万元。

（2007 年 7 月 13 日人民日报）

秀水街的安徽人　张岳

在北京，有这么一个地方，摩肩接踵的各种肤色老外流连忘返，商贩“倍儿溜”地用英语、法语、日语、韩语、西班牙语与老外讨价还价，这已是北京一道亮丽的风景。这里就是秀水街。

在各国语言中，安徽方言夹杂其中。秀水街从街头露天自由市场，到今天的大型商场，安徽人一直占主体。秀水街的安徽人，沿着改革开放的足迹，用汗水和智慧演绎了新徽商传奇。

徽风吹漾京城

“最初的秀水街是在‘石头缝’里成长起来的，在那个年代在世人眼中的个体户与离经叛道是同一个意思。当时，农村的改革开放在安徽凤阳发起，城市的改革开放在秀水街迈开步伐。农村和城市改革开放‘两个轮子一起转’，我们安徽人功不可没。”北京秀水街有限公司的总经理汪自力说。汪自力来自潜山县，一个雄心勃勃的现代徽商。

据汪自力介绍，秀水街 1000 多商户中，安徽商人占了一半，5000 多名导购员中，有 4000 多是安徽姑娘。早在 1988 年，安徽人在这里落地生根，秀水街的声名远扬与安徽人的吃苦耐劳紧密相连。随着发展越来越好，“安徽帮”也越来越大，其他省市的人无法与他们竞争。

“安徽人成为这条街的主体，这与徽商精神是分不开的，秀水街文化中顽强生命力和草根精神是徽商精神的延续。无论是秀水街开创期，还是艰难的转型期，安徽人的勤劳、开拓和诚信促使秀水街在一次次的风雨飘摇中焕发出新的光彩。”汪自力说。

秀水街一度被称为“知识产权的麻烦制造者”。曾经，法国鳄鱼品牌要告秀水街侵权，汪自力主动与法国老板沟通，法方自觉牵强最终撤诉。这件事让汪自力印象深刻。于是，在公司董事会的支持下，他提出要帮秀水街转型，摘掉“知识产权问题比较严重”的帽子。“2005 年秀水街转型之初非常艰难，之后两年，因生意下滑，有的商户想撤出秀水街。”汪自力说。作为秀水街的管理方，汪自力承担着调整秀水街业态的任务，要求以前卖“假名牌”的商户要么一起转型，要么离开。

2006 年 8 月，秀水街市场建立 3000 万元人民币的“知识产权保护专项基金”，对保护知识产权先进商户进行租金减免退还。劝退、清除了数百家易涉假摊位，加大知识产权保护，弘扬民族品牌力度，安徽的商户积极配合转型，主动进入“新秀水”时代。

2008 年，秀水以“最中国”的面孔迎接全世界的目光。奥运期间，秀水街接待外宾 88 万人次，包括美国前总统老布什、罗格夫人、保加利亚总统、芬兰总统、新加坡总统、汤加首相、圣马力诺执政官等 25 国政要 41 人次，菲尔普斯、伊辛巴耶娃、埃蒙斯、NBA 球星斯科拉、吉诺比利、穆托姆博、卡曼、阿根廷足球队等不计其数的体育明星、204 个国家和地区代表团在奥运期间光临秀水。秀水街成为各国代表团比赛之余最爱扎堆的地方，被称为北京奥运会的“商业鸟巢”。

当记者问及金融风暴会不会影响秀水街状态时，汪自力非常肯定地告诉记者,金融风暴不会冲击秀水街。下一步,他们正在计划将秀水街走出国门,在华尔街上竖起秀水街的牌子。说完,汪自力告诉记者,他创作的一副对联:“遭金融海啸,华尔街风雨飘摇。乘奥运东风,秀水街风景独好。”

诚信的魅力

1988 年底,摊贩们云集北京的使馆区一条街,在这块商业的风水宝地上就有很多安徽人,施宗林的父辈也是其中之一。一开始,施宗林的父辈拉着大板车在秀水街头卖水果。后来,北京市工商局介入,将零散的摊贩们组织到一条十字街上,秀水街渐渐成名。

“那个年代,来秀水街打拼的安徽人都是白手起家,扯一块布,往地下一铺,风餐露宿,没有坚韧吃苦的精神是撑不去的,没有安徽人的勤劳和进取,也没有今天所看到繁荣的秀水街了。”施宗林说。1995 年,他从合肥来到北京,那时候秀水街是露天的自由市场,没有配套设施和服务,很多摊主就在垃圾桶附近露天就餐。虽然条件很艰苦,但是他认为那一时期是安徽人在秀水街发展的黄金时期。

1996 年的一天,一位俄罗斯老太太来施宗林的店铺买衣服,她刚来北京对周围环境不熟悉。施宗林热情地接待她,向她介绍北京的景点,帮助她选择交通路线。老太太非常喜欢这位热情而憨厚的中国小伙子,更喜欢这里货真价实的衣服,她经常带朋友来施宗林的店铺。施宗林在店里为朋友们准备着可乐、万宝路香烟等,做生意与交朋友在施宗林看来是一码事。“那个年代,可乐、万宝路不像现在这么普及,而且价格不菲,客户看得出我的诚心,就会慢慢了解我的诚信。”施宗林说。

施宗林说起他的生意经,只有“诚信”二字。“我从做生意的第一天起到现在,从来没有蒙过别人,来我店里的大多都是回头客。在秀水街天天都跟外国人打交道,做生意也是交朋友,无论是做生意还是交朋友,都是以诚信为本,这和徽商精神也是一脉相承的。”

2005年,迫于知识产权的压力,秀水街开始艰难地转型,施宗林也遭受生意上的“寒流”。“我们一直诚信经营,真货有真货的价格,假货是假货的卖法。以前根本不了解知识产权是怎么一回事,突然一夜之间,200多万元的货全部下架,当时真的无法接受。”施宗林回忆说。当时,同样来自安徽的林宗龙接到撤摊通知,他的老婆当场就哭了起来。

在改革开放三十年的今天,经过三年时间的调整,施宗林生意与秀水街步伐一致。2007年3月,秀水大厦在“老秀水”的基础上,发展成为一幢地下三层、地上七层的中型商城,他在秀水街开厂38家店铺,在山东胶南,他有自己的皮草服装厂,拥有自己的服装品牌。

变身“国际商贩”

“Would you mind my recommending?”还未到何雅倩的摊位,就听到她“倍儿溜”的英语在打招呼。当记者问她姓名时,她习惯地说:“I' m Sarah. Well, sorry! 我叫何雅倩。”爽朗的笑声以及清秀的面孔,让人忍不住停下脚步,在她的饰品摊上“淘淘”。

这位年仅23岁的无为姑娘是一家饰品店老板。一年前,她还是个不敢开口跟老外说话的青涩导购,现在,她不仅能用英语和老外们谈笑风生,还会用日语、韩语、法语、俄语和老外讨价还价。

何雅倩英语的底子并不好,但是她肯用心去学习。在她的桌子上,厚厚的一叠外语学习课本。她说虽然口语跟老外交流没有问题,但是大部分单词不会写也看不懂。平时只要有一点时间，她就学习外语。有一些客户变成朋友后，会用 Email 告诉她国外流行的饰品，她现在不仅要会说英语，还要看懂英语，会用英语写信。

“无论是做生意还是学外语，开头总是会很困难。有一次，有位老外买手链，一开始我不会用英语说‘手链’，但是我会知道怎么说‘项链’，就跟他说‘戴在脖子上的项链’。每天你都会遇到困难，不能因为一点挫折一点困难就安于现状，就裹足不前，我们这里导购的安徽姑娘大多是出身农村，肯吃苦，爱学习。遇到困难都会百折不挠、迎难而上的。”何雅倩自信地说。

何雅倩说，一般情况下，站在她面前的老外，一眼能辨认是哪国人，喜欢什么风格的饰品。在她看来，什么国家的老外什么样的风格。就拿手链来说，大多老外喜欢带吊坠儿的手链，俄罗斯人喜欢熊猫坠儿、澳大利亚人喜欢考拉坠儿、欧美人喜欢大象坠儿等。在平时的导购中，一边观察一边总结，慢慢找出其中的规律，而她推荐的饰品，很对顾客的胃口。

何雅倩在秀水街做了一年的导购，积累大量的语言沟通、导购技巧等经验。去年，秀水大厦刚落成，在家人的帮助下，她投资 20 多万，开了这间饰品铺子。从导购变成秀水的商户，何雅倩的足迹闪动着新一代安徽人的开放进取的光芒。

为老布什导购

相对于何雅倩的聪明伶俐，来自安徽庐江的夏冬梅似乎腼腆沉默一点。夏冬梅在秀水已有四年，对这里的一切都很熟悉。“和老外聊天聊一个小时没有问题，但是我不会用外语写信。呵呵。”夏冬梅很大方地说。

8 月 11 日上午，夏冬梅正在店铺里招呼客人，没想到老布什和他的女儿出现在她的面前。当时，她走上前去向老布什问候“What can I do for you?”像和往常一样既热情又大方。“其实，我当时心里一点都不紧张。在秀水街，每天就是跟老外打交道，无论是谁都我们店里的客人。老布什看上去很亲切，他很喜欢中国的龙凤图案和书法图案，一口气买了 7 件真丝睡袍，说是送给他的好朋友。”夏冬梅对记者说。

秀水街的商户老板喜欢雇用安徽姑娘作为导购员，热情、大方、聪明、勤劳的安徽姑娘也是秀水街的一道风景。夏冬梅说，有一些老外听说逛秀水街，一定要砍价，但他们不了解行情。很多人认为秀水街成名于卖假货，其实这是误解。何雅倩告诉记者，随着中国成为很多知名服装品牌的制造地，秀水街“看不见买得着”的“假的真货”越来越多。一些厂家接到国际订单后，会按比例生产出多余的真货会分流到秀水街。但是这种外单富余的真货是“有血统、没名分”。与此相对应的是“真的假货”，贴着商标的仿造品也鱼目混珠。

“砍价是秀水的魅力之一，老外砍价是他们的乐趣，砍价是话题的开始，就像英国人见面经常谈起天气一样。”何雅倩说。一件真丝睡袍开价一千多元，有时会被还价几十元钱。夏冬梅说她们从来不会不高兴，更不会生气。有的老外出的价格比较合理，再便宜几十元钱后，他们一高兴往往还会给一百元的小费，这样的事情在秀水街几乎每天都会上演。

在这些年轻的导购员中 80%来自安徽，大多来自安庆、巢湖、合肥等地。夏冬梅说平时大家朝夕相处、相互照顾，虽然有的是竞争对手，但是在生意上“挖墙脚”的事很少发生。无论是导购员，还是商户老板，安徽的团队精神让很多老外一次次竖起大拇指。

（2008 年 11 月 5 日安徽日报）

山歌嘹亮

——安徽农大25年坚持走“大别山道路”纪实　陈婉婉

数不尽转了多少个弯，记不清爬了多少道坡。整整5个小时之后，汽车从平坦的江淮平原，钻进了平均海拔600米以上的大别山腹地——岳西县石关乡。

浓郁的原始次生森林，从山上一直连绵到天边，间或有嫩绿的色块在山风中起伏。山民们指着那些开阔的嫩绿，精神十足地说：“看，咱们的希望！”

这让人心旷神怡的嫩绿，就是种植着近年来声名鹊起的“高山茭白”的万亩试验水田。“长势良好，再过两个月，就是大丰收，预计每亩产值能达到3600元！”试验基地的“掌门人”——安徽农业大学教授朱世东，向承包试验基地的菜农们打了包票。

包票，不是随便打的，这本就是郑重的承诺，一个激荡着安徽农大高级知识分子对千千万万农民兄弟血浓于水的承诺，一个延续着25年薪火相传关于奉献的承诺……

知识当为百姓造福

25 年前的大别山区,“松枝当灯,辣椒当盐,养猪为过年,鸡蛋换油盐”是百姓生活水平的真实写照。1984 年,安徽农大教授带着学生进山实习,被这样的贫困震撼了,他们决心用知识改变老区贫困面貌。

植物学家来了,动物学家来了,机械设计专家来了……各科各类的农大教授带着各自的看家绝活,来到了这茫茫大山中。他们,默默地迈开了“大别山道路”艰难的第一步。

金寨县马鬃岭林场的老职工们都记得“老奶奶滑雪”的故事。20 多年前,年近花甲的农大女教授宛志沪等人发现山区特殊的高山低温气候,适合种植经济价值极高的西洋参,于是和同事们一头扎进扶植引导山民种参的活动中,第一次把原产美洲的西洋参“请”到了大别山。试验地在海拔 1200 多米的山顶,教授们在三轮车上颠簸三四个小时之后,再靠步行 10 多公里山路才能到达。参苗越冬的第一个冬天,大雪封山,宛教授和另一位女同事左思右想放心不下参苗,决定步行 20 多公里上山观察。雪中的山路又窄又滑,上山时已经耗尽脚力,下山一抬脚就不由自主地哆嗦,脚一落地身体就重重摔在雪地上。索性,她们就坐在雪地上向下滑。当两人到达半山腰的林场时,乡亲们看着眼前这两位身上已经湿透、下半身全部结冰的女教授,哭了……

就在农大教授挺进大别山的第二年 9 月,安徽农大与金寨县政府,携手创办起了全国第一所全日制县属农业专科班,首开学校与地方政府联办高等教育之先河,大批农业教授面对面给农民兄弟传授知识。被老区人民称为“希望之树”的大专班一办就是 13 年,培养了 565 名毕业生,相当于10年分配到金寨县高校毕业生的总和。

20多年过去了，如今西洋参已在金寨县扎下了根，金寨等周边山区西洋参在地面积达到25万平方米，每平方米产值60元至80元，年纯收益10元至15元，成为高寒山区农民增收的好项目。仅该县龙冲村就有近百户参农，户均西洋参收入8000多元。金寨西洋参甚至已经成为大别山旅游别具特色的纪念品。

这些曾经因山多地少、气候阴凉而产粮低、经济落后的山区、老区，在农大教授帮助下，逐步完成由原来的“对抗型农业”，向现在的“适应型农业”转变。

“过去只会种水稻，只叹是自然条件不好，一年一季，收下来的粮食还不够一年吃的，能不穷吗？现在种上高山蔬菜，原先认作是不好的自然条件，反而成咱们的长处了。”岳西县石关乡马畈村菜农刘三一说，“现在种高山茭白，从夏天到秋天都能够收获，一般纯效益(每亩)在3000元以上，日子就好起了来嘛！”

难题总是在实践中出现，又在实践中一一被攻克。茭白产量多后，储存又成了农民发展茭白的拦路虎，几年前，农大教授陈友根带着研究组提出的冷泉浸泡方法把保鲜期延长了一天。可别小看这一天，对于当地销售来讲的话，就可以把销售半径又扩大500公里，市场份额又能扩大三到五倍。而现在，农大教授又研发出了蔬菜冷藏库保鲜技术，茭白的保存期可以延长到60天左右……

到2008年，仅石关乡就种植以茭白为主的各类高山蔬菜19980亩，总产量8000万斤，总产值8000万元，人均种菜收入4000多元。全乡3104户居民中，种菜年收入超过万元的就有1144户，超过三分之一。其中还有一批种菜大户年收入甚至突破10万元。当地人当年闻所未闻的茭白不仅种到了岳西，而且已经被列为当地重点扶持的第一大致富产业。据不完全统计，在科技开发大别山中，大别山区八大支柱产业有六大产业是安徽农大直接参与开发的。国务院扶贫办公室和国家科委把这条独特的科技扶贫之路，概括为“大别山道路”。

光脱贫一座大别山是不够的，江淮大地有更多渴望致富的呼声。上世纪80年代中后期开始，安徽农大又在全省40多个县市设立教学点。科技扶贫之火，借着上百个宛志沪的手，在大别山燎原，并且延向更广袤的江淮大地。

在农大教授指导下，和西洋参、高山蔬菜一样成为老百姓脱贫致富“金钥匙”的，还有绩溪的“蜜蜂产业”、贵池的“秋浦花鳜”鱼……

20多年来，安徽农大为地方共培训了各级各类人员200多万人，有数万名毕业生在我省基层奉献着青春，为全省新农村建设提供了有力的人才支撑。

创新提升服务水平

现在的“大别山道路”，已经远远超出了字面涵盖的意思。这条路，不仅是走在大别山上，更走遍了大江南北、淮河两岸。

皖南山区，在距风景秀美的绩溪龙川风景区不过数公里的山丘上，树立着一只巨大的蜜蜂塑像，不仅告诉着往来游客，全国著名蜂业企业“五蜂园”到了，更是为绩溪亮出了作为“安徽养蜂第一县”的又一张靓丽新名片。2008年，该县蜂产业总产值达1.35亿元，蜂农人均收入达到4.3万元。这是一项货真价实的甜蜜事业，它的背后也凝聚着农大教授无尽的心血。

今年64岁的绩溪县瀛洲乡农民洪德升，为了养家糊口，从1980年就开始养蜂。因为只有“土经验”，十几年来他的养殖规模一直是几十箱。一遇到病害，几十箱蜜蜂就可能全部死亡，血本无归。1997年，余林生教授来到绩溪县扶贫，培训当地蜂农培育新蜂种。“余教授一来，养蜂可大不一样了”。他帮助老洪引进新品种、对蜜蜂进行越冬管理、春季培育和病害防治。现在，老洪一家优良蜂的养殖规模已达900多箱，单箱产值也从箱均800元提高到1200元。如今，洪德升一家十几口人养蜂，一年纯利润近70万元。

一项产业的壮大，单纯依靠帮助一家一户富起来是远远不行的。对农业科研来讲，更重要的是要关心一个生产单位、一个地区经济的全面发展。

在实践中，安徽农大发现，“大别山道路”不应该仅仅是科技扶贫，而更应该去实现从产品向产业的延伸、从科技人才支撑向政策规划和农村社会建设的延伸，从而使“大别山道路”的内涵更广泛，更深刻。

10多年间，余林生在蜂农和蜂产品加工企业中间调研、走访，推广标准化生产技术。仅在2002年到2004年间，他就培训蜂农2600多人次，并把绩溪五蜂园蜂业有限公司从一个“小作坊”培育成我省蜂行业第一个省级农业产业化龙头企业，共带动周边2500多户农民养蜂。“我们现在不仅要搞蜂产品生产、加工，还要搞蜜蜂旅游业。”余教授眼光放得十分开阔，“你们过两年再来，那片地将建成蜜蜂乐园，我们计划把世界各地的蜜蜂、蜂巢、制蜜方法等等，都引进乐园来，把旅游和农业结合，实现真正的绿色农业。”

新型的“大别山道路”，对教师、科技人员的理论素质、技术水平的层次也提出了更高要求。

农大茶学系副教授李尚庆，在山区帮助茶农搞茶叶品质攻关时发现，我省是产茶大省，但是自动化程度低、清洁度差等原始制茶的弱点，严重影响到我省茶叶的产量和质量。他动起脑筋，为了让机械和自动化在制茶上完美结合，先后前往同济大学、合肥工业大学进修相关机械知识。终于，2006 年我国第一条“炒青绿茶初制清洁化生产线”在李教授手中诞生了，我国制茶业从此走上了全自动流水线操作之路。

25 年来，一大批拥有自主知识产权的科研成果，在农大教授与农村实际的结合中诞生，并迅速转化成生产力，带来了宣城“华卫禽业”、歙县“汪满田茶业”、休宁“荣山茶业”、舒城“德昌茶油苗木”等一批省级以上的农业产业化龙头企业的崛起。

教师下去，富民一方。大别山地区至今有农大路、农大桥、农大小学。在休宁县的荣山茶场采访结束后，退伍老兵、公司老总郭德军亲自站到山路边指挥倒车，他什么也没说，道别的一刹那，突然向我们的采访车敬了一个标准的军礼，表情异常庄重，中年发福的身躯一下子挺得笔直，他保持着这样的姿势一直到消失在我们的视线里。同行的很多同志眼睛红了，这样的礼遇，源自于一个老兵对农大教授们发自肺腑的致敬。

山林田地播撒希望

从大别山区到皖南、从皖南到皖北，只要是“大别山道路”穿行的地方，二层、三层甚至四层的新楼房都会接连出现在路边，人们的腰杆儿挺起来了，脸上的笑容更多了。随着“大别山道路”走进山林田地的，不仅仅是财富，更多现代化的新观念、新思维润物无声，让农村焕发出生机。

现在，安徽农大还围绕着社会主义新农村建设的热点问题开展调查研究，开展了农业生产发展战略研究、新农村规划研究、农民合作组织研究、生态环境保护、民俗文化开发等多层面的研究，为政府决策提供第一手资料。从当地实际出发，因地制宜地制定发展规划，为政府统筹考虑新农村建设、促进农村全面繁荣提供理论、政策咨询。学校组织3000多名大学生利用假期开展了“百乡千村行”大型调研活动，全面了解我省新农村建设情况，协助20多个乡、村制定了新农村建设规划。

安徽农大的教授们把好处带给了群众，但他们总爱说自己受益匪浅。

年逾80的小麦专家胡承霖教授，两个女儿都在美国，多次邀请他过去尽享天伦之乐，他却宁愿在淮北平原上为小麦高产攻关而奔波。“我是新中国的第一代大学生，现在生活的这个时代最让我骄傲！留在江淮大地上当老师，比去美国当爷爷更让我快乐！”

解决生产中的实际问题，让农民得到了实惠，又培育了高校新的学科增长点。“在黑板上养鸡是养不大的。”养殖专家耿照玉教授感叹说，“要把课讲好、把最新的技术和知识传授给学生，就必须跟踪技术和理论上最前沿的东西，这需要教师到生产的第一线去获得问题。”

现在，安徽农大在茶叶生物化学、农作物育种、牛羊胚胎工程、森林生物防治等方面取得了一系列重大科研成果，某些个别生物研究水平已达到世界领先水平，并涌现出了茶学、作物遗传育种、动物遗传育种、森林保护等一批省部级重点学科。仅“十五”以来，该校就承担涉农项目1700多项，其中，国家层面项目220多项，获得自主知识产权的成果、专利120多项，获得省级以上科技成果奖励57项。全校聚集了7个省部级创新团队，有5名专家成为国家岗位科学家。

社会需要胜过10所大学。“社会的要求比机械地讲课本、复制课本上的内容给学生要强十倍。”在耿教授的带领下，安徽农大的毕业生一批又一批来到禽业养殖场实践和就业。刘驰和符进，这两个安徽农大 2007 届毕业生，在华卫集团这个拥有 2.3 亿元资产的国家级农业产业化龙头企业里，工作不到两年，就迅速分别成长为营销和技术两方面“挑大梁的”。

“对农业院校而言，农村一线是培养人才、展现才华的‘大平台’，是技术集成、科技创新的‘孵化器’，是报效祖国、奉献社会的‘责任田’。”安徽农大党委书记说，“我们需要走出‘象牙塔’，到基层去，到农业生产的第一线去，把技术带下去，把问题带回来，发挥人才和科研优势，服务新农村建设。”作为“大本营”，安徽农大一直在政策上扶植和鼓励着教授们，坚定地沿着“大别山道路”走下去。

为了保证老师下去扶贫的时候没有后顾之忧，学校教务处把这些教师课时量减半，并且把有无下基层扶贫的经历，作为评职称的硬性条件之一；因扶贫的需要，退休后仍可带助手、研究生。“我们最近正在争取的是，那些因长期坚持扶贫一线而论文不足的教师，评教授的条件可放宽。”该校人事处负责同志说，“教授们经常问的一声是‘老区人民还好吧？’而我们的工作应该是多问问‘为老区服务的人们还好吧？’”

有了学校这座坚强后盾，据不完全统计，自 1985 年以来，全校累计推广各类实用技术和科技成果近 2000 项，培训学员 200 多万人，有 100 多项成果已发展成为区域内的主导产业。

近年来，学校连续多次被省委、省政府授予科技扶贫先进集体；先后有 70 多人次的教师和科技人员因扶贫兴农成绩突出获国家级奖励，获奖人数之多，居全国农林院校之首。近几年，在团中央组织的西部志愿者招募工作和省委组织部选派大学生到村任职工作中，农大的报名人数和入选人数，均位居全省高校前列。

一万年太久，只争朝夕。安徽农大人就是依靠着这种精神，踏上“大别山道路”，一走就是25年，矢志不渝。这是一支雄壮的队伍，正迈着大步，昂首高歌，走过巍巍大别山，在江淮大地播撒绿色的希望！

（2009年6月16日安徽日报）

永远的红手印

——沈浩和小岗村的故事　张严平　王圣志　周立民

45 岁,生命本像当空的太阳,可他没有来得及留下一句话,走了……悲痛瞬间爆发。这个当年以 18 个红手印揭开中国农村改革大幕的小村庄,一夜之间再次摁下一纸的红手印,他们要留住他,永生永世。

这是一种怎样的情缘?

6 年前,当他第一次走进小岗村,就仿佛注定了与这片土地的生死相依。为了能留他在这里多些日子,再多些日子,小岗人曾两次摁下红手印。万万没有想到,这第三次的红手印,竟是把他永远地留下了……

他走进小岗,一往情深……

第一纸红手印是小岗人渴盼已久的心。沈浩,有一双总是含笑温暖的眼睛,厚厚的嘴唇透着一点拙,也透着一种执拗。作为安徽省财政厅的一名干部,按部就班的机关生活,使这个在皖北农村长大的年轻人生活安逸平淡。2004 年,平静的日子被打断了。沈浩被选派为安徽第一批下派农村干部,赴凤阳县小岗村任村党支部书记,时间 3 年。这一年,他 39

岁。2 月,春寒料峭。走进小岗村的沈浩,所见所闻出乎意料。尽管这个中国农村改革的发祥地发生了巨大变化,但也面临着如何进一步发展的突出问题。

在小岗村第一次支部会议上,沈浩指着村委会账本上“3 万元的集体欠债、全村人均收入 2300 元”这两个数字,掏出心里话:“小岗村起了个大早,却赶了个晚集。一夜越过温饱线,20 年没跨过富裕坎。小岗一定要发展,不发展不行啊!”

他花两个月的时间,把全村 108 户人家挨家挨户跑了两遍,与每一个村民促膝谈心,反复念叨一个理:小岗村只有发展才能富裕。他带着村里 36 个党员干部群众代表去华西等先进村参观,一路走一路讨论:与先进村比,我们的差距在哪里? 小岗下一步怎么办?

一颗颗火星,就这样洒在了沉睡多年的小岗人的心里。这之后,沈浩争取到一笔 50 万元的资金,决定在满是泥泞的小岗村修上一条水泥路。这条路,成了最终点燃起小岗村的第一把火。

沈浩没有采取招投标的形式,而是将全村男女老少组织起来,投工投劳,按劳取酬。这样一是为了省钱,更是为了唤起每一个村民对小岗事业的参与感。这是小岗村自大包干以来的第一次集体劳动,又是为自己村修路,人人心劲高涨。

沈浩天天泡在工地上,扛水泥,拌砂浆,什么活都干。有一天傍晚,人都收了工,有一桶水泥泄漏到地上,临时找不到工具,眼看水泥就要凝固。沈浩袖子一挽,双手插进水泥里,一捧一捧地捧起来。旁边有村民看到了,也赶紧下手捧,一桶水泥就这样捧了个干净。

这件小事,传遍了全村。小岗人心里的一杆秤称出来了:这个书记是来干实事的!

被命名为“友谊大道”的水泥路高质量完成，节余了一半的资金。小岗村召开了隆重的表彰大会，沈浩为每一位获奖者戴上大红花，捧上奖金。小岗人笑了……

这之后的小岗，新事一桩接着一桩。

所有被侵占的集体资产全部收回；开通了有线电视和自来水；修起了小岗农贸市场；建立了村卫生院；住房小区工程让26户困难群众率先搬进了二层新楼房；村里还成立了资金互助合作社；新建的“大包干纪念馆”，成为凤阳乃至安徽省重要的“红色旅游”基地。

2006年，小岗村人均收入超过5000元。“20年没跨过富裕坎”的瓶颈，在沈浩任职的第三年被突破。

这一年冬去春来夏至秋到，小岗人有了心事。眼看沈浩挂职期满，要回省城了。

大包干带头人严金昌和他的老伙伴们，凑到了一起。这些当年连杀头、坐牢都不怕的人，这一次，真的怕了。怕啥？怕沈浩走。他们合计着，说什么也得把沈浩留下。说办就办。几天后，一纸摁着98个小岗村村民红手印的“请愿书”递到了省城，请求让沈浩在小岗再干3年。

这个世上，还有什么比摁下一个红手印更能表达一个中国农民的情感？掏心扒肝的心愿，都浓缩在这一个个红手印里了。

组织上征求沈浩的意见，他低着头半晌沉默。家有老母妻女，他牵挂。

然而，他终于还是抬起头，做出了留下的抉择。98个红手印，拴住了他的心……

他引领小岗，振翅高飞……

第二纸红手印是小岗人奔向未来的梦。

外表憨憨的沈浩，有着一副极敏锐的经济头脑。财经专业毕业和省财政厅工作的经历，让他在经济发展与改革的大潮中目光超前。

他在村支部会上说："纪念改革的最好方式就是继续深化改革！"他提出，只有搞现代农业，小岗才能大发展。

祖祖辈辈刨地取食的农民，从不轻信抽象理论，没见到碗里的饭，一切都是空谈。小岗村开展土地流转的第一个项目，是建立200亩的养猪场。

一开始，很多人都不理解。当年摁下生死红手印的大包干带头人严俊昌，也在其中。

沈浩和村支部副书记张秀华一趟一趟往严家跑，老人脸向东，他们转到东，老人脸朝西，他们又转到西，苦口婆心，说下的话能装满一间屋。眼看春节就到跟前，过了年1000头猪娃子就要进村，火烧眉毛。

严俊昌的心在沈浩的诚恳与坚持中，逐渐被说服，土地流转的优惠政策以及触手可及的收益，让他终于点了头。

实践是检验真理的唯一标准。当一座现代化养猪场在小岗村建起，这里饲养的高山特色风味猪直接销到上海等地的大型超市，价格是普通猪的两倍时，小岗人开始尝到了发展现代农业的实惠。土地流转的农户，除去一年每亩地500元的租金，还在养猪场干活，挣劳务工资，再如上年终分红，一年的收入比过去翻了好几倍。

随后，村里发展起粮食、葡萄规模种植以及双孢菇产业、甜叶菊种植繁殖基地等一系列现代农业。严俊昌的儿子严德友通过土地流转,一个人承包了200亩葡萄园,每亩收益是过去的10倍。父子俩逢人就讲:"现代化农业是小岗人的救星!"

村里还实现了招商引资,办起钢构厂、装饰材料厂、节能电器公司等工业企业。同时,多家大型现代化企业入驻小岗,其中有美国GLG集团农产品深加工高科技产业园,广东从玉菜业有限公司,深圳普朗特集团的生态农业园等等。

新的小岗,在深化改革的阵痛中,凤凰涅槃。

2008年,小岗村农民人均收入达到6600元,高出凤阳县农民人均水平2000多元,比安徽省人均水平高出39%,是沈浩初到小岗村的3倍。

一位朋友曾问沈浩:"你从省城下来,离开了温暖的小家,没觉得苦吗?"沈浩说:"我是吃了不少苦,但看到小岗村一天天在变化,作为一个党员干部,作为一个男人,我就有一种强烈的成就感。我能把自己最好的一段时光献给小岗,实实在在为农民干事,我觉得,值!"

2009年秋,眼看沈浩的第二个3年又要到期了,小岗人再次坐不住了。大包干带头人严金昌试探着问沈浩:"你给我们个实话,到年底还愿不愿留下来?"沈浩笑了:"只要你们欢迎我,我愿一辈子留在小岗!"

9月24日,小岗村又摁下了186个红手印,再次挽留省城来的好书记。这纸红手印,寄托了富裕起来的小岗村人更远大的梦想……

他永留小岗,生死相依……

第三纸红手印是小岗人天高地厚的深情。

沈浩是个爱家的男人,爱得就像一壶陈年老酒。

他手机屏幕显示的是他90多岁的老娘,天天捧在胸口上。他的床头摆着女儿的照片,那是他来小岗时10岁的女儿沈王一送他的。女儿梳着两只小辫,穿着连衣裙,像一株风中的小白杨……

在小岗村的6年,沈浩有着太多不得不割舍的情愫。

到小岗的第一年,因不能再照顾一直住在一起的老娘,不得已托付给了在老家的四哥。四哥到合肥接老娘时,沈浩握着老娘的手依依不舍,临上车时,他扑通一声跪倒在老娘面前:"老娘,儿子到凤阳小岗工作了,一时不能回来好好照顾您,请您到我哥那过一段时间,等我任职期满再去接您。"说完,给老娘磕了一个响头。起身时,满脸泪水。

在小岗期间,沈浩一直挂记着老娘。偶尔抽空回趟老家住一宿,总要为老娘梳梳头,给老娘洗洗脚,晚上,就睡在老娘床边的沙发上,陪她唠嗑。

他到小岗的第三年,还是因为无暇顾及,又把在省城读书的女儿送回到老家一所中学。这里生活条件艰苦,十几个人住一个大通铺,女儿默默承受了,但她最不能承受的是,一年见不了几次爸爸。

2009年3月7日,女儿过15岁生日,沈浩下决心放下手上所有的事,可等赶到学校还是晚了。女儿伤心地坐在学校的操场上不说话,沈浩心里疼。突然,他对女儿说:"看爸爸给你露一手!"说着,两腿一蹦翻起了跟头。40多岁的人,几个跟头翻下来,满头是汗,直喘粗气。女儿再也忍不住,大叫一声:"爸!我想你呀,就是想你!"一头扑进沈浩的怀里,号啕大哭。沈浩紧紧抱着女儿,也哭了……

6年春秋,沈浩把一腔的爱都给了小岗的父老乡亲。因为他不仅仅是儿子、丈夫、父亲,他的血管里,还流淌着土地给予的爱,流淌着一个共产党员的责任。

2005年夏天，一个狂风暴雨的夜晚。刚刚躺下的沈浩想到村民徐庆山一家住着两间危房，一骨碌从床上爬起来，冲进风雨中。天黑路滑，他深一脚，浅一脚，鞋子陷到泥里拔不出来，他干脆光着脚，一口气跑到徐庆山家。一进门，看见屋里到处漏雨，房顶上的泥灰“哗啦、哗啦”直往下掉。他急忙跑到床边，一手抱起一个孩子，连声招呼还在发愣的徐庆山两口子：“快走！”他折腾了大半夜，把一家人安顿到村委会住下，这才放心地离开。

这个夜晚，让沈浩下定决心，要改善群众的住房条件。他想方设法，四处筹钱。2006年春节，26户住房最困难的村民终于搬进了第一批新居，徐庆山一家也住上了两层楼房。到2008年，小岗112户村民全部搬进了整齐划一的住宅新区。

58岁的村民殷广勇一家是沈浩特别牵挂的人。殷广勇的媳妇患痴呆，有两个分别7岁和5岁的男孩，小的小，病的病，日子过得苦，别人一天吃三顿饭，他家天天两顿菜煮面，经常缺粮断油。

沈浩成了他家的常客，三天两头送油送粮，有什么难事，就从口袋里掏点钱，逢年过节更是一定要来家里看看。他多方奔波，最终为他们全家四口办了低保，又帮助两个孩子免一切费用进了村里的学校。

在沈浩的书桌上，一直摆着他为殷广勇一家拍摄的全家福。他时刻提醒自己，不要忘记这些需要帮助的人。

有多少难，有多少苦，沈浩就有多少爱！

69岁的五保户韩庆江，患有严重的心脏病和哮喘，有一次突然发作，沈浩马上掏出身上所有的钱，派人把他送进镇医院，并捎上话，请医院全力抢救，等出了院他来结账。韩庆江治好了病，见人就讲：“要不是沈书记，我这条命早就没了。”

困难户韩德国的孙子刚出生，奶水不够，家里又买不起奶粉，沈浩听说后，自己掏出 1000 块钱，送到韩德国手中。

70 岁的大包干带头人关友章的遗孀毛凤英身体多病，沈浩时常掏钱接济她，并宽慰鼓励老人："好好活着，享享今天小岗的福！"

村民杜永兰说："沈书记哪家越穷，就越爱去哪家。我嫁到小岗村 40 多年了，没有见到过像他这样的好书记！"

"有困难，找沈浩。"这成了小岗人的口头禅。沈浩宿舍的房门从不上锁，不论白天黑夜，老百姓只要有事找他，随时都可以走进他的房间。村里干部看他整日太辛苦，就在他的房门外面安装了一扇铁门，想让他多点时间休息。他看到很不高兴，诚恳地说："我是农民的儿子，知道农民的难处，乡亲们找我的事再小也是大事，我们干再多的事也是分内的事！"这扇不上锁的铁门最终成了摆设。

在小岗待得越久，沈浩对小岗的爱就越深。他把这里视为他的故土，把这里的父老乡亲看作是他的爹娘。

有一次，沈浩和家人一起吃饭，吃着韭菜饼时，他突然哭了。他想到了小时候家里穷，操劳一生的父亲连一块韭菜饼都没尝过。他说："我为小岗村老百姓做事，就是为我父亲做事，我父亲没享受到的，我要让小岗乡亲们享受到！"

心换心。沈浩换回了小岗人爹娘般的情。

2007 年大年三十，沈浩一早起床准备回合肥与家人团聚。一开门，发现门前坐着邱世兰老人的孙女，说是奶奶要请他吃饭，这是她头一回请村干部吃饭，不去不行。

他来到邱世兰家。83 岁的邱世兰是大包干带头人关廷珠的遗孀，正拄着沈浩从合肥给她买回的那根拐棍，等在门口。老人备下了鸡鱼肉蛋，请外甥媳妇帮忙，做了一顿她这辈子最丰盛的年饭，还特地油炸了一盘沈浩最爱吃的花生米。她端着酒杯对沈浩说："你在这里干得太不容易了，你给我们带来了这么大的变化，我请你吃顿年饭，就是想表达一下我这 80 多岁的老太婆的心意。"沈浩热泪盈眶，端起酒杯一干而尽。

不大会儿，四邻的乡亲们都赶来了，有的提着腊肉，有的捧着点心，还有的拿来了鸡蛋、苹果，一个劲地往沈浩手里塞……"一个人活在世上，官是当不到头的，钱也是难以挣尽的。能让小岗村的父老乡亲过上好日子，是我最大的幸福！"这是沈浩日记里的话。沈浩像一团火，为小岗村炽热地燃烧着，直到 2009 年 11 月 6 日那个黑色黎明。他太累了太累了！睡下后就再没有醒来……这一天，小岗人无不沉浸在巨大悲痛之中。一纸"请愿书"默默地在一双又一双手中传递，洒满泪水的纸上，再一次摁下了一个又一个红手印……"请让我们的沈书记永远留在小岗……"这也该是沈浩最后的愿望了。他在给小岗村公墓选址时曾说过："将来我死了，就埋在这里。"这个"将来"让人痛断心肠！沈浩永远留在了小岗村。他短暂而绚丽的生命火焰，让这片厚重的土地抒写了新的传奇。红手印，便是对这段传奇最好的注释。

（新华社合肥 2009 年 12 月 6 日电）

经济转型的“文化引擎” 李跃波

海浪的“窃窃私语”声、珠穆朗玛峰山顶的风声、花儿开放时的天籁之音……前不久，合肥“全球音谷”创意村项目正式开工建设。项目建成后，将利用其丰富的声音资源，在网上开设“声交所”，通过互联网向全球“卖声音”。

绿色、低碳、科技含量高、资源消耗低、环境污染少，这就是新兴文化产业的魅力。在应对国际金融危机的挑战中，我省文化产业逆势上扬，夺人眼球；在转变经济发展方式、调整经济结构中，我省将文化产业列为重点扶持的支柱产业，全力打造经济增长新“引擎”。

朝阳产业逆势迎春

2009年，国务院通过《文化产业振兴规划》。文化不再只是“搭台”，文化产业已成为经济的重要组成部分，昂首登上了经济振兴的“前台”。在国际金融危机的严峻挑战面前，文化体制改革破冰攻坚，文化产业逆势而上，焕发出勃勃生机。

加快发展文化产业，是大势所趋、发展所需。我省见事早、行动快。省委、省政府将文化产业作为重点扶持发展的八大支柱产业之一，列入

"861"行动计划,并采取一系列政策和措施,完善文化产业政策,优化发展环境。敢为人先、敢闯新路,我省文化体制改革取得决定性进展,创造了非试点省份走在全国前列的"安徽现象",释放出无限的发展活力;文化产业异军突起,连续五年保持30%以上增幅,成为经济结构战略性调整的突破口和产业优化升级的重要抓手。

芜湖方特欢乐世界开园两年来,吸引国内外游客360万人次,门票收入达4.5亿元,仅次于黄山;时代出版"借壳"上市,皖新传媒首发上市,一路上扬,表现不俗;网络游戏、动漫、手机媒体等新兴文化业态,层出不穷,魅力无限;2008年,全省文化产业增加值达260亿元,首次超过同期汽车工业增加值……实践表明,转变经济发展方式,文化产业大有可为!

"到'十二五'末,文化产业增加值达到1000亿元以上,占全省生产总值的比重达到5%以上,成为国民经济支柱产业。"2009年8月,省委、省政府出台《关于加快建设文化强省的若干意见》,进一步明确了文化产业在经济发展过程中的重要作用。今年省"两会"上,《政府工作报告》首次提出了"战略性新兴产业"的概念,其中就包括文化创意产业。今年以来,各地、各相关部门从政策保障、体制创新、资本对接等方面入手,为文化产业发展"保驾护航",文化产业迎来了大发展的春天。

投资热点资本青睐

1月18日,皖新传媒在上海证交所首发上市,当日大涨五成,拉动传媒板块走强;1月19日,该股再次以19.39元涨停收盘。业内人士认为,皖新传媒亮相资本市场,"一扫大盘新股近期弱势",充分证明了资本市场对文化产业发展前景的期待。

“这是资本市场的一片‘富矿’。”文化产业高附加值的特性吸引了众多投资者的目光。2006 年 5 月,安徽文化产业以集团军形式第一次赴境外招商引资,一下签订 30 个文化产业合作项目,总投资额达 12.5 亿美元,成为第二届徽商大会的一个亮点。近年来,借助徽商大会的平台,我省累计签约文化产业项目 244 个,协议引进资金 108 亿美元,签约落实率达 51.6%。

美国华纳、英国星火、瑞士荣格等知名跨国企业和清华同方、浙江横店、广东碧桂园等一批国内 500 强企业,与安徽文化企业建立合作关系。“深圳华强落户芜湖,一期工程方特欢乐世界魅力无限,带动了当地旅游、餐饮、住宿业的快速增长,让更多投资商和地方政府看到了文化产业的前景和魅力。”省委宣传部文化体制改革和文化产业发展办公室负责人介绍说。

对文化产业青睐有加的还有金融企业。3 月 10 日,开发性金融支持安徽省文化产业发展座谈会在合肥举行,报业、出版、发行、演艺、广电五大“航母”纷纷与国家开发银行洽谈对接合作。“潜力巨大。”这是国家开发银行安徽分行行长对我省文化产业的评价。截至去年末,国家开发银行已累计向省内文化产业项目承诺贷款 34 亿元,发放贷款 10 多亿元。

落户马鞍山动漫基地的浙江和瑞有限公司相关负责人深有感触地说:“前些年,我们在贷款上吃了很多‘闭门羹’,在银行看来,一打创意还不如一块砖头牢靠。今年,一些金融机构主动找到我们,了解我们的金融需求,文化产业成了投资的热土。”

打造快车拉动消费

"全家每月看一次电影,加上平时买的音像、书刊,大概一共花费 300 元左右。"家住合肥马鞍山路的沈海感慨,孩子要娱乐,大人要充电,一家人在文化消费上的支出正逐渐增加。国家统计局安徽调查总队的一份数据显示,近年来,我省城镇居民人均文化消费支出正逐年增加,2005 年,人均仅有 313.63 元,而 2009 年,已经增至 587.48 元。

多年来,在拉动我国经济增长的"三驾马车"中,消费之车动力不足。当前,加快经济发展方式转变,提升消费之车的动力,显得尤为重要。近年来,在教育、住房、购物等各类消费中,文化消费异军突起,引人关注。

"社会发展规律证明,当一个国家人均 GDP 超过 3000 美元时,其居民的文化支出总量将呈现爆发性增长。而目前我国居民文化支出总量仍处较低水平,国内居民文化消费市场增长潜力巨大。"省社科院研究员康福升说。

借助于数字和 IT 技术的不断"升级",我省文化产业的链条越来越长,文化产品的外延也越来越大。演艺娱乐、会展旅游、艺术品和工艺品、动漫游戏、数字产品、创意设计、图书、报刊、音像制品、电子出版物、网络出版、数字出版、高清电视、付费广播电视、移动多媒体广播电视、电影产品……这些层出不穷的文化产品,既有精神内核,也有物质载体,关联度高、覆盖面广,丰富了现代人八小时之外的生活。

创意灵感的介入,也为文化产业添上一抹亮色。具有创意的艺术设计,富于精彩的创意思维,嫁接在制造业、纺织业,便会大大提高产品的附加值。

今年省“两会”上，《政府工作报告》首次提出了“战略性新兴产业”的概念，其中就包括文化创意产业。参会的代表、委员们一致认为：“文化产业是绿色经济、低碳产业，可作为转变经济发展方式、调整经济结构的重要抓手。”

好风借力，乘势扬帆。在经济发展方式转变的进程中，安徽的文化产业必将书写更加华彩的篇章。

（2010年5月23日安徽日报）

中国有座“王家坝”！　李陈续

一个在淮河汛期使用频率最高的地理名词

一个为淮河安澜必须开闸蓄水的蓄洪地区

一个虽频遭灾难却始终奋发向上的精神坐标

堤外，淮河浊浪滔滔，分洪道低洼地里已是水天相连；堤内，沃野百里翠绿无垠，蓄洪区黄土地上洋溢着勃勃生机。这里，就是已处于警戒水位之上近一周的千里淮河第一闸——王家坝；这里，就是王家坝所在的蒙洼蓄洪区。

2010 年 7 月 24 日上午，中共中央政治局常委、国务院总理温家宝来到这里，指导部署淮河防汛抗洪——第五次亲临此处的温家宝总理，面对着蓄洪区群众动情地说：“你们在长期的抗洪斗争中形成了王家坝精神。这就是舍小家、为大家的顾全大局精神，就是不畏艰险、不怕困难的自强不息精神，就是军民团结、干群同心的同舟共济精神，就是尊重规律、综合防治的科学治水精神。”

掌声，如潮水般的掌声，是对总理精辟凝练“王家坝精神”的肯定，也是对在自然灾害磨砺下不断升华的中华民族伟大精神情怀的由衷礼赞！

有一种高尚叫舍己

在中华民族的文化宝库中，与“舍”相关的表述，有许多都体现着高尚。舍生取义如此，舍己救人如此，舍小家、保大家亦如此——为了别人或更大的利益，去舍弃自己，无疑是超越一般人性标准的无私。

“我们生活的这块土地，注定就是要舍己为人的地方。”对于抗洪期间的开闸蓄水，王家坝人愿意用这样的表述来解释背后的原因。千里淮河走出桐柏山，抵达皖豫两省三县交界处的王家坝，360 公里的河道落差是 174 米；自此而下的 640 公里，落差仅为 22 米。这样的地貌，只能有一种结果——上游洪水一泻而下，而下游因为高水位的顶托则排泄不畅、“寸步难行”。

1950 年，按照“一定要把淮河修好”的伟大号召，全国治淮工作会议确立蓄泄兼筹的治淮总方针。从此，从王家坝闸进水的 183 平方公里蒙洼蓄洪区，担负起了舍己为人的责任。

1953 年春天，蓄洪量为 7.5 亿立方米的蓄洪区建成。从此到 2007 年洪灾的 54 年里，淮河流域共有 12 个洪涝灾害年份。据统计，蒙洼人民的 15 次舍己蓄洪，共拦蓄多达 73 亿立方米的洪水，有效缓解了上游地区的汛情，也为中下游有效减轻了抗洪压力。

“亲历过开闸蓄洪的人，无不感到一种震撼！”曾经写作了长篇报告文学《中国王家坝》的本土作家张守志，长期关注蒙洼蓄洪区的变迁，对蓄洪区人民的舍己为人高尚情怀赞赏有加。“我 1985 年和 1991 年两次在现场目睹开闸，洪水奔涌的隆隆声让人感到的是物理震撼，而家园被毁的舍弃，则给人心灵的震撼。”张守志告诉记者，蒙洼人民面对牺牲的高尚情怀，在思想和灵魂深处洋溢着精神的魅力。

有一种品格叫自强

承受了一次次灾难，做出了一次次牺牲，换来的是整个淮河抗洪的胜利，蓄洪区人民可谓居功至伟。面对着党和政府的重视、全国人民的感动和上下游地区的感激，蓄洪区干部群众没有坐等救济，没有期望报答，而是选择了自立自强。

“蓄洪后水会涨到这里，人全部退到庄台上，水一退，我们就赶快补种。”走上蓄洪区里的丁郢庄台，金其友给记者比划着往年蓄洪水能淹到的位置。59 岁的老金从能记事开始就经历了一次次蓄洪，说起开闸蓄洪后的情况十分平静。走进老金家的小院，两排相对的平房干干净净，屋檐下过道上码放着成袋的小麦，电视机、冰箱、空调一应俱全。老金介绍，靠近王家坝的蓄洪区人口密度大，因此耕地并不多，一般人家都是种地和外出务工相结合。“到了蓄洪年景，只要一退水，家家户户都会抓紧补种庄稼，不能等着吃救济啊。”

蓄洪区隶属于阜阳市阜南县，只要一遇抗洪，这里的机关干部都会到蓄洪区里包村包点。因此，县城建局副局长对蓄洪区群众在水进人退、水退人进状态中展现的自强精神感慨万千，“记得有一年蓄洪后，一些地块被水淹了 6 次，群众们就补种了 7 次。”刘西恒告诉记者，在蓄洪区的方言里，大家把补种绿豆称为“zhan”（去声）绿豆，意思就是用力把绿豆“点”进刚刚退水留下的薄薄淤泥层里，这个发音把群众与灾害抗争的力度展现得淋漓尽致。

“我就是王家坝人。”马士永，安徽雪雨洁具有限公司的老总，他谈起自己越来越红火的企业时头头是道，说起自己的家乡更是充满自豪。阜南县委常委、宣传部长告诉记者，王家坝人的自强精神不仅体现在蓄洪区里的战天斗地，现在王家坝已经成为一个品牌，许多像马士永一样的王家坝人正昂首走出蓄洪区，创业发展。

有一种境界叫共济

面对着高于警戒线的高水位，无论是王家坝闸口，还是淮河大堤，处处是严阵以待的景象。而这其中，最为醒目的颜色便是党旗红与军装绿。《王家坝之歌》的歌词这样描写着军民团结、干群同心的同舟共济："风雨之中，贴近的心，有你们的关怀、温暖目光，是永恒的希望；风雨之中，军民一心，唤醒了阳光。"

"有他们在，我们心中就不慌。"在距离王家坝闸不远的淮河大堤上，就是一个防汛石料储备点，解放军、武警、民兵预备役的几百名官兵在紧张备料。而在储备点附近，无论是上堤值守的群众，还是临堤而居的村民，生活正常有序——多次蓄洪的亲身经历，让大家明白，只要有子弟兵在，安全就不是问题。"过去各种保障条件跟不上，每次蓄洪后的救助工作都离不开人民军队的保障。"阜阳市委宣传部副部长介绍，特别是上个世纪的多次蓄洪，解放军不仅出动官兵抢险抗洪，还要出动飞机、军舰参与救灾，王家坝人民对人民军队有着无比的信任。

"我不知道你是谁，但我知道你为了谁"在王家坝采访经常听到这句《为了谁》中的歌词。长期共御灾难，让同舟共济在183平方公里的蓄洪区里无处不在——

"一个庄台一个支部，一个支部一个堡垒。"这是许多对蓄洪区抢险救灾的新闻报道里都用过的一句话，但很少有人知道这句话不是记者的发明，不是宣传干部的凝练，而是蓄洪区群众自己的表述。在蓄洪区里，无论是当年迁居避水的大撤退，还是今天退守庄台，只要有群众在的地方，就有党员干部在，他们是抗洪救灾中的中流砥柱。就像今天，百里长堤上，随处可见佩戴着党旗徽章、身穿红色T恤的镇、村干部和共产党员。

“保庄圩里有一支老年志愿者队伍”——同舟共济不仅表现在军民团结、干群同心，还表现在蓄洪区人民自觉地互帮互助，住在保庄圩里的20多位五保老人堪称典型代表。这些原本散居在蓄洪区里的老人们，被政府安置在保庄圩里后，衣食无忧、生活惬意。但老人们不愿意无所事事，就主动打扫起保庄圩堤道路，每天天不亮，堤坝上就会响起刷刷的扫帚声。

有一种智慧叫科学

“现在跷着二郎腿看着涨水，心里一点都不害怕了。”68岁的崔士信自从2003年大水后就搬进了保庄圩生活，面对着今年已经超过警戒水位的淮河，他的幽默不仅仅是一种乐观，更折射出科学抗洪的智慧。

“蓄洪区群众的生命安全已经具有了根本保障。”阜南县的通知，1991年和2003年淮河大水后，由国家投入的各项治淮工程，大大提高防洪安全度。王家坝经过重建和蒙洼蓄洪区堤防加固后，保证水位由29.0米上调到29.3米。通过政府统一规划、提供建房补助，帮助行蓄洪区群众搬到“保村圩”“避水庄台”或移民迁建。蒙洼蓄洪区里加固了136个庄台、新修4个保村圩，庄台和保村圩的水、电、路、桥等基础设施配套，还安装了有线电视、电话。蓄洪区里的工作重点，已经从过去的保生命，演变为保生活。

“今天水位又降了5厘米。”王家坝镇党委书记见到记者时，脱口而出就报出了几乎实时的水位数字。这得益于防洪手段科技含量的不断提高，自1991年以来，国家投资修建了淮河水情自动监测系统，流域已经建起5000多个监测站，采集信息完全由短波自动监测完成。淮河上空基本形成了卫星、雷达监测网络，可以全天候监测雨层分布和强度。依托国家防汛抗旱指挥系统，安徽还建立了远程监控和会商系统，“足不出户”即可随时监测各重要闸坝情况，组织异地防汛会商。“这些手段的运用，让防洪工作心中有数，把确定开闸蓄洪和拦蓄洪水数量的盲目性降到了最低点。”

与科学防控相一致，蓄洪区人民在洪灾磨砺中，进行许许多多化害为利的智慧探索。“种淹不死的，养水上漂的，捞水中有的。”经常到基层宣讲时事理论的阜阳市讲师团燕少红，把蒙洼蓄洪区人民科学与水共处、发展柳编、板鸭、黄沙等产业的实践，形象地概括为上面三句话。特别是蓄洪区洼地里随处可见、耐涝经泡的杞柳，更是成了蓄洪区群众的“摇钱树”——利用丰富的杞柳资源，发掘、传承具有500多年历史的阜南柳编传统工艺，以蓄洪区群众为主的上万种柳编产品，远销北美、西欧、东亚、东南亚等60余个国家和地区。

“王家坝精神是我们宝贵的精神财富。”阜阳市委书记介绍，近年来，阜阳市委、市政府和全市人民一直在凝练总结并学习弘扬着“王家坝精神”。作为蓄洪区人民优秀品质的结晶、作为淮河儿女精神风貌的写照，作为中华民族伟大精神的一个组成部分，“王家坝精神”必将激励我们战胜困难，勇往直前！

中国，有座“王家坝”！

（2010年7月28日光明日报）

对口支援的“安徽精神”

——写在安徽援建松潘任务全面完成之际　罗宝

“5·12”汶川大地震三周年之际，安徽对口支援四川松潘县灾后恢复重建任务全面完成。三年来，安徽人民尽心竭力交出了一份对口援建的合格答卷，倾注深情筑起了一座合作共建的时代丰碑。

松潘在汶川大地震四川18个受灾县中平均海拔最高，高原缺氧、气候恶劣、材料运输难、水电保障差……三年来，在不到400天的有效施工期内，安徽举全省之力迎难而上，6800万江淮儿女众志成城，无私援助，援建大军在3000米雪域高原斗志昂扬，克服重重困难，按时、按质、按量完成援建任务，打造了一个又一个精品工程，充分体现了对口支援的“安徽精神”。

一方有难，八方支援，对口支援的“安徽精神”是顾全大局精神

对口支援灾后重建，集中力量办大事，充分体现社会主义制度优越性。援建松潘是党中央、国务院赋予安徽的重大政治任务，是安徽人民义不容辞的神圣使命。省委、省政府迅速作出部署，举全省之力投入对口支援，成立对口支援领导小组及办公室，在前方组建安徽省驻松潘县援建办

公室，再次体现了“舍小家、为大家”的顾全大局的精神。

一方有难，八方支援。在震后第15天，安徽省相关部门领导就出现在松潘的倒塌房屋旁、破碎建筑边，查看灾情，谋划重建方案，捐献应急款。随后，更多的省领导来了，对口支援先遣组来了，维稳特警队来了，支教老师来了，支医队员来了，建筑工人来了……凝结6800万江淮儿女爱心的棉被、衣物、米面油和救灾款也来了……

松潘人民忘不了2008年7月10日，安徽省委、省政府主要领导亲赴松潘，前往一线看望受灾群众，指导建设，签订协议，提出打造松潘国际旅游胜地的援建总体战略目标；松潘人民忘不了安徽援建人长期坚守，顾不上家里年迈的父母、操劳的爱人、上学的孩子、年幼的子女；松潘人民忘不了安徽三批支教老师、六批支医队员连续三年的爱心接力……

技术力量不够，一声令下，安徽工程技术专家从全省各地驰援松潘，一干就是两年；松潘没有正式地图，安徽测绘专家自掏腰包，从北京租来无人飞机，航拍制作，短短一个月时间就将地图挂上松潘普通人家的墙上……

只要有利于松潘发展和百姓福祉的，安徽人从不讲条件，有求必应。

满腔大爱，倾情高原，对口支援的
“安徽精神”是无私奉献精神

一位省领导说过，能来松潘就是境界，工作在高原就是奉献。所有到过高原的人或多或少都有头昏、胸闷、上火、睡不好觉等高原反应，可援建人一住就是一年两年甚至三年。援建三载，多少人黑发染白霜，多少人面容已憔悴。为了援建，有的人父母重病而无法床前尽孝，有的人长辈去世

而不能赶回送终，有的人子女高考却无暇关爱，有的人只能通过电脑视频与刚出生的孩子亲昵……

就像蜡烛一样，燃烧自己是为了照亮别人。有的支教老师拄着拐棍、忍着咳嗽，也要坚持上完每一节课；有的援建者省吃俭用，攒下钱资助当地贫困生完成学业。本可以提前回去，监理工程师方宗炳硬是坚持留下做完收尾工作，最终把满腔大爱、一缕忠魂永远留在高原。

有的安徽企业在全国各地大项目很多，却把主要精力放在松潘；有的工程师在别处参加一次评标或者一个活动，或许收入就抵得上在松潘半年的补助，可他们选择了在高原坚守……在义与利之间，安徽援建人毅然选择前者，无怨无悔。

民生优先，发展至上，对口支援的“安徽精神”是科学务实精神

对口援建松潘，规模如此之大，这在安徽历史上是第一次，没有成熟经验可学，也没有现成的模式可借鉴。尊重科学、尊重规律、尊重实际、求真务实成为援建“法宝”。

坚持科学规划、民生为先、发展至上、合作共建的原则，安徽援建人科学组织工程施工，科学开展监督检查。在高原高寒地区施工，作业难度大，安徽从本省和四川、重庆等地及中央直属施工、监理企业中选择优秀企业，选派省内一流技术专家赶赴高原古城，与企业签订责任状。

以人为本，援建把解决民生问题放在首要位置。

援建伊始，按照优先恢复灾区群众基本生活生产条件和公共服务设施，预防和治理自然灾害的要求，重点实施民房、水利、校舍、村道等6项

应急工程建设，共 180 多个子项目。在第二、第三批项目中，与民生直接相关的项目就超过一半，投资额约占总数的 40%。

授人以鱼，不如授人以渔。安徽在大力推进援建工程项目建设同时，着眼于增强松潘长远发展后劲，坚持硬件与软件结合、输血与造血并举、物质与精神双支持，广泛开展人才与智力援助工作，开展对口支教、支医和人才培训，为松潘培养大批人才。

顽强拼搏，战天斗地，对口支援的“安徽精神”是攻坚克难精神

在安徽援建人中间，有句响亮的口号：“ 一流的精神状态、一流的工程质量、一流的援建工作。”横跨海拔 4000 多米雪山梁的川黄公路号称“天路”，在两个标段中，安徽援建者承担了难度最大的第二标段，不论降雨、降雪，不分白天、黑夜，硬是咬着牙提前竣工交付，天堑变通途。地质复杂、危险性强的牟尼沟隧道施工难度极大，安徽工程专家想尽办法，冬季不惜把取暖设备搬进隧道，以保证施工安全和掘进速度。不放过冬季停工的时间，买来 1000 张电热毯夜间保温，室内装修时烤火炉升温，安徽援建人在短短几个月时间内完成松安广场工程。

一位安徽医生在松潘医院手术条件不具备的情况下，凭精湛的技艺、无畏的勇气，成功地为一名严重脑出血的少年做颅脑手术；一位支教老师寒假在家体检出高血压、心脏病、尿酸等病症，按规定已不适合再去高原支教，然而考虑到离高考只有三个多月的时间，为了学生的成绩，他和妻子一起写下保证书，坚持到支教结束……安徽援建人正是依靠强烈的使命感、责任感，依靠始终保持顽强拼搏的精神状态，重整河山，战天斗地，

在规定时间交上了一份份合格的答卷，书写了一页页气势如虹、波澜壮阔的诗篇，在千里之外的雪域高原再展江淮儿女的时代风采。

同甘共苦，和衷共济，对口支援的“安徽精神”是团结协作精神

众人划桨开大船。安徽援建人自觉把支援松潘作为义不容辞的神圣使命和宝贵的人生历练，服从大局、团结协作，听从指挥，心往一处想，劲往一处使。

真诚务实的安徽人与热情朴实的松潘人成为合作共事的好搭档。安徽没有把对口支援看作是一种单方面的帮助，而看作是一次相互学习，共同发展的机会。皖川两地共同成立援建决策、指挥、监察审计机构，共同行使决策、执行和监督职能，为援建工作高效推进提供坚强保障。三年援建，见到的多是皖川干部一起工作时的挥汗如雨，共同生活时的亲密无间。

松潘是藏羌回汉多民族地区，安徽援建人与少数民族群众和睦相处，互相尊重，并肩战斗，结下深厚情谊。安徽医生为当地群众义诊，安徽老师为当地孩子捐款，安徽援建人经常到福利院慰问老人，松潘群众给安徽援建者送牦牛肉、绣花鞋垫。羌族汉子王洪泉三年里每一天都为安徽援建人送去洁净的山泉水，在当地传为佳话。

真诚的援建，让松潘发生了脱胎换骨的变化；通力的合作，让安徽援建书写一份精彩的答卷。这是皖川人民顽强拼搏共同创造的人间奇迹。

（2011 年 5 月 12 日安徽日报）

展翼腾飞“皖江龙”

刘杰　何聪

2011年12月27日，被誉为“皖版苏州工业园”的苏滁现代产业园项目正式签约。中新苏州工业园区开发集团与滁州市政府将联手在滁州复制一个苏州工业园，计划用5到8年时间将其建成为安徽顶级、两省示范、国际标准的现代化工业园区，重点打造占地36平方公里的高科技产业园、现代服务园、文化创意园三大产业园。

“要继续强化皖江示范区品牌推介，完善产业承接载体建设，大力招商，引资选资，积极主动参与长三角地区分工合作。”安徽省委书记说，两年的建设实践证明，皖江城市带承接产业转移示范区，不仅有利于安徽探索建立承接产业转移新模式，辐射带动中西部地区探索产业承接新途径，也有利于为东部地区腾出更大发展空间，形成优势互补、相互促进、共同进步的区域发展新格局。

示范区声名鹊起共建园区成产业转移新途径

产业东来，结构向好。探索科学承接产业转移的“皖江示范区”成为安徽向外递出的最亮丽名片，示范区的品牌价值开始显现。据统计，2011年1至10月，示范区引进1亿元以上省外投资项目2983个，到位资金

2531.1亿元，同比增长62.9%；吸引外商直接投资项目123个，投资总额25.7亿美元。

郎溪县短短两年时间集聚了近600家无锡企业，形成了一个以压力容器等产业为主的“无锡工业园”，全部建成后年产值可达900亿元。“过去在招商引资时，许多企业说你们没有产业链，我们生存不下去。”郎溪县招商局副局长回忆，通过共建园区模式，更多的江浙企业涌入郎溪。

从招企业到招园区，企业结伴而来，产业集群转移。与上海漕河泾新兴技术开发区合作共建“合肥创新创业园”，与浙江玉环汽摩配协会共建“宣城市玉环机电工业园”，和苏商投资集团共建“六安光电科技产业园”，与安康澳门国际旅游投资集团、上海中泰担保有限公司合作共建铜陵“皖江国际建材物流贸易园”……目前，示范区在建、签约、洽谈的各类合作共建园区84个，占地约44万亩，总投资2600亿元以上。

“皖江示范区内工业投资结构渐趋优化，产业升级态势向好。”安徽省发展改革委员会主任介绍，示范区内汽车、装备、非金属材料、家电、农产品加工等重点产业投资增幅明显加快，约占同期工业固定资产投资的63.55%，高出2009年平均水平近10个百分点；电子信息、生物医药、公共安全等新兴产业增幅高达63.3%，高出全省平均水平12个百分点；而冶金、化工、建材等高载能产业在工业增加值的比重，由去年同期的41.64%，下降至39.59%，增速较全省平均水平低2个百分点。

瞄准“绿色”不放松高标准高起点高端承接

2011年6月，福建某公司拟投资15亿元在合肥新站区建设一个无机纤维项目，合肥市环保局经过预审并深入到福建总公司考察，认为该项目不仅能耗、水耗较高，而且存在大量的废气和残渣排放，果断予以否决。2011 年，新站区共拒绝各类高能耗、重污染的项目 12 个，取缔关停违法排污企业 14 个。宣城市还特地提出要做到“四个不选”，即：不符合环保标准的项目不选，高耗能的项目不选，资源浪费大的项目不选，低效益的项目不选。

安徽省决策层要求，皖江示范区建设更加注重生态环境保护，坚持产业承接“四个一律不批”，坚决防止落后产能和污染严重项目以产业转移名义进入示范区：国家明令淘汰、禁止建设、不符合国家产业政策的项目，一律不批；环境污染严重，高能耗、高物耗、高水耗，污染物不能达标排放的项目，一律不批；环境质量不能满足环境功能区要求、没有总量指标的项目，一律不批；位于自然保护区核心区、缓冲区内的项目，一律不批。

两年来，安徽对皖江区域的 80 多个开发园区重新规划布局，严把产业准入和环境准入门槛，严格控制单位能耗高的工业项目转入，陆续否决污染、环境风险高的项目 100 多个，涉及投资 300 多亿元。

转移不是简单的复制，而是技术升级创新的过程。“环保措施、投资强度、容积率、建筑系数等，均达到或超过国家规定的标准，生产工艺与刚投产的上海焦化 1 号工程和开工建设的 4 号工程基本相同，部分工艺甚至更加先进。”目前一期基本建成的华谊无为煤基多联产基地项目，将建成国家级煤化工循环经济示范基地。如今，示范区内县区级省级园区入园投资强度由每亩 80 万元提高到了 120 万元，市管省级开发区投资强度由每亩 100 万元提高到 120 万元。工业园区土地集约节约利用成果评价率达 99.24%，工业项目土地闲置面积处置率达 95%，示范区投资强度提高的工业园区占全省 86%以上。

城镇化与工业化齐头并进双轮驱动“皖江龙”展翼腾飞

皖江城市带承接产业转移示范区，正构建以合肥、芜湖为核心，以安庆、池州、铜陵、芜湖、马鞍山等6个沿江城市为轴线，以滁州和宣城为“两翼”的产业空间格局，城镇化与工业化双轮驱动。

合肥、芜湖是承接产业转移的核心区域。2011年，通过撤并，合肥面积扩大了40%，人口与GDP也与南京、武汉比肩。合肥城市圈内的六安市，专门规划成立六安市承接产业转移示范园区，一个重要功能定位是“合肥六安区域一体化发展的示范区”。江北的无为县等并入芜湖，推动芜湖跨江联动发展，推进芜湖马鞍山、芜湖宣城一体化，将芜湖全力打造成省域次中心城市，建设为全国重要的先进制造业基地、综合交通枢纽、区域性经济文化旅游中心、现代物流中心、创新型城市和长江流域具有重要影响的现代化大城市。

融入长三角，连接中西部。示范区在积极承接产业转移的同时，着力推进城镇化，驱动城镇化与工业化实现同频共振。位于铜陵和池州中间的江南产业集中区着力推进与两市的一体化建设。“不仅是产业的集聚地，更是滨江新城区。”担负完善皖江城镇布局使命的江北、江南产业集中区基础设施建设全面展开，全力推进产业招商，短短两年已有63户企业登记落户，注册资本30亿元，圣来光电、冶金导卫装备等10多个项目开工建设，总投资70多亿元。

定位合肥与南京之间新型区域中心城市的滁州市，如今“大滁城”建设如火如荼，在拓展城市建设发展空间的同时，科学布局优势产业，与上海、南京等地合作共建的26个园区已开工建设或建成使用。通过打造家电信息、硅（玻璃）、盐化工、农副产品精深加工、装备制造、新能源（新材料）六大支柱产业，全市已形成滁州、来安、全椒的大滁城中心城市群和家电信息产业基地，定远、凤阳、明光的资源精深加工区和天长的先进制造业基地等三大区域经济板块。

（2012 年 1 月 17 日人民日报）

合肥建成世界首个规模化量子通信网 许蓓蓓

合肥城域量子通信试验示范网近日建成并进入试运行阶段，成功实现了“首个开工、首个建成、首个使用”的目标，合肥市因此成为全国乃至全球首个拥有规模化量子通信网络的城市。

量子通信是以量子力学基本原理为基础的全新通信技术，在国际上被视为是已知技术中保障信息传输安全的终极手段，具有极其重大的经济价值和战略意义，是近年来世界各国竞相研究发展的高技术领域核心关键技术。合肥城域量子通信试验示范网为合肥市政府重大标志性科技工程项目，于 2010 年 7 月正式开工建设，共投入支持经费 6000 多万元。

项目实施以来，承建单位安徽量子通信技术有限公司和中国科大的科研技术人员全力以赴，克服了一系列关键科学问题和工程技术难题，利用合肥有线电视宽带网络有限公司提供的商用光纤，成功搭建起 46 个节点的城域量子通信网络。目前网络覆盖合肥市主城区，用户涵盖省市政府机关单位、金融机构、军工企业、科研院所等，具有网络扩容能力，能够提供量子安全下的实时语音通信、实时文本通信及文件传输等功能。工程研发建设进程中，成功研发出成系列的量子通信网络终端设备、量子通信微光探测核心器件、量子通信网控设备等产品，实现了核心器件小型化、终端产品高集成化等重要目标。截至2011年底，项目已获得专利及软件著作权授权和软件产品登记共计23项。

近日，该项目通过了由国内量子信息、网络通信等领域资深专家、学者组成的专家组进行的测试评审，各项功能、指标均达到设计要求，运行状态良好。这标志着合肥城域量子通信试验示范网的建成和量子通信产业化已进入中试阶段，不仅对合肥市抢占未来量子通信产业发展制高点有重要意义，同时强化了我国在量子通信技术研发及产业化推进中的领先优势。

（2012年2月18日安徽日报）

安徽勇当医改“先锋官”

刘杰　何聪　曲昌荣　魏贺

安徽版图，形如心脏。改革，如同心脏的起搏器，不断为安徽阔步前行提供有力支撑。安徽从来不乏改革的勇气。今天，人口规模靠前，而人均水平则靠后的安徽，又在我国新一轮医改中勇当“先锋官”——以政府主导、回归公益为出发点，紧贴百姓脉动，破除顽疾沉疴。

记者在肥东县采访，发现了这样三个变化：

原先在家“闷”着的农村病人“走”出来了。肥东县人民医院去年参加县级医院改革，今年上半年门诊激增 4 万人次，增长 36.2%，与之相对应的是门诊费用下降了 19.2%，人均减少 42.60 元。8 月 5 日，撮镇镇马桥社区行政村田埠组村民陈飞鸿，静脉曲张手术后出院，医药总费用 2955.99 元，新农合报销 1602 元，他自己只掏了 1300 多元。而医改前手术费要 4000 多元，病人要自付 2300 多元。老陈连呼实惠：“以前得病在家扛着，如今很多人都有能力到医院瞧瞧。”

村卫生室内，男女老少齐“吊水”少多了，体检和健康保健成为常态。村医除了看病，就是走街串户为村民量血压、测血糖，提供公共卫生服务。

3个月前，梁园镇卫生院到邓岗村为65岁以上老人进行第二季度免费体检，查出七旬老人杨世英有糖尿病。如今，在村医的指导下，老人没吊一瓶水，没吃一粒药，半年多时间，空腹血糖从8.0稳定到了6.1。

镇卫生院破旧“面包车”面临退役，高标准急救车即将上岗。农村常见病、慢性病能看了，突发病怎么办？7月22日，肥东县政府决定，在全县农村建立“15分钟急救圈”，拿出1000万元，布局农村急救网点，为7个乡镇卫生院配置崭新的急救车，增加专业急救人员，确保农民第一时间得到救治。

医改，被称为世界性难题，牵扯多方利益，触碰种种矛盾，安徽坚定选择“人民利益最大”，顶层设计，系统配套，全面推进，努力破除以药养医的老制度，建立公益性的新制度。制定了一条不能逾越的红线——药品必须“零差率”销售。开药没有了利润可图，一般诊疗费用固定了，乱输液、大检查成了医院的赔本买卖。

医改良心方，换回的是百姓对党和政府的信赖。改革让基层医疗卫生机构药品中标价格较国家指导价平均下降52.8%，抗生素使用比例下降27.2%。农民少掏一半钱，用药也安全了。

在村级和乡镇医疗机构改革探索成功经验基础上，2012年底全省县级医院改革全面铺开，148家县级医院悉数参与。仅仅半年，便实现次均门急诊药品费下降7.3%，次均住院药品费下降17.1%。至此，安徽医改已经覆盖全省65%的医疗卫生服务资源，惠及数千万城乡百姓。

改革，永远是“进行时”。省市两级公立医院改革，被认为是最难啃的“硬骨头”。县级公立医院改革全面铺开后，安徽已经开始挺进这片“深水区”，芜湖和马鞍山列入17家全国公立医院改革试点城市，先行先试，成效明显。安徽有关方面表示，争取年底前启动省市两级公立医院改革。

安徽医改　敢闯“深水区”

“救护车一响，一年猪白养。”老百姓有病不敢看，一场大病就致贫返贫，不从基层入手彻底破解医疗卫生难题，其它改革发展的红利难以释放。安徽医改敢啃“硬骨头”，敢闯“深水区”：在全国率先对县乡医疗卫生机构药品实施“零差率”招标采购，率先全面铺开县级公立医院改革，试点并酝酿省市公立医院改革……安徽，成为新一轮医改的探路“先锋”。

6 月 28 日，安徽省政府下发意见，从基本药物制度等 6 个方面出台 18 条政策，进一步巩固和深化基层医疗卫生体制改革。这标志着安徽医改步入一个巩固提升新阶段。

在全国率先对县乡医疗卫生机构药品实施“零差率”招标采购，率先全面铺开县级公立医院改革，试点并酝酿全面推进省市公立医院改革……敢为人先的安徽，成为中国新一轮医改的探路“先锋”。

“让百姓能看病、好看病，少花钱、看好病。有了这个目标，就有了改革的底气。”安徽省委书记说。

医疗机构回归公益

安徽将全省 1230 个乡镇卫生院和 637 个社区卫生服务机构，全部纳入编制和预算管理，明确为公益性事业单位

“大夫，不会错了吧？我咋只掏 20 来块钱？”8 月 3 日，芜湖县陶丰镇

卫生院的报销窗口。78 岁的低保户胡成科看到个人支付部分的数字，有些疑惑。

工作人员确认无误。“20.95 元”，并非仅仅是开一服药、输一次液的费用，而是胡成科住院整整一周自己要掏的钱。

8 天前，胡成科因支气管炎诱发心脏病住进了卫生院。一周后康复，总费用 452.95 元，个人掏的不及一个零头。

得益于安徽持续推进的医疗卫生体制综合改革，数千万像胡成科一样的农家百姓卸下了肩头沉甸甸的“药担子”。

改革之前的安徽医疗卫生领域，“救护车一响，一年猪白养；住上一次院，三年活白干”，农民“看病贵”，“看病难”，苦不堪言。金钱利益驱使之下，大处方、大检查、医药贿赂屡见不鲜。

一次全国治理医疗商业贿赂的专项检查，暴露出的问题相当惊人。日均门诊量不足 500 人次的某县医院引进 CT 诊疗设备后，为尽快收回成本，三年开出检查 7 万多人次，盈利超过 1000 万元；城里的名医到乡镇去“走穴”，开“飞刀”成为常态，众多乡镇卫生院为了增加收入，强行开展其不具备资质的大型手术，导致医患纠纷多发……

这一切，深深地刺痛着安徽的决策者：安徽 6800 万人口中，农业人口就有 5000 万，老百姓有病不敢看，一场大病就致贫返贫，谈何科学发展、社会和谐？不从基层入手彻底破解医疗卫生难题，其他一切改革发展的红利都难以释放。

那么，突破口在哪里？安徽省委、省政府调研中，两个“拍桌子”的故事再次警示他们：医改之路不好走。

医改伊始，省政府一位领导到淮南凤台调研。一位村医激动地拍起桌子：“改革前一个月的收入，抵得上现在干一年的！”细问之下，这家只有一个人、一张桌的村级卫生室，常常一年能开出几十万元的药品。

基层医改启动之后，安徽省医改办又组织召开了一次意见征求会，长丰县一位乡镇卫生院长又当场拍桌子："现在药品不让加成了，我卫生院里那么多人咋养活?"不久，这位院长便因为待遇落差主动辞职。

强烈反弹，没有吓退改革者，反而使人们对症结看得更清："以药养医"机制下，基层医疗卫生机构收入来源主要依靠药品加成。改革前，乡镇卫生院药品加成比例普遍在60%以上、村卫生室在80%以上，相当一部分医院的加成比例在90%以上，有的甚至高达167%以上。这些"加"上去的钱，都是老百姓的血汗钱。只有消除"以药养医"顽疾，才能让基层医疗卫生机构回归公益。"这块'硬骨头'，再难也要啃。"安徽决策层坚定地表示。

医改开始，安徽将全省1230个乡镇卫生院和637个社区卫生服务机构，全部纳入编制和预算管理，明确为公益性事业单位，为群众提供基本公共卫生服务和基本医疗服务。

基本药物集中采购

瞄准"以药养医"的死穴，双信封、单一货源承诺、刚性采购参考价诸策确保"零差率"落到实处

2012年12月15日，安徽所有县级医院药品实行零差率销售。

"零差率"，瞄准的是"以药养医"的死穴，成为安徽基层医改的一大利器。

为确保"零差率"落到实处，安徽提出明确原则：

"双信封"：药品企业同时递上技术标书和商务标书，只有满足技术标准要求的企业才能进入商务标评审，价格最低者中标。

量价挂钩、“单一货源承诺”：只要中标，就能独家占有全省的市场。

刚性的省采购参考价：不高于国家零售指导价，不高于基层实际采购价，不高于周边省份的最低采购价。

“零差率”政策推行之后，乡镇医疗卫生机构药品中标价格较国家指导价平均下降52.8%，县级医院平均下降36.6%。百姓的医疗负担大大减轻。

基本药物集中采购，切断了“医”“药”之间的利益联系；“收支两条线”制度的执行，则将基层医疗机构谋利的可能性降至最低。

在肥东县梁园镇卫生院，院长俞义年说，现在卫生院没有独立的账户，收支都从财政专户里走。“开药方不再是卖药，我们只根据患者的需求调拨、分配、使用药品。医院和医生心安多了。”

完善的顶层设计之外，更多的“紧箍咒”在诊疗的具体操作层面发挥作用，督促医疗机构合理检查、合理用药、让利于民。

芜湖市第二人民医院作为全国公立医院改革试点，制定实施了从临床科室药品比例考核，到按病种付费、医疗路径管理的全方位监控体系，让“大医院”也能开出“小处方”。“比如做一次阑尾手术，按照规定只能做5项检查，费用封顶3000元，药品费用占比不能超过40%。哪一项不符合要求，多出的费用就要医院负担。”医院副院长邹兵认为，这样的指挥棒，引导医生从“多开药”的思维定势向“靠技术”转变。

安徽“零差率”做的是减法，砍的是“以药养医”的利益链，动的是药品生产企业、流通企业、医院，甚至是医生的“奶酪”。改革之初，众多药企“围攻安徽”：联合抵制安徽药品招标；联合开会“声讨”安徽，集体抱怨药价“虚低”；甚至列出安徽医改“八宗罪”，指责安徽“唯低价是取”，将增大药品质量风险。

面对各种质疑，安徽没有退却，实事求是分析，主动完善政策。去年连续出台两个办法，对“双信封”制做出调整：“技术标”与“商务标”得分分别占权重的60%和40%，最终两者相加得分最高者中标，得到很多企业的支持。

“零差率”开始倒逼药企向管理要利润。过去，药品零售价中至少有50%用于物流成本和在医院的推广费用，如今流通企业营利空间被钉死在7%左右。而且必须把网络覆盖到此前不愿意涉足的偏远、基层地区。医改后安徽国立医药集团承担着300多种集中招标采购药品在全省范围内的流通配送任务。业务规模明显增长，总收入却一直维持在4亿元左右。集团董事长杨元元说：“安徽医改是一个综合性的改革，制药企业、物流企业、医院医生都得主动改变。唯利是图肯定没有生存空间！”

挺过难关，安徽决策层更加坚信“三个回归”方向正确：让基层医疗卫生机构回归到公益性，而不是以营利为目的的企业；医生回归到治病防病的角色，而不是推销药品的商人；药品回归到治病的功能，而不是赚钱的工具。

增量改革成效凸显

人事制度改革、分配制度改革和经费保障机制同步推进，为“回归公益”夯实根基

定远县张桥镇卫生院院长杨栋林，时常感慨医改这几年，自己的人生“大起大落变化太快”。

2013年上半年，张桥镇卫生院门诊量超过1.7万人次，全年营业收入有望超过1000万元。而三年之前，随着“以药养医”被新医改一刀砍掉，卫生院的运营跌至谷底，不少骨干医生都另谋生路。

伴随着各项保障政策的相继兑现，卫生院运营渐有起色。前不久，定远县根据18条政策，在乡镇卫生院设立“首席医生”制度，调动医生的积极性。刚刚成为卫生院“首席”的医生郭张泓觉得，这一激励机制带来的不仅仅是每月1000元的额外补贴，更让他感到一种荣誉和责任感，相比过去，“身上的白大褂特别‘干净’”。有的离职医生还向他打听：能不能返岗再就业？

让利于民，对医疗机构冲击不小。推诿病人、人才流失等现象，成为改革之初的阵痛。切断了利益链后，基层医疗卫生机构如何实现发展？医务人员积极性又该如何调动？

安徽人事制度改革、分配制度改革和经费保障机制同步推进，为“回归公益”夯实根基。

基层医疗机构“定编定岗不定人”。安徽对乡镇卫生院工作人员实行全部核编，全体起立，能者上岗，清退、分流、安置在编不在岗、不具备行医资格人员2万多。

财政“全额埋单”保障医院的正常运转。安徽省财政拿出21亿元，承担起乡镇卫生院和社区卫生服务中心的设备采购和人员经费。不久前，安徽再次要求县级财政、卫生部门核定基层医疗卫生机构的基本支出和基本公共卫生服务支出，纳入年度综合预算，及时足额拨付。

120万、144万、172万，是陶丰镇卫生院最近三年得到的政府拨款数。而医改前，芜湖县陶丰镇卫生院每年所得政府拨款，仅为全院人员基本工资的6%。院长崔敬敏说，从前一睁眼就想着去赚钱，现在只需考虑如何提高服务质量和医疗水平。

"绩效"考评模式改革,激活基层医疗机构医务人员的积极性。新出台的18条新政,明确将定期对机构的服务质量数量、公共卫生任务完成情况、患者满意度等进行考核,考核结果与奖补挂钩,而奖励性绩效工资占绩效工资比重一般不低于60%,实现多劳多得、优绩优酬,让医生有尊严地工作,但又不吃"大锅饭"。

"网底兜住了!"眼见收入一年比一年高,定远县陶铺村村医陈文树欣喜不已。今年,安徽将村医公共卫生服务经费提高到12元,并一年增加村卫生室运行经费补助3600元。县级财政、卫生部门在乡镇卫生院名下为其开设账户,补助资金实行"按季预拨、打卡发放、年终结算"。现在他除了坐诊,每天还走街串户,为村民量血压、测血糖,建立健康档案。

"县医院大变样了!"改革中,降低医药费、检查费,上调诊查费、手术费、护理费。一升一降之间,患者利益得以维护,医务人员高技术、高风险、高强度的劳务价值得到体现,安徽县级医院发展进入良性循环。定远县总医院实施医改一个月,门诊次均费用同比下降9.2%,住院人次猛增51.5%。"花钱建机制"的增量改革成效正在凸显。

根据新出台的"18条",安徽正致力标准化建设,力争到2015年全省基层医疗卫生机构达标率达到100%。并在鼓励有条件的地区积极探索村卫生室由乡镇卫生院"院办院管",探索将乡镇卫生院纳入县级医院一体化管理,加快形成基层首诊、双向转诊、分级医疗的医疗服务模式。

"尽管政府要多投入,但让群众敢看病、能看病、看好病,不就是我们的目标吗?"肥东县委书记"算大账"后说。

破题省市医院改革

推进“管办分开、政事分开”，完善补偿机制，推动“医药分开”，深化医疗服务价格改革

医改最大的难点是什么？是公立医院改革，特别是作为医疗卫生服务终端的省市级公立医院。而继县级公立医院改革展开后，安徽已经蹚进这片改革的深水区。

省发改委主任介绍，目前安徽正在开展县级公立医院改革评估工作，在总结此经验的基础上，省市两级公立医院改革方案或将于明年初出台。

早改早主动，先行占先机。全国17个公立医院改革国家联系试点城市中，安徽就贡献两个：芜湖和马鞍山。早在2007年，芜湖市就在全国率先实行了医疗机构医药分开改革，切断了医药利益链，奠定了公立医院“公益性”基础。2012年，芜湖市属公立医院就诊人次、开放床位均较2009年增长一半以上。规模最大的市第二人民医院平均“药占比”从2008年的43.05%，下降到2012年的34.2%。

然而，“漩涡”“暗流”也在涌现。目前，芜湖市级医院的医生靠开药来快速牟利的路子已经基本被堵死，但由于芜湖市区还有两家省属医院没有参加医改，“以药补医”体制总能“吸引”着市级医院的医生“投奔”而去。“如果不在全省乃至全国范围内全面推行医改，这样追逐短期效应的情况还会发生。”芜湖市卫生局局长非常担忧。

公立医院是中国医疗服务体系的主体，改革得好不好，直接关系到医改成败。一旦进入医改体系，诸多药品生产企业是否愿意加入更大规模的药品集中采购？回归公益后政府财政保障能否跟得上？大幅降价会不

会造成本已紧张的优质医疗资源更加拥挤不堪?

“安徽几年来开展的基层医改就是摸索解决这些问题的过程。其成效和经验,已经为更高层次的全面医改打下基础。”安徽省常务副省长表示,保基本、强基层、建机制的医改理念,不断化解省市级公立医院改革的突出矛盾。

目前,安徽乡镇卫生院、社区卫生服务中心及村卫生室,占到全省整个医疗卫生服务资源的15%,县级医疗卫生机构占到50%。总共65%的医疗卫生服务资源医改“过关”,使得70%以上的病人实现“小病不出村,大病不出县”,大型医疗机构资源压力正在得到缓解。

继续探索管理体制改革,推进“管办分开、政事分开”;不断完善补偿机制,彻底破除公立医院“以药补医”顽疾;持续创新药品采购机制,推动公立医院“医药分开”;不断深化医疗服务价格改革,重构医药价格形成机制……安徽省市公立医院的改革方向初定。

“看得起病,看得上病,更要看得好病”,这是安徽省委、省政府努力争取的目标。面对“深水区”的诸多难题,自下而上的医改进程,给了安徽足够的自信。有了这种责任担当,这种勇气支撑,安徽医改一定会交出一份满意答卷!

(2013年8月12日人民日报)

图书在版编目(CIP)数据

新闻里的安徽/本书编委会编.—合肥:黄山书社,2017.11
ISBN 978-7-5461-6938-5
(品读安徽文化丛书)

Ⅰ.①新… Ⅱ.①本… Ⅲ.①安徽-概况②新闻-作品集-中国-当代 Ⅳ.①K925.4②I253

中国版本图书馆 CIP 数据核字(2017)第 283217 号

出 品 人　王晓光
项目统筹　张向奎
责任编辑　代立媛
装帧设计　钱志刚
出版发行　时代出版传媒股份有限公司(http://www.press-mart.com)
　　　　　黄山书社(http://www.hspress.cn)
地址邮编　安徽省合肥市蜀山区翡翠路 1118 号出版传媒广场 7 层 230071
印　　刷　安徽联众印刷有限公司
版　　次　2018 年 4 月第 1 版
印　　次　2018 年 4 月第 1 次印刷
开　　本　700mm × 1000mm　1/16
字　　数　250 千
印　　张　18
书　　号　ISBN 978-7-5461-6938-5
定　　价　38.00 元

服务热线　0551-63533706
销售热线　0551-63533761
官方直营书店(http://hsssbook.taobao.cor